KATHARINA LEVASHOVA

Roman

LA VIE

KEIN ENDE OHNE ANFANG

Buchgestaltung: W. Ranseder www.buchschmiede.at
Lektorat / Korrektorat: Alina Schüttler (Lektorat Kalliope),
Dr. Donata Schäfer (Die Texthüterin)

Druck und Vertrieb im Auftrag der Autorin:
Buchschmiede von Dataform Media GmbH, Wien
www.buchschmiede.at - Folge deinem Buchgefühl!

Printed in Austria

ISBN:
978-3-99139-789-2 (Paperback)
978-3-99139-960-5 (Hardcover)
978-3-99139-961-2 (E-Book)

FÜR MARTINA.

Eine tolle Freundin,

die mich auf meinem Weg so tatkräftig unterstützt hat,

obwohl sie selbst gerade alle Hilfe brauchen konnte:

LA VIE EST BELLE.

Das Leben ist schön.

Für alle Menschen, die das Leben

trotz allem

noch so sehen wollen.

Ich wünsche mir, dass meine Geschichte bewegt.
Ich wünsche mir, dass Sie erkennen,
was im Leben an Wert hat, welche Sorgen es wert sind,
sich zu sorgen.
Ich wünsche mir Glück für viele Menschen.
Es ist meine Hoffnung auf den letzten Metern,
mehr Gutes zu hinterlassen,
als ich Schaden verursacht habe.

FERDINAND

Prolog

Denken Sie auch manchmal darüber nach, wie fürchterlich das Leben eigentlich sein kann, wo es doch zeitgleich so wunderbar strahlt? Ich durchaus. Grundsätzlich nehme ich mir sehr viel Zeit zum Denken. Auf meinem Platz hier - auf der hölzernen Parkbank unter den alten Linden - sitze ich und sinniere vor mich hin. Es ist einer meiner vielen Lieblingsplätze in der Kleinstadt. Diese Bäume wurden vor meiner Geburt gepflanzt. Ihre Stämme sind dick, die Rinde rissig und ihre Äste knorrig. Es wurde mir einmal erzählt, diese mächtigen Gefährten könnten tausend Jahre alt werden. Es mag seltsam klingen: Die Kraft der Bäume erdet mich. Hilft mir, tief in mich hinein zu blicken, nachzudenken, über mich und mein Leben. Über andere Menschen, über meine Arbeit im Sägewerk, der ich früher einmal nachgegangen bin, die nächste Mahlzeit, einen schönen Urlaub, an den ich mich erinnere. Über die Sorgen, die mir meine Kinder machen. Immer noch, obwohl selbst deren Kinder schon Kinder haben. Die Menschen nehmen sich viel zu wenig Zeit zum Denken. Ich behaupte, wer sich mehr Zeit nimmt, um nachzudenken, trifft bewusstere Entscheidungen und ist glücklicher.

Denken sollte wieder in Mode kommen. Nicht dieses High-End-Denken, motiviert vom Erfolgstrieb, auf dem Nährboden des unendlichen Wissens, das sich die jungen Menschen in schneller Zeit anhäufen. Sondern ein Slow-Mode-Denken, das reflektiert, betrachtet, objektiviert und aufarbeitet. Den Begriff hat mein Enkel kreiert, als wir uns über genau dieses Thema unterhielten. Er sagte mir, er habe keine Zeit für diesen „slow-mode". Ich habe etwas gebraucht, um zu begreifen, wie er das meint. Nicht, dass er sich die Zeit genommen hat, um zu verstehen, was ich ihm sagen wollte. Dafür ist er zu hibbelig. Sie wissen schon, rastlos. Dennoch lächle ich, wenn ich an ihn denke. Diese dynamischen jungen Menschen, voller Tatendrang und Euphorie, etwas zu erreichen. Egal was. Wenn sie doch nur verstehen würden, wie wichtig das Nachdenken ist. Es hilft, sich selbst besser in dieser Welt einordnen zu lernen. Die Menschen und Erlebnisse. Der Vorgang des Nachdenkens selbst entschleunigt automatisch. Bei den Menschen scheint die Maschine da oben im Kopf heutzutage immerzu auf Hochtouren zu laufen. Kein Wunder, wenn diese irgendwann überhitzt, nicht wahr? Das ist einfachste Physik.

Ein junges Paar spaziert an mir vorbei. Ich kenne die Frau vom Sehen her, doch der Mann an ihrer Seite ist neu. Jedenfalls ist er nicht von hier. Sie nickt leicht mit dem Kopf und mustert mich. Folgt meinem Blick. Aber da ist nichts, ich betrachte ja auch nichts Bestimmtes.

Wissen Sie, wenn man in einer Kleinstadt wie dieser hier lebt, ist man sich relativ schnell bekannt. Zumindest vom Sehen. Die Menschen tuscheln über mich, sie finden mich sonderbar, wie ich so dasitze. Sie wundern sich, dass ich noch lebe. Der Gedanke zaubert mir ein bubenfreches Lächeln ins faltige Gesicht. Ja, beinahe schon gehöre ich zum städtischen Inventar, nach siebenundneunzig Jahren. Es macht mir nichts aus. Ich habe sonst auch nicht mehr allzu viel zu tun.

Wo war ich stehen geblieben? Ach ja. Es ist durchaus möglich, dass Sie mir im Augenblick gar nicht folgen können, weil Sie dieses Gefühl nicht kennen. Entschleunigung. Wie soll das gehen in unserem Alltag? Sich einfach hinsetzen und starren, was soll das bringen? Wichtig ist, dass Sie in sich hineinschauen, nicht nur in die Welt hinaus. Die Welt verstehen zu wollen, ist ein Irrweg, den ich aufzugeben gedenke. Selbst das Leben ansatzweise erforschen zu können, um bessere Entscheidungen zu treffen, ist nur dann möglich, wenn man sich selbst kennt. Doch wann ist Selbsterfahrung je abgeschlossen?

Wissen Sie, manchmal hilft es mir, mit der Betrachtung der Anderen zu beginnen, um Stück für Stück zu reflektieren. Irgendwie scheinen wir mehr darauf trainiert zu sein, das Leben anderer Menschen verstehen und beurteilen zu wollen als das Eigene. Es ist nicht fair, andere zu beurteilen. Der Mensch hat gut daran zu tun, das eigene Handeln positiv zu gestalten. Es kann helfen, um an sich selbst zu arbeiten, der Mensch zu werden, der man sein möchte. Diese Arbeit hört niemals auf. Als vermeintliche Individuen ist unser Leben auf Co-Existenz in einer in sich abhängigen Gesellschaft ausgerichtet. Wir Menschen stehen in direkter Abhängigkeit zueinander. Die Reflexion gesetzter Taten ist somit unausweichlich. Haben Sie schon begonnen, in sich selbst hineinzusehen? Ihre Handlungen in Kontext zu Ihrer Umwelt zu setzen? Ihr Leid, Ihre Sorgen in Verhältnis zum Leben da draußen zu sehen?

Ich möchte Ihnen eine Geschichte erzählen von Menschen aus meinem täglichen Leben. Sie werden die Verstrickungen erkennen. Es sind Menschen mit Vergangenheit, auf der Suche nach dem Glück. Was sie alle gemeinsam haben, sind Schicksalsschläge und Hoffnung. Das Streben nach Veränderung, einem Sinn im Leben, der ihnen teilweise fehlt. Nennen wir es beim Namen: Das Leben selbst vermag eine Tragik zu schreiben, die kein Dichter, Gelehrter oder Philosoph jemals ausreichend in Worte packen könnte. Einzig die Muse selbst, sich dem Leben hinzugeben, beschert uns Menschen die Möglichkeit, das volle Ausmaß an Gefühlen zu erfassen. Getrieben sind wir, von nie zu stillenden Wünschen und Bedürfnissen. Gebeutelt im ewigen Kontinuum aus Glück und Trauer, Liebe und Hass, Hoffnung und Sorgen, treiben wir dahin. Jahr um Jahr, Monat um Monat, Woche für Woche, Tag für Tag. Keine Zeit, über sich selbst nachzudenken, hineinzuhorchen in die eigene Seele. Zu leben. Den Körper fühlen und seine Sehnsüchte erforschen.

Mein Name ist Ferdinand. Ich bin weit über neunzig Jahre alt und ich habe wahrhaftig das Gefühl, alles verläuft viel schneller, je älter ich werde. Meine Lebenszeit zerrinnt zwischen meinen knöchernen Fingern.

Ich schweife schon wieder ab. Wenn ein alter Mann ins Erzählen kommt, ja wissen Sie, dann verirrt er sich manchmal in den eigenen Gedanken. Wir wollten doch gemeinsam das Leben erforschen. Ich hatte versprochen, von mir wichtigen Menschen zu erzählen. Über diese Personen, die mir in meinen letzten Tagen so besonders nahe sind. Mich beschäftigen. Es sind Nora Neumann, Philipp Stoiber, Annabell Fuchs, Barbara Lamerana, Lieselotte Mayring und Esma Samaan. Es sind sechs Seelen aus Melk, dieser Kleinstadt an der niederösterreichischen Donau, meiner Heimat. Eine Stadt geprägt von einer herben Mischung aus Besonderem und Gewöhnlichem. Pittoresk vom Ufer her betrachtet, Kleinstadtflair mit Autobahnanbindung im Hinterland. Bekannt ist Melk vor allem wegen des imposanten gelben Klosters sowie der Eintrittsmarke in einen der schönsten Donauabschnitte überhaupt. Wenn die Touristensaison startet, spaziere ich gerne zu den Schiffsanlegestellen, um fremde Menschen zu beobachten. Das erweitert meinen Horizont und hilft mir, das Leben um mich herum fokussierter wahrzunehmen. Auch wenn ich die vielen Sprachen der Touristen nicht allesamt verstehen kann, lese ich in ihrer Mimik und Gestik. Diese Ausflüge gehören zu meinem Alltag. Meine Kriegs- und Nachkriegsjahre haben mich Sprachen gelehrt. Englisch und Französisch. Ein bisschen Slowenisch von meinem eigenen Großvater. Es ist spannend für mich, Wortfetzen von Urlaubern aufzuschnappen und zu erkennen, was mein Kopf noch alles weiß. Manches bleibt für immer. Es tut mir gut, denn meine Unterhaltung ist die Gesellschaft, zu der ich selbst nicht mehr so richtig gehöre. Die Zeit meines geselligen Lebens ist vorbei. Meine Frau und viele unserer Freunde sind gestorben oder krank. In schwachen Momenten fühlt es sich an, als würde ich auf einem Abstellgleis auf den Tod warten. Die Familie würde mich mit überschwänglicher Fürsorge überschütten, wüssten sie von diesem Gedanken. Keine reizvolle Vorstellung. Ein erwachsener Mensch braucht seine Freiräume. Ich möchte das Glück meiner großen Familie nicht schlechtreden, das sei an dieser Stelle festzuhalten. Das Leben um mich herum hält mich bei Laune. Familie ist ein wichtiger Bestandteil davon.

Meine Beobachtungen sind, als säße ich in einem Theater. Im Theater des Lebens. Meinen Logenplatz wähle ich mir täglich neu.

Wo war ich? Ach ja. Diese Seelen. Zwangsläufig kreuzen sich nicht nur ihre Wege, sondern es verändern sich auch ihre Schicksale. Mit jedem Schritt den wir tun, jeder noch so kleinen Alltagsentscheidung, bestimmen wir die Rädchen neu. Wir beeinflussen unser Schicksal und das unserer Mitmenschen. So viel ist gewiss: Alle Menschen stehen in Abhängigkeiten und unter Einfluss unterschiedlichster sozialer Beziehungen. Ein Wort, eine Tat kann alles verändern.

Das Leben ist tragisch, ja. Wie sagte ich vorhin? Fürchterlich. Ein hartes Wort, gestehe ich ein. Furcht ist eines der grausamsten Gefühle, welche die Seele peinigen können. Ein weiteres ist Traurigkeit, die ich so herb in meiner Brust spüre. Vor wenigen Monaten habe ich meine Weggefährtin und Partnerin verloren. Elisa war meine Verbündete in all den Jahren. Sie hätte es verdient, länger zu leben als ich. Wenn ich über unsere Zeit nachdenke, hatten wir wunderbare Jahre. Jetzt, wo es zu spät ist, mache ich mir leise Vorwürfe über jeden Moment, den ich ihr unnötig schwer gemacht habe. Alles, was sie geleistet hat, passierte stets ohne Klage. Sie war streitbar, wenn es ihr darauf ankam. Den Toten sind die Lebenden gleichgültig. Doch die Lebenden machen sich sehr viele Gedanken über die Toten. Die Gedanken kreisen unaufhörlich. Was gäbe ich dafür, noch einen Streit mit dieser Frau fechten zu dürfen. Das Schönste an unserer gemeinsamen Zeit war zweifelsfrei diese Fülle an Wendungen. Ich hatte so unglaublich viel Glück. Mehr Glück als Verstand, sagt eine Redewendung. Wer den zweiten Weltkrieg überlebt hat, der weiß, wie das Wort Glück geschrieben wird. Wie man Glück denkt und fühlt. Mein Leben war eine Achterbahnfahrt, rauf und runter. Ich wusste nie, was mich hinter der nächsten Kurve erwarten würde. Unser Sein ist im ständigen Fluss, manchmal sehr ruhig dahinplätschernd, im nächsten Moment reißend. Selbst wenn es uns erscheint, als hätten die Uhren angehalten und die Zeit würde stehen bleiben, ist eines gewiss: Die einzige Konstante ist die Veränderung. Denken Sie darüber nach! Nach allem, was diese alten grauen Augen in knapp hundert Jahren gesehen, meine Hände ertastet haben, mein Herz gefühlt hat, bin ich in tiefer Dankbarkeit für diese siebzig Ehejahre. Dieses Gefühl von Verbundenheit hat mich getragen, es hat mich schier gerettet. Ich wünsche mir für meine Kinder und Kindeskinder vor allem eines: Ein Leben in Frieden. Leben mit einem Gefühl der Sicherheit. Freiheit. Mitmenschlichkeit. Ich wünsche ihnen ein Leben ohne Furcht. Denn dann kann es in Selbstständigkeit und Zuversicht beschritten werden, in Unabhängigkeit. In der Geborgenheit einer gesunden Seele.

Auch ich werde sterben. Der Tod begleitet die Menschen ab dem Tag der Geburt, holt dich, wenn die Zeit gekommen ist. In jungen Jahren ist diese Sache mit dem Sterben noch spannend, beängstigend. Es könnte ja jederzeit so weit sein. In meinem stattlichen Alter kommt eine unerwartete Sehnsucht. Der Letzte der eigenen Ära zu sein, macht keinen großen Spaß. Ich verwende meine letzten Tage darauf, freundlich zu sein. Freundlichkeit ist ein schönes Geschenk an jeden Menschen.

„La vie est belle" habe ich von kanadischen Freunden gelernt. Das Leben ist schön. Im Französischen klingt das so leicht, so klar wie der Flügelschlag eines wunderschönen Schmetterlings.

TEIL I

Menschen

„Auch wenn in unsrer engen Zelle
Die Lampe freundlich wieder brennt,
Dann wird's in unserm Busen helle,
Im Herzen, das sich selber kennt.
Vernunft fängt wieder an zu sprechen
Und Hoffnung wieder an zu blühn.
Man sehnt sich nach des Lebens Bächen,
Ach! Nach des Lebens Quelle hin."

JOHANN WOLFGANG VON GOETHE (FAUST)

1

NORA NEUMANN

Der Duft von gebratenem Fleisch mischt sich in die frische Frühlingsluft. Die Menschen reagieren sehr unterschiedlich auf diesen Reiz, ausgelöst von Gewürzen und Bratfett. Manche von ihnen verwerfen ihre Mittagspläne und lassen sich auf ein schnelles Mahl zum Foodtruck locken. Nora Neumann manövriert sich und ihre Einkaufstüten lustlos durch die entgegenkommenden Menschen. Es scheint fast so, als liefen grundsätzlich immer alle in die entgegengesetzte Richtung. Für den Geruch von gebratenem Fleisch hat sie heute keinen besonderen Sinn.

„Passen Sie doch auf", murmelt sie entnervt. Mehr zu sich selbst als direkt an das junge Paar gewandt, das ruckartig am Gehweg stehen bleibt, um sich innig zu küssen und somit nicht nur Noras Weg versperrt, sondern diese zwingt, einen Haken zu schlagen, um nicht in die beiden hineinzudonnern. Nora wollte an ihrem freien Tag einfach beim Shopping etwas entspannen. Den Kopf frei bekommen.

Überall sind Menschen. Verlassen Boutiquen mit vollen Einkaufstaschen. Schieben voll beladene Kinderwägen, die Kleinen toben um die Eltern herum. Es ist laut, voll und gar nicht so wie erhofft. Noras Handy klingelt. Mit der linken Hand, drei Papiertüten in der Beuge hängend, kramt sie in ihrer Tasche, die wiederum über ihrer rechten Schulter hängt.

„Neumann?“, fragt Nora etwas atemlos und ignoriert dabei das Augenrollen des jungen Mädchens, welches auf Grund des ruckartigen Stopps nun beinahe in sie hineingerannt wäre. „Das kannst du nicht ernst meinen“, keift sie ins Telefon. „Das ist echt beschissen!“ Ihre gestikulierenden Hände streifen die Jacke eines kleinen Mädchens. Nora hebt entschuldigend die freie Hand. Sie geht zu einer der geschwungenen, breiten Sitzgelegenheiten, die in allen Farben entlang der Einkaufspromenade aufgestellt sind, und lässt sich darauf fallen. Im Schaufenster gegenüber sieht sie sich selbst. Nora meint sogar, auf die Distanz die tiefer werdende Furche zwischen den einst hübschen braunen Augen sehen zu können. Reflexartig streift sie die Stelle glatt, wie sie es sich in letzter Zeit angewöhnt hatte. „Entspann dich, Nora. Wir werden das schon regeln. Ich habe mir da ein paar Szenarien überlegt, die wir durchgehen können, wenn du Montag wieder im Büro bist. Okay?“ Nora ist bewusst, was ihr Kollege bezweckt. Schadensbegrenzung, in jeglicher Hinsicht. Sowohl in dem Fall, den sie offenbar in den Sand gesetzt hat, als auch in persönlicher Hinsicht. Er kennt sie schon viele Jahre und Tom weiß, wie es momentan bei ihr läuft. Gar nicht rund.

„Ja. Ja. Ja, ich habe dich sehr gut gehört, ich kann es nicht verstehen. Das ist einfach nur Scheiße von mir. Anfängerfehler. Das ist doch offensichtlich. Kannst du nicht schönreden. Verdammt!“ Ein tiefes Seufzen am anderen Ende der Leitung. Darauf weiß Kollege Tom wohl so schnell auch keine tröstende Antwort.

Der junge Vater, der sein schätzungsweise dreijähriges Kind im Buggy fährt, blickt sie tadelnd an. Nora hält seinem Blick stand. Der Kerl, vermutlich halb so alt wie sie, wird doch privat bestimmt auch ab und an ein Kraftwort benutzen.

Wenige Sekunden später steckt sie das Firmentelefon zurück in ihre dunkelbraun gesteppte Tasche von Guess. Gerade wird ihr bewusst, dass sie grußlos aufgelegt hat. *Er wird es mir nicht übelnehmen.* Nora blickt sich um, als hätte sie vergessen, wie sie eigentlich hierhergekommen ist.

Bei der kleinen Bäckerei wird ein Tisch frei. Die Kellnerin räumt gerade ab. Nora steht kurzentschlossen auf und geht zielstrebig darauf zu. Die Sonnenstrahlen werden am glänzenden Bistrotisch reflektiert. Nora greift nach ihrer Sonnenbrille, während sie auf dem kleinen runden Stuhl Platz nimmt. „Schönen guten Tag", sagt die Kellnerin mit gewinnendem Lächeln.

„Guten Tag." Nora nickt ihr nur knapp zu, ebenfalls bemüht, ein halbwegs freundliches Lächeln auf die Lippen zu zaubern.

„Ich komme sofort wieder zu Ihnen." Mit Elan betritt die junge Frau die kleine Bäckerei, um das schmutzige Geschirr in die Küche zu tragen

„Danke", flüstert Nora vielmehr zu sich selbst. Der süße Geruch, der bei Öffnung der Schiebetür herausströmt, ist für Nora unerträglich reizvoll.

„So bitte, was kann ich Ihnen denn bringen?" Die junge Kellnerin steht mit ihrem Orderman vor Nora.

„Einen Verlängerten bitte, schwarz. Ein Sodawasser und …" *Ach, ist doch egal, bestell dir, was du willst.* „Haben Sie vielleicht eines von diesen geflochtenen Germgebäckstücken?" Etwas Hoffnungsvolles liegt in Noras Frage.

„Die mit Zucker und Zimt oben drauf?", vergewissert sie sich lächelnd.

„Ja, genau die.“ Nora kann nicht anders. Ihre Mundwinkel bewegen sich von alleine nach oben.

„Haben wir“, zwinkert die Kellnerin.

„Dann bitte auch eines davon.“ Entspannt lehnt Nora sich zurück.

„Gute Wahl!“, setzt die junge Dame noch nach. „Wir haben erst welche frisch aus dem Ofen geholt“.

„Danke.“ Nur der Gedanke an den Geschmack im Mund lässt Nora ein bisschen entspannen.

Nora Neumann ist eine vierundvierzigjährige Arbeitsrechtsexpertin. Verheiratet. Kinderlos. Und maßlos frustriert. Sie weiß, ihr Leben steckt nicht nur in einer Sackgasse, es fehlt ihr obendrauf der Platz zu wenden. Vor mehr als zehn Jahren war ihr Ausweg aus dem unliebsamen Job ein Kind. Mit Aussicht auf die baldige Karenz war die Arbeitsstelle zu behalten der einzig vernünftige Weg. Doch mit den Wochen und Monaten zogen die Jahre ins Land. Ohne Veränderung. Ihr Wunschbaby wollte nicht kommen. Von Yoga über Hormontherapien, Temperaturmessungen und In-vitro-Fertilisation hatte sie alles Denkbare und Undenkbare versucht. Es sollte wohl einfach nicht sein. Besonders mühsam waren die zahlreichen ungefragten Ratschläge. *Der Arzt ist eine Koryphäe. Du musst dich besser ernähren. Du hast zu viel Stress in der Arbeit. Lege dir Stroh unters Bett, das schirmt die schlechten Strahlungen ab.* Nora bat ihr Umfeld darum nicht mehr nachzufragen. Ebenso bat sie sich selbst im Stillen aufzuhören, darüber nachzudenken, woran es liegen könnte. Nora hat sich damit abgefunden, irgendwie. Nora ist sich sicher, sie hat ihre Chance aus eigener Schuld vertan. Doch das hat sie bisher kaum einer Seele anvertraut. Nur mit ihrer besten Freundin Lotte hat sie damals gesprochen. Einige Wochen bevor sie ihren Mann kennengelernt hat, ließ sie sich im Suff auf der Verbindungsparty schwängern. Sie war damals Anfang zwanzig, kann sich nicht einmal richtig an den Akt selbst erinnern, glaubt aber zu wissen, dass es nicht wirklich Spaß gemacht hat. Der Drang, zurück auf die Tanzfläche zu gehen, war größer. Noras Tage blieben aus. Das war zu der Zeit nicht weiter ungewöhnlich. Ihr Zyklus war regelmäßig unregelmäßig. Als sie den positiven Schwangerschaftstest in den Händen hielt, war sie bereits in ihren Christopher verliebt. Ohne ein Wort, ein Gespräch oder weiter darüber nachzudenken, ließ sie eine Abtreibung vornehmen. Ihre damals beste Freundin hatte sie begleitet, ihr beigestanden. Nora hat bis heute kaum mehr ein Wort darüber verloren. Damals mit Lotte, später mit Christopher. Sie hatte nicht großartig über ihr Handeln nachgedacht. Es war in dem Moment die einzig realistische Lösung. Ein vollkommen logischer wie unkomplizierter Schritt. Erst Monate, wenn nicht Jahre später, begann die Abtreibung Nora in Gedanken zu verfolgen. Vor allem nachts, wenn sie zwanghaft versucht einzuschlafen, holen sie die Scham und die Schuldgefühle ein. Damals wollte sie das Baby nicht, heute bekommt sie keines mehr. Es war wohl ihre vom Schicksal auferlegte Strafe. Damals war es ihr Selbstverständnis für Selbstbestimmung und Freiheit, eine Wahl, die niemand zu interessieren braucht. Nur sie selbst. Ihr Körper, ihr Leben. Heute, mit dem tiefen Kinderwunsch in ihrem Herzen, fühlt sie sich, als hätte sie ihr einziges Kind ermorden lassen. Nora ist bewusst, dass sie darüber sprechen sollte. Die Kontakte einiger Psychotherapeutinnen sind bereits herausgesucht. Doch Nora kann noch nicht. Es fühlt sich eigenartig an und macht ihr Angst, ihre damalige Entscheidung mit einer

Person sachlich aufzuarbeiten. Auf einer Informationsseite hat Nora eine Stellungnahme gelesen: „Es fiel mir leichter, betrunken auf dem Bartresen zu tanzen, als mich auf eine Couch zu setzen und über meine Probleme zu reden." Nora kann das Gefühl des Unbekannten gut einordnen.

Der Anruf eben drängt sich erneut in ihre Gedanken. Obwohl es ihr freier Tag ist, hat sich ihr Kollege gemeldet. Wie selbstverständlich ist Nora, wie auch alle anderen Kollegen im engeren Team, zu jeder Zeit erreichbar. Kein Thema. Seit Nora in der Rechtsabteilung der Bundesbahnen begonnen hat, steht sie zu ihrem Arbeitgeber und ihrem Team. Die Leute passen, das Gehalt stimmt und sie bekam direkt nach dem Studium genau die Arbeitsstelle, die sie wollte. Jetzt ärgert sie sich. Sowohl darüber, dass sie den Anruf angenommen hat, als auch über den Inhalt der Nachricht. Es hat ihr wieder einmal bestätigt, was sie ohnehin schon weiß: Sie bringt es nicht mehr. Nora wird schlagartig bewusst, welch großes Glück sie hat, noch nicht gekündigt worden zu sein.

Die Kellnerin stellt die Bestellung auf dem silbernen Tischchen ab.

„Danke", sagt Nora höflich. Vorsichtig nippt sie am Kaffee, bevor sie in das große Gebäck beißt. *Essen ist der Sex des Alters*, pflegt Noras Großmutter zu sagen. Dabei lacht sie, dass ihr fliehendes Kinn nur so wackelt. Sie streift den Gedanken an ihre geliebte Oma sofort beiseite, denn Nora will sich selbst weder alt noch ohne körperliche Liebe vorstellen. Mit kontinuierlichem Fasten, täglicher Bewegung und jeder Menge Frust hat sie ihren Körper wieder zurück auf die von ihr gewünschte Form getrimmt. Christopher, ihrem Mann, ist das alles herzlich egal. Er behandelt sie stets wie eine Prinzessin, vollkommen egal in welcher Form oder welchem Zustand sie sich befindet. Er liebt sie, das weiß Nora. Leider, das ist eine unumstößliche Tatsache, hat er trotzdem das Interesse an ihrem Körper verloren. An Nora geht erneut der junge Mann mit dem Kind im Buggy vorbei. Nur klemmt jetzt eine Packung Windeln unter seinem Arm und der Korb unter dem Kinderwagen ist gut mit diversen Einkäufen gefüllt. Das Kind und Nora mustern sich gegenseitig wie einen Feind, den es gilt abzuschätzen.

Nora schleckt genussvoll jede einzelne mit Zucker benetzte Fingerkuppe ab und lächelt versonnen in sich hinein. *Wenn ich die Fähigkeit zu genießen nicht verlernt habe, gibt es ja doch noch Hoffnung für mich.* Und dieses schöne Gefühl sollte jetzt nicht mit Gedanken über ihre Figur vertrieben werden. Als sie ihre Beine vor sich ausstreckt, bleibt sie an der Schlaufe ihrer Tasche hängen und reißt diese um. Ihr Telefon und eine Packung Taschentücher fallen heraus. Verärgert über ihr eigenes Ungeschick bückt sie sich, um die Dinge zurück in die Tasche zu stopfen. Ihr Blick fällt auf das Notizbuch. Noras ständiger Begleiter, mit blumenbedrucktem Einband und vorgedruckten Zeilen. Sie zieht es heraus und schlägt die mit dem zarten Band markierte Seite auf. Über eine Doppelseite zieht sich eine Mindmap. In der Mitte steht das Wort „Zufriedenheit“ dick eingekreist. Davon gehen Linien zu den wichtigsten Punkten in Noras Leben, die es aus ihrer Sicht zu ändern gilt: Arbeit, Beziehung, Freunde, Wohnung. Von jedem dieser Begriffe hat sie weitere Linien gezogen, die konkreter die einzelnen Druckpunkte oder Wünsche beschreiben.

„Scheiße, ich bin ja ganz schön am Sand“, flüstert sie in sich hinein. In diesem Moment kommt die Kellnerin und lächelt ihr aufmunternd zu. „Möchten Sie vielleicht noch etwas trinken?“

Verwirrt blickt Nora von ihrem Notizbuch auf. Sie braucht einen kurzen Moment, um die Gedanken zu ordnen. „Würden Sie mir bitte eine zweite Tasse Kaffee bringen?“ Sie lächelt in der Hoffnung, nicht wie eine Verrückte zu wirken.

„Sehr gerne“, lächelt die Kellnerin zurück.

„Danke.“ Nora nickt bestätigend. Vielleicht ein bisschen mehr zu sich selbst. Sie kann trotz allem vollkommen normal nach außen sein. Gut so.

Sie kann sich darüber ein weiteres Lächeln abringen, bevor sie sich erneut auf ihre Gedankenskizze konzentriert. Schlagartig wird ihr bewusst, dass der Karren nicht nur ziemlich im Dreck steckt, sondern auch, dass sie sich der Lösungen sehr wohl bewusst ist. Hier stehen sie, ihre Wünsche und ersehnten Soll-Zustände, blau auf weiß. Die junge Kellnerin stellt ein silbernes Tablett mit einer Tasse dampfenden Kaffee und einer Schokoladenmandel vor ihr ab.

„Ich will nicht aufdringlich sein, aber…“. Das „aber“ und die kurze Pause lassen Nora hellhörig werden. „Ich will Ihnen einfach nur gerne sagen, dass es so schlimm nicht sein kann.“ Sie atmet schwer aus, froh darüber, den Satz gesagt zu haben.

Nora blickt sie irritiert an.

„Mittlerweile bin ich eine gute Menschenkennerin, schließlich gehen hier jeden Tag viele ein und aus. Darf ich ehrlich sein?“ Mit Plauderton setzt sie sich ungefragt auf den freien Stuhl gegenüber von Nora.

„Äh. Ja?“ Nora fühlt sich überrumpelt. Normalerweise mag sie Aufdringlichkeit gar nicht, jedoch war Nora so in Gedanken vertieft, dass sie gar nicht weiß, wie ihr geschieht.

„Ihnen sieht man schon von weitem an, dass Sie gerade eine schwere Zeit durchmachen. Sie schauen nicht gut aus", sagt die Kellnerin in mitfühlendem Ton

„Na, herzlichen Dank." Nora verschränkt beleidigt die Arme vor der Brust.

Die Kellnerin grinst freundlich. „Außerdem ist mir Ihre Liste ins Auge gestochen." Entschuldigend zieht sie die Schultern kurz hoch. „Ich bin auch eine Listenschreiberin. Wir Listifaxe verstehen uns."

Normalerweise wäre Nora sauer. Offenbar ist dafür keine Energie mehr übrig. Ratlos zuckt Nora mit den Schultern. Irgendwie strahlt diese quasselige Kellnerin etwas aus, das sie vom Fleck weg sympathisch macht.

Nora rollt mit den Augen. *Was solls.* Sie holt Luft und erzählt: „Mir scheint, als stünde ich vor einer ziemlich großen Wende in meinem Leben. Irgendwie läuft nichts so, wie ich es mir wünsche, und wenn ich etwas anpacke, dann geht es schief. Ich fühle mich gerade wie der letzte Müll. Allerdings trifft es mich, dass man es mir so deutlich ansieht." Das genüsslich verschlungene Gebäck fühlt sich plötzlich wie Blei im Magen an.

„Ist doch gut", sagt die Kellnerin gelassen.

Nora schlägt die Stirn in Falten. „Was soll denn daran gut sein? Alles läuft scheiße und ich sehe so aus", sagt sie in verbittertem Ton.

Die Kellnerin setzt sich aufrechter hin, stützt sich auf dem kleinen Tisch ab. „Klar ist das gut. Schau." Wie selbstverständlich wechselt sie zum Du. Ihre Stimme hat einen warmen, freundschaftlichen Klang. Wie die einer Kinderbucherzählerin. „Das ist deshalb gut, weil du es schon erkannt hast. Wenn du dich ein bisschen umhörst, wirst du erschrocken darüber sein, wie viele Menschen unglücklich sind und nie auf die Idee kommen, dass sie ihr Glück selbst in die Hand nehmen könnten. Da spreche ich noch gar nicht von denen, die immer weiter funktionieren wollen, bis sich der Körper wehrt. Die bekommen dann Pusteln, Migräne oder einen Buckel." Um Nora etwas aufzuheitern, wackelt die Kellnerin unterstützend mit den Augenbrauen.

Nora verzieht das Gesicht, kann sich sogar ein kleines Lächeln abringen. „Das kann ich nun wirklich nicht brauchen", gibt sie ihr etwas gelassener zur Antwort.

„Waren ja nur Beispiele." Sie winkt beruhigend ab. „Das Leben besteht nun einmal aus einer endlosen Aneinanderreihung von Wendungen. Außerdem, so sagt man doch allgemein, kommt immer alles anders, als man denkt. Nicht wahr?"

„Hm." Nora brummt dumpf in sich hinein. „Ja, das stimmt leider. Aber in meinem Leben verlief es eigentlich immer sehr geradlinig. Es war wirklich toll, unkompliziert."

„Oh nein. Du Arme." Ohne gespieltes Mitleid legt sie ihre Hand auf Noras Arm. „Klingt absolut langweilig und gefährlich."

„Gefährlich?", wiederholt Nora fragend. Sie denkt kurz nach, doch diese Eigenschaft passt so gar nicht zu ihrem Leben. Sie winkt ab. „Nein. Nicht wirklich."

„Sehe ich anders. Wenn alles wie auf der Autobahn läuft, dann klingt das gefährlich nach Hamsterrad und Fremdbestimmung." Die Kellnerin schüttelt sich, als ob sie etwas Ekliges gekostet hätte. „Da könnte man doch viel schneller Gefahr laufen die richtigen Ausfahrten zu verpassen. Und umdrehen ist auch nicht drin."

„Wie meinst du das?", fragt Nora. Sie ist ehrlich interessiert, wenn auch nach wie vor etwas irritiert. Sowohl von der Person ihr gegenüber, als auch ihrem Rat.

„Na, überlege mal." Die Kellnerin sieht in den Himmel, als stünde die Antwort dort geschrieben. Sie lässt sich etwas Zeit, um sich die Worte zurechtzulegen. Mit wiegendem Kopf sagt sie: „Bei dir klingt es, als ob immer alles nach Plan A gelaufen ist. Keine Hindernisse, keine Probleme. Jetzt bist du offenbar in einer Sackgasse und hast keinen Plan B. Wenn du das schon früher trainiert hättest, auch mal ein bisschen flexibel zu sein mit den Lebensplänen, wäre das Ganze vielleicht nicht so schlimm."

Noras Auge zuckt gefährlich. Bei ihr ein typisches Zeichen von Wut oder Überforderung. „Also bin ich nicht nur hässlich, sondern darüber hinaus noch unflexibel", sagt sie mit bösem Unterton.

„Bei Gott nicht", lacht die Kellnerin herzlich. „Du bist wunderschön! Bitte entschuldige, ich wollte dich nicht beleidigen. Du schaust ein bisschen fertig aus. Als hättest du drei Nachtdienste hintereinander schieben müssen. So meinte ich das eher. Das mit den Plänen musste ich selbst erst lernen. Und ebenfalls aus der Not heraus. Ist doch gut, wenn alles behütet für dich gelaufen ist. Trotzdem bis du jetzt totunglücklich."

Nora überlegt und nickt schließlich. „Ja, da könntest du Recht haben."

Die Kellnerin legt ihre Hand auf Noras. „Tut mir leid, dass ich dich einfach so angequatscht habe. Eine meiner schlechten Eigenschaften. Ich kann nie die Klappe halten."

„Nein, nein. Wirklich, kein Problem." Nora lächelt und hofft, es wirkt freundlich und ehrlich. „Was du sagst, ergibt Sinn. Hat gerade gut gepasst die kleine Standpauke."

„Weißt du“, fährt die Kellnerin fort, offenbar zufrieden über die Antwort, „ich glaube, es gibt immer eine Lösung, eine neue Richtung. Und was mir hilft, ist der Gedanke, dass es viel schlimmer kommen könnte. Ich stelle mir die schrecklichsten Dinge vor, die noch eintreten könnten, dann bin ich wegen meiner Problemchen gleich entspannter. Du könntest ja auch Krebs haben oder so.“ Mit weiten Augen sucht sie Noras Blick. „Hast du doch hoffentlich nicht, oder?“

„Nein. Ich bin gesund, soweit ich weiß“, flüstert Nora beinahe, um nur keine schlafenden Hunde zu wecken.

„Toll.“ Ein erleichtertes Lächeln breitet sich auf dem ganzen Gesicht aus. „Ich bin übrigens Lena.“

„Weißt du, Lena“, Nora zieht die Brauen hoch, „obwohl das ziemliche Binsenweisheiten sind, muss ich zugeben, dass du es recht gut auf den Punkt gebracht hast. Ich gebe dir Recht.“

„Wozu?“, erkundigt Lena sich, offenbar erfreut über das Zugeständnis.

„Mit den Ausfahrten. Vielleicht habe ich ein oder zwei Ausfahrten verpasst. Welche Not hattest du, wenn ich fragen darf?“ Neugierig beugt sich Nora nach vor, kommt ihrer neuen Bekanntschaft über den Tisch näher.

Diese grinst mit wiegendem Kopf. „Ich erzähle es dir, aber dann will ich deine Geschichte auch hören.“

„Hm. Ehrlich gesagt, habe ich bislang nie mit Fremden darüber gesprochen. Und auch sonst nicht“, sagt Nora überlegend. Die beiden taxieren sich, bis die Kellnerin sagt: „Ich traue mich zu wetten, dass meine Lebensgeschichte im Vergleich viel schlimmer ist.“ Jetzt ist Noras Neugierde endgültig geweckt. Wie zum Schwur haken sie die kleinen Finger unter. „Okay“, sagt Nora mutig.

Lena steht auf. „Gib mir einen Moment. Ich muss meiner Mitarbeiterin kurz Bescheid geben, dass ich Pause mache." Wenige Augenblicke später setzt sie sich mit zwei Tassen Tee wieder zu Nora. Dankend rührt Nora das heiße Getränk mit dem kleinen Silberlöffel. Warmer Dampf steigt ihr ins Gesicht.

„Eigentlich hätte ich heute ohnehin frei", erklärt Lena. „Meine Freundin und ich sind zwar Inhaberinnen, versuchen aber auch noch ein Leben zu führen. Die kleine Auszeit gönne ich mir jetzt." Sie zwinkert Nora zu. „Fängst du an?"

Mit dem Hinweis Lenas, sie ist eine der Inhaberinnen, ist Nora nun bewusst, dass ihre beste Freundin schon oft wertschätzend von dem Geschäftsduo gesprochen hat. Die Bäckerei beliefert das Café ihrer ältesten Freundin Lotte. Ein irrationales Gefühl von Verbundenheit macht sich in Noras Brust breit und lässt sie zusätzliches Vertrauen fassen. „Es ist so." Nora holt tief Luft. „Ich bin schlecht in meinem Job, den ich früher unbedingt wollte und jetzt eigentlich nicht mehr mag, weil ich mich viel lieber künstlerisch ausleben würde. Ich habe einmal recht gut gemalt. Mein großer Freundeskreis ist Stück für Stück flöten gegangen, weil ich vor lauter Karrierebewusstsein wenig Zeit hatte und dann alle Familien gegründet haben. Außerdem kann ich offenbar keine Kinder bekommen. Das hat mir lange weh getan, jetzt nicht mehr so. Aber diese ewige Sehnsucht hat mich ausgezehrt. Kannst du das nachvollziehen?" Nora schaut ihr Gegenüber an. Sie nickt. „Ich habe den wundervollsten Mann überhaupt geheiratet. Christopher ist mein bester Freund. Ein Verbündeter, ein Fels in der Brandung. Doch mein Ehemann hat seit Monaten nicht mehr mit mir geschlafen und letzte Woche, nach fünfzehn Jahren Beziehung, hat er mir offenbart ...",

Nora macht eine gedankenschwere Pause, "dass er schwul ist." Tränen steigen Nora in die Augen, als ihr bewusst wird, dass sie es zum ersten Mal laut ausgesprochen hat. Dieses eine Thema zwischen ihr und ihrem Mann, das Noras Leben nun eine entscheidende Wendung geben wird.

Lena nickt nur mit dem Kopf, hält den Blick fest auf Nora gerichtet, lächelt jedoch nicht mehr. Dieser Schmerz über den Verlust einer großen Liebe, den niemand so richtig verschuldet hat, ist förmlich greifbar. Um Nora etwas Raum zum Atmen zu geben, beginnt Lena nach dieser ersten

Offenbarung von ihr selbst und ihrem bisherigen Leben zu erzählen. „Ich hatte keinen glorreichen Start in mein Leben. Meine leibliche Mutter war drogensüchtig, sie lebt gar nicht mehr. Witzigerweise habe ich noch Kontakt zu einer meiner damaligen Säuglingsschwestern, ein Stammgast bei uns."

Nora spürt einen dicken Kloß im Hals. „Das ist doch eine schöne Verbindung", denkt sie mehr laut als sie tatsächlich etwas sagen wollte.

Lena nickt. „Tatsächlich ist das für mich wichtig. Von ihr weiß ich nämlich, dass sich meine Mutter anfangs tatsächlich bemüht hatte. Letztendlich war die Sucht jedoch stärker. Sie ist aus dem Krankenhaus getürmt, bevor wir entlassen wurden. Mir ging es offenbar wegen des Entzugs nicht so gut."

„Entzug?", fragt Nora irritiert.

„Ja", bestätigt Lena. Sie lacht kurz und freudlos. „Die Babys von abhängigen Müttern haben nach der Entbindung einen Entzug, weil ihnen der Stoff plötzlich fehlt. Ist übrigens bei Nikotin auch so. Müssen nicht immer nur harte Drogen oder Alkohol sein."

„Wie schrecklich", haucht Nora mit geweiteten Augen.

„Darüber hatte ich mir noch nie Gedanken gemacht."

Lena zuckt mit den Schultern. „Ich glaube, über solche Dinge macht man sich auch keine Gedanken, wenn man nicht damit konfrontiert wird."

Nora holt tief Luft. „Ich wollte unbedingt Mama sein, weißt du? Diese Chance habe ich gedankenlos verspielt." Einen Moment sagt keine der beiden etwas, bis Nora den Faden wieder aufnimmt. „Mit der Säuglingsschwester von damals hast du eine Verbindung zu deinem Start ins Leben."

Lena knüpft daran an, erzählt neutral, als ob sie es schon oft getan hatte. „Das stimmt. Sie und ihre Kolleginnen haben mich damals während der Arbeitszeit in so einem Tragetuch eng am Körper geschnallt herumgetragen. Das brauchte ich offenbar, damit war ich ruhiger." Sie stützt ihren Kopf auf die Handflächen. „Nun ja, jedenfalls bin ich direkt vom Krankenhaus zu einer Pflegefamilie gekommen."

„Oh", haucht Nora. „Ich finde den Gedanken schön, dass ein Paar endlich das ersehnte Kind bekommen hat."

Lena hebt tadelnd den Zeigefinger und schüttelt kurz den Kopf, um ihn dann erneut auf den Handflächen abzustützen. „Ich muss dich enttäuschen. Meine Pflegeeltern waren bigotte Ehrenleute. Ich will nicht sagen, sie haben es des Geldes wegen getan. Christliche Barmherzigkeit dürfte auch eine Rollte gespielt haben."

Schockiert schaut Nora Lena an, sagt jedoch nichts. Somit fährt Lena fort. „Sie waren gute Menschen, haben sich um alles gekümmert. Saubere Wäsche, Arztbesuche, Ausbildung. Darüber bin auch dankbar. Es gab nur leider keinen Funken Liebe."

Nora schüttelt den Kopf, als könne sie das Gehörte nicht glauben. „Wie meinst du das? Du bist ja ein Baby gewesen.

Wie kann man als normaler Mensch ein Kind, das man selbst großzieht, nicht lieben?“

Lena schnaubt. „Gute Frage.“ Sie seufzt lange und laut, bevor sie sich an eine Erklärung wagt. „Sie haben nie einen Hehl daraus gemacht, woher ich komme. Ich nannte sie bei ihren Vornamen. Es gab nie mehr als eine freundschaftliche Umarmung. Kein kuscheln, küssen oder rangeln. Keinen Streit oder offene Worte. Nur ein Gespräch, wenn notwendig.“

„Das ist ja schrecklich“, empört sich Nora. „Wie soll eine Kinderseele in so einem lieblosen Umfeld wachsen können?“

Lena lächelt. „Danke für dein Entsetzen. Empfinde ich auch so. Dennoch hatte ich Glück. Bereits im Kindergarten war das Nachbarsmädchen meine allerbeste Freundin. Deren Eltern waren so ungefähr das genaue Gegenteil von meinen Zieheltern. Sie haben mich mit der Liebe überschüttet, die mir sonst verwehrt blieb. Keine Ahnung, es hat offenbar ausgereicht.“ Lena lacht. „Das und die hunderten Therapiestunden, die mir Constanze wegen meiner Wutattacken aufgebrummt hat.“

So erfährt Nora, dass die Geschäftsbesitzerinnen Lena und Constanze ein Liebespaar sind.

Lena macht Organisatorisches, kellnert und ist im Schauraum kreativ, Constanze ist Zuckerbäckerin und die Fee in der Küche des kleinen Cafés. Die beiden Frauen haben es in eine wahre Goldgrube verwandelt. Als die Corona-Krise das Leben kurzzeitig heruntergefahren hatte, haben sie einen Lieferservice hochgezogen. Nun, da das Leben wieder pulsiert, beliefern sie größere Kaffeehäuser, Wirtshäuser und Restaurants. Im privaten Sektor haben sie sich auf das Catering für Events wie Geburtstagsfeiern oder Grillpartys fokussiert. Constanze und Lena sind die Adresse für Häppchen, aber vor allem Petit Fours. Kleine, mundgerechte Süßigkeiten und Nachspeisen werden so an Wochenenden im Minutentakt auf Tabletts aus dem Lokal getragen.

In zwei Stunden, die nur als kurze Pause gedacht waren, hat Nora erfahren, wie ein junger Mensch mit Startschwierigkeiten ins Leben oder ohne Familienclan im Hintergrund sich mit Fleiß und Zielstrebigkeit ein eigenes Leben aufgebaut hat. Sich bei allem vergangenen Leid das Lächeln im Gesicht beibehalten konnte. Mit dem, was war, einfach Frieden geschlossen hat, um im Jetzt glücklich zu sein.

Zwei Stunden später verlässt Nora wie neu geerdet das kleine Café. Das Gespräch mit Lena entpuppte sich als wertvollster psychohygienischer Beitrag zu ihrem Seelenwohl der letzten Monate. Nora ist glücklich. Sie spürt die neue Freundschaft in ihrem Herzen wie warmen Honig. Die beiden hatten sofort eine Verbindung, die man so nicht in Worte fassen kann. Nora wird bewusst, wie sehr sie die Macht der Freundschaft, der Menschlichkeit, unterschätzt hat. Wie sehr es ihr im Leben gefehlt hat. Lena schaffte es, ihre Problemfelder neutral und wertfrei zu betrachten. Mit diesem Verständnis und dem Blick von außen haben sich wie durch Zauberhand einige Schmerzpunkte relativiert. Nora spürt tief in ihr drinnen, dass etwas Mühe im Leben nicht immer selbstverschuldet ist, irgendwie dazugehört. Sie fühlt sich das erste Mal seit langer Zeit positiv motiviert, ihr Leben wieder selbst in den Griff bekommen zu können. Das alles nur durch einen Besuch in einem Café. Vielleicht meint es ihr Leben doch gut mit ihr. Wer denkt daran, in einem Kaffeehaus unerwartet Freundschaft zu schließen? Wer denkt daran, dass ein gefühlt dunkler Tag noch Freude bringen kann? Das Leben ist voller Überraschungen. Nora und Lena verabschieden sich mit einer Umarmung. Mit einigen Gebäckstücken in der Tasche winkt Nora nochmals zurück und verspricht, bald wieder vorbeizukommen.

„Das will ich doch stark hoffen!“, ruft ihr Lena zu und Nora grinst.

Da Lena nun auch den Punkt auf ihrer Liste kennt, wieder aktiv mehr Zeit in Freundschaften investieren zu wollen, wird sich Nora bestimmt daran halten. Es gibt Menschen, die tun einem einfach gut und Lena ist eine solche Person. Die einzige Frau, von der sie das noch behaupten kann, ist ihre Freundin Lotte.

Als sie sich hinters Steuer des olivgrünen Mini-Coopers setzt, atmet sie tief ein und aus. Sie betrachtet ihr Gesicht im Rückspiegel.

„Nora Neumann, deine Lage ist zwar scheiße, aber nicht hoffnungslos.“ So steckt Nora den Schlüssel ins Schlüsselloch und betätigt die Zündung. Zuerst muss sie endlich mit Christopher sprechen. Seit seinem Coming-out haben die beiden zwar viel darüber gesprochen, aber es nicht geschafft, die Konsequenzen offen anzudiskutieren. Als nächsten Schritt sucht sie sich eine Therapeutin und einen Heilmasseur, um ihre Verspannungen in den Griff zu bekommen. Für die Sache mit der Arbeit wird ihr noch etwas einfallen. Vielleicht mal lange Urlaub nehmen oder kündigen. Es gibt ja so etwas wie Arbeitslosenunterstützung, bis sie etwas Neues gefunden hat, außerdem könnte sie mit ihren Eltern reden. *Mal sehen.*

Christopher steht auf der großen Dachterrasse. Die langen Blätter der Zierpalme kitzeln ihn an der Schulter. Ohne darauf zu achten, tippt er Nachrichten in sein Handy. *Nichts Neues. Heute ziemlich okay.* Wird auf dem Display angezeigt. *Okay – Thx. Komme morgen wieder.* Christophers Nachricht wurde gesendet. Die beiden Häkchen werden blau, der Empfänger ist online. Christopher macht erneut das Profilbild größer. Es zeigt den Mann in Badehose, ausgewaschenem T-Shirt und Strohhut. Auf der Nase eine Pilotenbrille, die die gesamte obere Gesichtshälfte verdeckt. Das Lächeln, der dunkle Dreitagebart und ein Schirmchen-Cocktail in der Hand lassen auf einen entspannten Urlaub schließen. Er starrt das Bild lange an. Viel zu lange. Der Pfleger seines Vaters schickt Christopher ein „Daumen hoch"-Symbol zurück.

Christopher lächelt. Dieser Mensch hat in seinem Job wirklich Bestimmung gefunden. Mittlerweile im geflochtenen Hängestuhl relaxend, checkt Christopher die Nachrichten auf diversen Onlineseiten, als er die Tür ins Schloss fallen hört. *Partytime.* Er steht auf und geht durchs Wohnzimmer bis in den Flur. Seine Frau kommt ihm bereits entgegen. „Hallo mein Schatz." Christopher gibt ihr einen freundschaftlichen Kuss auf die Wange. Sie sieht ausgelaugt aus, aber irgendwie auch aufgedreht. „Alles okay?"

„Mhm."

Er besinnt sich auf seinen Plan und überwindet sich. „Nora, wir müssen reden."

Erst jetzt blickt sie ihm direkt in die Augen. „Ja, sehe ich auch so. Schenkst du uns Wein ein?"

2

FERDINAND

Mit Liebe im Herzen wird man zu einer besseren Version seiner selbst. Das Leben schmeckt plötzlich nach mehr, es riecht ganz wunderbar und fühlt sich an wie ein kuscheliger Bademantel auf der nackten Haut. Oder wie Sonnenstrahlen auf dem Körper, während die Zehen kleine Kuhlen in den Sand graben. Wie ein Gipfelsieg, mit einem Ausblick, der dir das Gefühl vermittelt, du hast aus eigener Kraft die Welt erklommen. Als ich damals meine Elisa getroffen habe, wusste ich vom ersten Augenblick an, wie es um mich stand. Ihr braunes Haar war schick in sanfte Wellen gelegt, die ihr bis über die Schultern fielen. Ihre Lippen waren voll und leicht geschminkt. Ich weiß es noch, als ob es gestern war, denn ich konnte meine Augen nicht von diesem Glanz abwenden. Es war Kirtag hier im Ort. Viele Schausteller waren zugegen, es wurde gelacht, getanzt, getrunken. Die Menschen damals hatten nicht viel, es mangelte zunehmend an allem. Der Krieg machte das Leben hart. Vermutlich brauchten wir gerade deshalb diese Geselligkeit, das Miteinander. Ich war mit meinen Kameraden gekommen um, das gebe ich zu, Mädchen zu finden und Spaß zu haben. Wir waren nicht auf der Suche nach Liebe für das Herz, wir waren auf der Suche nach Liebe für das Bett. Ja, ich weiß. Uns Alten traut keiner mehr diese jugendliche Agilität der Libido zu. Doch sie war einst da, glauben Sie mir. Mit meinen achtzehn Jahren war ich bereits liebes- wie kriegserfahren, die Seele geschunden. Es war eine schlimme Zeit im Herzen Europas, für Liebe war zu wenig Platz. Zeit meines Lebens dachte und denke ich mit Tränen in den Augen an die jungen Soldatinnen und Soldaten, die heute noch in den Kriegen der Welt kämpfen, sobald ich im Fernseher die Nachrichten sehe. Krieg überall auf der Welt, an unserer Grenze, in Europa, auf der Welt. Furchtbare Gräueltaten, als ob die Menschheit unbelehrbar wäre. Lernt denn niemand aus der Geschichte? So etwas bekommt kein Mensch jemals wieder aus der Seele. Es frisst sich hinein wie eine Pockennarbe. Heute weiß ich, ich stand an der Kippe, mich zu verlieren. Dass ich überhaupt noch am Leben bin, grenzt an ein Wunder. Ich wurde im Kampf verwundet. Kleine Splitter gruben sich in Beine und Rumpf entlang der rechten Körperseite. Es war nicht lebensbedrohlich, doch ich fiel für kurze Zeit aus. Während ich im Lazarett war, wurde meine Truppe nach Polen entsandt. Niemand von ihnen kam nach Hause zurück. Nach meiner Genesung wurde ich einer neuen Einheit zugeteilt. Bevor wir kurze Zeit später in den nächsten Kampf aufbrechen sollten, ließen wir in der Stadt das Leben auf uns regnen. An diesem Tag hat mich Elisa gerettet. Sie hat mich angesehen, ich bin zu ihr gegangen und habe ihre Hand genommen. Einen zarten Kuss auf den Handrücken gehaucht und sie um einen Tanz gebeten. Die Liebe, die in diesem Moment in meinem Herz entflammt ist, hat es über die Jahre geheilt. Es war tatsächlich so wildromantisch und unverhofft, wie es klingt.

Am nächsten Morgen sollte ich zurück in die Kaserne. Vor meinem Aufbruch umarmte ich meine Mutter. Zu jener Zeit wusste niemand, wann und ob er wieder nach Hause zurückkommen würde, wenn ein Einsatz bevorstand. Kurz darauf geschahen zwei wunderbare Dinge innerhalb kurzer Zeit. Wir hörten das Knarren des alten Gartentors. Die Scharniere gehörten geölt, doch es kümmerte sich niemand darum. Meine Mutter sah aus dem Küchenfenster. Ich hörte ihren erstickten Schrei, sie hielt sich die Hände vor das Gesicht und kauerte sich in der Hocke auf dem kalten Küchenboden zusammen. Reflexartig fuhr meine Hand zum Holster an meiner Hüfte. Erst als ich nachsah, löste sich meine Hand. Freude stieg mir in die Brust. Mein Bruder war es, der sich über den schmalen Weg dem Haus näherte. Mit erst sechzehn war er eingezogen worden und kurz später mit seiner Einheit über Ungarn unterwegs nach Russland gewesen. Irgendwo auf dem Weg hat der befehlshabende Kommandant seine Leute aufstellen lassen, ist durch die Reihen geschritten, um Körper und Gesichter zu mustern. Neben meinem Bruder hat er vier weitere Jugendliche vortreten lassen. Sie waren wie magere Kinder, noch nicht zum Mann gereift. Es bleibt ungewiss, ob dieser Soldat ein großes Vaterherz hatte oder aus taktischen Gründen die Schwachen zurückgelassen hat. In jedem Fall hat er die fünf Burschen nach Hause zu ihren Müttern geschickt. Sie haben sich alleine dorthin durchgeschlagen. Ich konnte meinen geliebten kleinen Bruder in die Arme nehmen und ihn und meine Mutter gemeinsam wissen, als ich mich auf denselben Weg verabschiedete, auf dem er kurz zuvor gekommen war. Auf dem Weg zur Kaserne erlaube ich mir zu trödeln, schlenderte, wie es sich für einen Soldaten nicht ziemte. Diese Auszeit gönnte ich mir. Dann geschah das zweite Wunderbare. Elisa kam mir entgegen. Sie war auf dem Weg zu mir nach Hause und kreuzte zufällig meine Route. Es war Glück. Wir blickten uns an, sie nahm mein Gesicht zwischen ihre Hände und küsste mich auf den Mund. Ich pflückte am Wegesrand das langstieligste Gänseblümchen, das ich finden konnte, wickelte es um ihren Ringfinger und versprach, darauf einen richtigen Ring zu stecken, wenn ich es in die Heimat zurückschaffen sollte. Es war eine meiner spontanen, überstürzten Handlungen, die ich jedoch nicht bereuen sollte. In diesem wunderbaren Augenblick wusste ich nicht, dass ich bleiben sollte und diese Erfahrung für mich noch weit schlimmer sein würde als der Einsatz an der Front.

Die jungen Menschen heute glauben, wir Alten kennen keine Sinneskrisen. Ähnlich, wie Nora es derzeit durchleben muss. Ich kenne die junge Frau, denn sie ist eine gute Freundin meiner Enkeltochter. Wir hatten unzählig viele dieser Krisen. Je länger das Leben, desto mehr Zeit bleibt dafür. Glauben Sie einem alten Mann, seien Sie froh, wenn Sie Krisen durchleben dürfen. Mit dreiundzwanzig Jahren, zu Ende des zweiten Weltkrieges, wurde ich eingesperrt. In den Wirren der Befreiung kam das durchaus oft vor. Ich war nur wenige Wochen im Gefängnis. Fragen Sie mich bitte nicht, warum ich überhaupt freigekommen bin. Es hätte mir gut angestanden, mich selbst zu exekutieren, wenn es denn nicht andere taten. War ich zu feige, oder hatte das Leben noch andere Pläne mit mir? Ich weiß es nicht. Im Durcheinander der Befreiung vom Nazi-Regime mussten wir einige letzte Aufträge ausführen. Es wurde auf Hochdruck gemordet, vertuscht und versucht zu retten, was im Sinne der Ideologie zu retten war. Zu dieser Tage waren mein Kopf und das Herz in einem Überlebensmodus angelangt. Der Körper funktionierte. Irgendwie.

Ich habe Ihnen ja bereits erzählt, wie ich meine geliebte

Frau kennengelernt habe. Auch darüber, wie ich ihr einen überstürzten informellen Antrag machte, wenige Augenblicke, nachdem ich unerwartet meinen Bruder in die Arme schließen durfte. Dieser Tag war magisch. Damals hatte ich das Gefühl, alles wird gut. Vermutlich haben mir genau diese Augenblicke so unendlich viel Kraft geschenkt, für all das, was folgen sollte.

Nachdem ich und eine Handvoll anderer junger Männer nicht wie erwartet an die nächste Frontlinie entsandt wurden, um im Großen vaterländischen Krieg für unser Land einzustehen, mussten wir erst lernen, was dieser zweite Weltkrieg tatsächlich einforderte. Menschlichkeit. Wir wurden dem neuen örtlichen Konzentrationslager zugeteilt. Es wurde erst spät, im Jahr 1944 am Kasernenareal errichtet und ich versichere Ihnen, ich wäre froh gewesen, wenn es nicht mehr gebaut worden wäre. Keine Seele konnte dieses Leid glauben, wenn es nicht mit eigenen Augen gesehen wurde. Viele einheimische Menschen wussten bis lange nach dem Krieg nicht, was sich tatsächlich zugetragen hatte. Es klingt heute dubios, doch es war die Zeit.

Jedenfalls hat es sich so zugetragen. Das Schicksal ist ein eigenartiger Geselle. In der ersten Euphorie, am Heimatstandort Dienst leisten zu dürfen, habe ich zwei Tage später meine zukünftige Frau besucht und bei ihren Eltern um ihre Hand geworben. Ihr Vater, ein konservativer Nazi, konnte meinem uniformierten und förmlichen Auftreten keinen Wunsch abschlagen. Auf Grund einer Invalidität konnte dieser selbst nicht kämpfen. Er war beinahe vernarrt in die Person, die er sich zusammenreimte, vor sich zu haben, und beseelt von der Idee, seine Tochter einem strebsamen Soldaten zur Frau zu geben. Meine Kriegsgeschichten musste ich fortan bei jeder

Zusammenkunft breittreten. Mit der Zeit wurde ich kreativ und schmückte meine Fronterfahrungen mit Glanz und Gloria. Es wirkte. Ein dreiviertel Jahr später traten Elisa und ich in der Stadtkirche vor den Traualtar. Sie war wunderschön. Ihr Kleid hochgeschlossen, jedoch mit feinen Spitzeneinsätzen verarbeitet. Ihr Schleier am Hinterkopf in das lockig fallende Haar gesteckt. In den Händen hielt sie einen bunten Brautstrauß aus Wiesenblumen und Wildkräutern. Dieser Duft sollte mich noch oft an diesen Moment erinnern. Den Moment, als wir „Ja“ sagten zu einem gemeinsamen Leben. Meine liebste Elisa meinte oft, dass ich von der Front nicht mehr zurückgekommen wäre. Mein Einsatz hier, im Konzentrationslager, wäre meine Rettung gewesen. Der Grundstein, dass wir eine Familie gründen konnten. Dieser Gedanke lässt mein Herz lachen und weinen zur selben Zeit. Es ist ein Grundstein, der in fremdem Blut getränkt wurde.

Das Konzentrationslager in der Birago-Kaserne war also meine letzte Station im damaligen Krieg. Die Hintergrundgeschichte dazu wird Sie bestimmt interessieren. Von der nationalsozialistischen Schutzstaffel, allgemein bekannt unter der Abkürzung SS, genauer gesagt vom Sonderstab Kammler und der Firma Steyr-Daimler-Puch AG, wurde eine unterirdische Fabrik in die nahegelegene Hügellandschaft geschlagen. Bis heute ranken sich mysteriöse Geschichten um dieses Bergwerk. Die Tunnelanlage ist bis heute erhalten, wenn auch einsturzgefährdet. Sie sollte angeblich der sicheren Fertigung von Kugellagern, Motoren und Panzern dienen. Ich sage angeblich, da ich schon selbst so viele Geschichten gehört habe, dass ich nicht mehr genau sagen kann, was Realität ist und was Fiktion. Natürlich habe ich vieles gesehen, doch nicht alles verstanden. Ich hatte weder

Rang noch Mut, um mehr wissen zu wollen. Das Konzentrationslager in Melk war ein Außenlager des heute berüchtigten KZ Mauthausen. Von dort bezogen wir hauptsächlich Zwangsarbeiter für die Arbeit unter Tag, manche mussten auch weiter in die Kantholzproduktion, welche für die Sicherung der unterirdischen Anlagen dringend benötigt wurde. Im Juni 1944 trat ich meinen Dienst an, im Juli desselben Jahres wurden bei einem Luftangriff hunderte Häftlinge und Soldaten getötet. Bereits nach diesem einen Monat hatte ich tiefe Sehnsucht danach, unter den Opfern zu sein. Wie immer in meinem Leben hatte ich Glück. Damals konnte ich es bloß nicht als solches benennen. Diese unterirdischen Gänge und Höhlen, diese Fabrik im Berg – ich habe sie nie mehr besucht. Mit dem Auto wäre es heute nur ein Katzensprung, wenige Minuten entfernt. Doch ich kann es nicht, ich will es nicht mehr sehen. Nie mehr in meinem Leben. Es schnürt mir die Kehle zu, raubt mir die Luft zum Atmen. Ich möchte dieses Gefühl der Ohnmacht nicht mehr an die Oberfläche lassen.

Die letzten Taten, am Ende des Krieges, brachten mich ins Gefängnis. In das Loch. Dann hatte ich Zeit, Buße zu tun, freilich. Gab es überhaupt irgendeine Form der gerechten Buße, für die Taten, denen wir beigewohnt hatten? Schlimmer als jedes Bild im Kopf war vor allem die Tatsache, meine Frau und unser erstgeborenes Kind allein zu Hause zu wissen. Waren sie in Sicherheit?

Unser Land wurde in Besatzungszonen eingeteilt, ich wusste, in unserer Gegend waren die Russen. Jene, die wir Wochen zuvor noch am Schlachtfeld bekämpft hatten, sicherten nun unser Gebiet. Wie würden sie sich verhalten? Wurde meine Frau von den russischen Soldaten misshandelt? Würden sie uns ausplündern? Man erzählte sich schauderhafte Geschichten von Raub und Vergewaltigungen im Gefängnis und ich konnte nichts tun, außer hoffen und beten. Sitzen, stehen, liegen, warten. In der Zelle, auf engem Raum mit einigen anderen Männern, überkam mich eine Sinnesfrage. Es war nicht meine erste. Schließlich ging auch ich durch die Pubertät und zog kurz danach in den Krieg. Soviel ist heute gewiss, es war die erste prägende Krise meines Geistes. Ich wurde krank im Kopf. Zuvor bin ich trotz aller Abscheulichkeiten irgendwie immer mit dem Strom geschwommen. War nicht alleine, sondern mit meinen Kameraden. Wir teilten uns die Erlebnisse, waren eine Einheit. Doch hier war es plötzlich anders. Angereichert von diffusen Ängsten, Sorgen. Einer Perspektivenlosigkeit, die ihresgleichen sucht. Nicht wegen meiner jungen Familie, sondern um unser aller Zukunft. Was sollte aus mir werden, wie kann ich sein, hier in diesem Loch? Im Nachhinein ist natürlich leicht davon zu sprechen, wie es ist, wenn ein Tief durchstanden ist. Doch glauben Sie mir, manche Krisen lassen hässliche Narben zurück.

Ich kann nur hoffen - von der Tiefe meiner Seele aus tue ich dies - die jungen Menschen finden aus ihren Tiefen unbeschadet heraus. Es ist müßig darüber zu sprechen, ob diese Krise überhaupt eine solche ist, wenn ich auf das zurückblicke, was meine Generation verarbeiten musste. Sorgen bleiben Sorgen. Ängste bleiben Ängste. Die junge Frau, Nora, ist noch zu wenig gefestigt, trotz ihres mittleren Alters. Sie ist irgendwie, wie soll ich sagen, auf einer Wolke durch ihr Leben geflogen. Jetzt regnet es stark und sie fällt aus luftiger Höhe mit dem Wasser auf die Erde. Noras Großmutter war meine Sandkastenliebe. Gerne spreche ich von ihr, Sofia. Sie ist eine Seele von einem Menschen. Eine der letzten noch Lebenden aus unserer damaligen gemeinsamen Zeit. Wir haben unsere Leben gemeinsam gelebt, auch wenn bekanntlich nicht mehr daraus wurde. Wenn ich in das Gesicht von Nora Neumann sehe, sehe ich das Gesicht von damals. Sofia heiratete spät, aber glücklich. Sie hatte nur zwei Kinder, beide gut geraten. Über viele Jahre trafen wir uns regelmäßig zum Kartenspielen und sonntags nach dem Kirchgang im Wirtshaus. Zuletzt habe ich Sofia beim Begräbnis von meiner Elisa gesehen. Sie saß im Rollstuhl, sah sehr gebrechlich aus. Ich habe das Bild vor mir, als sie mir ihr Beileid aussprach. Tränen glänzten in den rauchblauen Augen. Was ich jetzt in Gedanken daran so klar erkenne, ist, dass sich diese Augen über die Jahrzehnte nicht verändert haben. Nur die Verpackung rundherum ist gealtert. Ihre Augen sind so rauchblau und klar wie damals in der Sandkiste. Wenn Sie noch jung sind, können Sie das vermutlich schwer nachempfinden. Der Körper ist alt, man weiß, das Leben ist verwirkt, doch der Geist ist dennoch jung. Man schaut eine Freundin an, die das gesamte Leben mit einem verbracht hat, und fragt sich, wo die Jahre hingekommen sind. Warum der Mensch, der so lacht wie vor fünfzig Jahren, plötzlich so alt geworden ist. Trotz allen Wunderns ist es ein großer Segen. Es ist ein Segen, alt werden zu dürfen. Ein Geschenk. Allein bei den Kampfhandlungen im zweiten Weltkrieg wurden mehr als sechzig Millionen Menschen getötet. Eine unvorstellbare Zahl. Als ob man Österreich knappe sieben Mal vollständig auslöscht. Da spreche ich gar nicht von all den Menschen, die in den Konzentrationslagern, bei Zwangsarbeiten, Kriegsverbrechen oder in den diversen „Säuberungsaktionen" ihr Leben verloren haben. Wenn ich mich so zurückerinnere, kann ich mir gut vorstellen, dass sogar mehr Zivilisten als Soldaten ihr Leben geben mussten. Ich habe überlebt. Nein, ich durfte weiterleben. Was wäre ich, wenn ich dieses Geschenk nicht laut in die Welt rufen würde, wo doch so viele sterben mussten. Ich wäre ein Verräter am Leben.

Wie alt sind Sie denn, wenn ich fragen darf? Ich bin unsicher, ob der Geschichtsunterricht heute noch so klar von damals erzählt. Selbst die Bewohner dieser kleinen Stadt vergessen oft, welche geschichtsträchtigen Ereignisse sich in ihrer unmittelbaren Umgebung zugetragen haben. Melk ist heute ein wunderbares Ausflugsziel für Tagestouristen. Die Meisten kommen mit Bussen oder Schiffen entlang der Donau, bleiben stehen, um das imposante Stift zu bewundern, das so königlich auf dem Felsen thront. Auch ich bin gerne da oben. Doch mein Herzblut lässt den Blick immer stets Richtung Kaserne schweifen. Dort, auf einer anderen Anhöhe der Stadt, war es, das Konzentrationslager. Was den wenigen noch lebenden Einheimischen bleibt, ist die ständige Selbstkritik. Hätten wir diesen Menschen helfen können? Sie werden mich vielleicht für schwach halten, vermutlich war ich es auch.

Es ist wichtig, darüber zu reden. Das ist wichtig, um die Menschlichkeit aufrecht zu erhalten. Denn daran hatte es gemangelt, Menschlichkeit. Menschen wurden schlechter als Tiere behandelt. Wie niedere Kreaturen, die sogar zum einfachen Sterben zu minder sind. Das mussten sie sich erst verdienen. Stellen Sie sich vor, das Blatt wendet sich von heute auf morgen und plötzlich gehören Sie zu einer Gruppe von Menschen, die mit einem Mal als Sondermüll gelten. Verfolgt, enteignet, gedemütigt, geschlagen, geprügelt, genötigt. Nicht nur Sie, auch Ihre Eltern, Geschwister, Kinder und

Verwandten. Alle, die mit Ihnen zu tun haben. Dabei wissen Sie nicht einmal genau, weshalb. Die Menschen auf der anderen Seite, die wissen es ganz genau. Sie selbst werden es nicht verstehen können, haben keine Wahl, dagegen anzukommen. Kein Wort, keine Tat, die für Einkehr sorgen könnte. So war das. Ich vergesse es niemals. Vergesse nicht, auf welcher Seite ich stand, vergesse die Gesichter nicht, in die ich blicken musste. Mein Leben durfte von vorne beginnen. Jede Seele, die in Sicherheit und Frieden aufwachsen darf, sollte sich dessen besinnen.

Fliegt von mir aus mit dem Kopf in den Wolken, doch steht mit beiden Beinen fest auf der Erde. Durchlebt eure Sinneskrisen, aber denkt stets daran, wie viel Glück ihr haben dürft. Dann seht euch nochmals auf der Welt um. Ihr werdet erkennen, es ist keine Selbstverständlichkeit.

3

PHILIPP STOIBER

Wenige Stunden zuvor hatte Nora im Kaffeehaus der Einkaufspromenade gesessen und das Kind im Buggy beobachtet. Der junge Mann, der den Kinderwagen anschob, heißt Philipp. Er ist nicht der Vater des kleinen Kindes. Er ist der Verehrer dessen Mutter. Orlando, wie seine große Liebe die Frucht ihrer Lenden genannt hat, wird langsam quengelig. Wie erwünscht hat er die Einkäufe erledigt, Windeln, Feuchttücher, Reiscracker, Taschentücher, Slipeinlagen, Tampons sowie Fencheltee besorgt. Darüber hinaus räumte Orlando noch Suppenpulver in der Dose, Saft und einen Beißring in den Einkaufskorb.

Philipp hatte keine Ahnung davon, wie man einem zweijährigen Sturkopf erklärt, dass er diesen Beißring nicht mehr brauchen wird, und empfand es als einfacher, ihm seinen Willen zu lassen.

„So Orlando, jetzt suchen wir deine Mami, okay?“ Philipp streichelt Orlando über den Kopf. Seine strubbeligen Haare sind durch die dünne Haube zu spüren. Mit großen Augen strahlt er ihn an und streckt gleichzeitig seine kleinen Ärmchen in die Höhe, um noch einen Keks zu erbetteln.

Der Kleine winkt Annabell zu, als er sie unter den Menschen erspäht. Viele Körper schieben sich in allen Richtungen über den Gehweg der Einkaufspromenade. Jeder scheint ein wichtiges Ziel zu verfolgen, eilt mit großen Schritten.

„Hallo ihr beiden. Na, mein Schatz? Mami ist jetzt wieder da." Annabell umarmt ihren Sohn, der seine kleinen Arme ebenfalls fest um ihren Hals schlingt. Sie schielt Philipp an. „Danke vielmals."

„Kein Problem", winkt dieser ab. Sein Lächeln wirkt etwas müde. „Was hat die Ärztin gesagt?"

„Ich sollte mich weniger Stress aussetzen. Angeblich täte mir Meerwasser gut. Vielleicht probiere ich mal so einen Badzusatz aus. Sie hat mir eine vielversprechende Hautpflege verordnet. Ich hoffe, es hilft", sagt sie mit flehendem Blick.

„Ich hoffe es auch für dich. Du leidest wirklich, das merkt doch jeder. Brauchts du was von der Apotheke?", fragt Philipp lächelnd. Er streckt die Hand aus, um Annabell aufmunternd am Oberarm zu streicheln.

Sie schenkt ihm einen dankbaren Blick. Sein Mitgefühl ist ehrlich und nicht nur so dahingesagt.

„Ja, ich habe ein Rezept einzulösen. Kommst du mit?"

„Natürlich. Ich habe heute den ganzen Tag Zeit. Morgen fahre ich für drei Tage nach Triest." Er schiebt den Buggy wie selbstverständlich weiter in Richtung Auto. Der Weg in die Innenstadt ist nicht so weit, trotzdem möchte er nun lieber fahren als laufen.

„Ach ja, stimmt", erinnert sich Annabell. „Du musst bestimmt packen und dich vorbereiten?" Obwohl er beruflich ständig unterwegs ist, gibt ihr die Tatsache jetzt gerade einen kleinen Stich. Sie wollte ihn als Dankeschön für seine Hilfe gerne am Wochenende zu sich einladen und hatte gar nicht mehr an den Trip gedacht. Ein gemeinsames Mittagessen vielleicht. Ganz unverbindlich, so wie sie es als langjährige Freunde schon unzählige Male erlebt hatten. Nichts Besonderes.

„Alles erledigt“, sagt Philipp und reißt Annabell damit aus ihren Gedanken.

Am Wagen angelangt, verladen sie Orlando in den Kindersitz und den Kinderwagen zu den Einkäufen in den Kofferraum.

„Ich bewundere dich.“ Annabell nickte ihm zu, während sie die Gurte des Kindersitzes überprüft. „Wenn ich ins Ausland reise, ist das ein Staatsakt.“

Philipp lacht. „Klar, du machst das ja auch nicht beruflich so wie ich. Daran gewöhnt man sich, glaube mir. Für mich ist es reine Routine.“

Stoiber Reisen ist ein Familienunternehmen in bald dritter Generation, sofern Philipp die Geschäfte übernimmt. Er hat seinen Lehrabschluss im Unternehmen gemacht und ist grundsätzlich mit Leib und Seele dabei. Allerdings gestaltet sich die Zusammenarbeit mit seinem Vater des Öfteren als herbe Herausforderung, weshalb er sich eine Übernahme erst vorstellen kann, wenn sein alter Herr gänzlich abdankt. Bis dahin gibt er sich mit der Rolle des Angestellten zufrieden und sieht zu, möglichst seine eigenen Aufträge und Reisebegleitungen abzuwickeln. Das Busunternehmen ist auf Fahrten und Reisen im In- und im näheren Ausland spezialisiert. Österreich und einige ausgewählte Länder in Europa gehören zu den jährlichen Fixangeboten, Tages- und Wochenendausflüge sind fast wöchentlich im Programm. Seine Mutter schmeißt das Back-Office, sein Vater ist der Spezialist fürs Angebot. Er hat ein wirklich gutes Gefühl für die Zusammenstellung unterschiedlicher Routen, kann knallhart verhandeln und kennt viele gute Lokale. Heute haben sie fünf Vollzeit- und vier Teilzeitkräfte, die Familie nicht miteingerechnet.

Achtzehn Jahre zuvor stand es nicht so rosig um das Geschäft. Emmerich Stoiber war zwar in jüngeren Jahren bereits ein guter Geschäftsmann, wie auch ein belesener Reisebegleiter, jedoch wurde ihm seine Geselligkeit zum Verhängnis. Einige Jahre lang sahen alle Weggefährten inklusive seiner Frau über die wachsende Trunksucht hinweg. Wie so oft im Leben hat sich diese Abhängigkeit langsam eingeschlichen. Grundsätzlich war und ist er ein liebevoller Ehemann und ein fürsorglicher Vater. Vielmehr hatte er ein Problem im angetrunkenen Zustand, Recht von Unrecht zu unterscheiden. Sobald er angeheitert war, legte sich ein Schalter um. Die Ehefrau hielt den Betrieb im Hintergrund am Laufen. Nicht nur auffällige Reiseabrechnungen, sondern Liebesbriefe, die eintrudelten, sowie das Ereignis um den zwölften Juli, brachten die Sprengladung in ihrer Ehe zum Explodieren. An besagtem zwölften Juli eines trockenheißen Sommers meldete sich die Polizei. Emmerich Stoiber war volltrunken am Bahnhof in Budapest aufgegriffen worden. Alle persönlichen Gegenstände, Wertsachen, Ausweise hatte er verloren oder verschenkt. Die Kreditkartenabrechnung zeigte große Ausgaben in einem bekannten Bordell. Lolita, Isolda, Chiara und viele Liter Champagner brachten die Familie um einen gesamten Halbjahresgewinn. Das war der Punkt, der selbst die gutmütige Susanne zu eindeutigen Taten zwang. Susanne Stoiber war vom Wesen nicht nur naiv, sie war dazu erzogen worden, den schönen Schein nach außen zu jeder Zeit zu wahren. Die Familie steht grundsätzlich über allem, daran hat sich bis heute nichts geändert. Doch das Aufrechterhalten einer intakten Fassade war für Susanne ab diesem Zeitpunkt nicht mehr möglich. Zum Entsetzen ihrer Eltern und Schwiegereltern schrie sie ihren

Schmerz in die Welt der Kleinstadt hinaus. Bei jeder Gelegenheit wälzte sie die Geschichte breit, völlig enthemmt begann sie die Wahrheit auszusprechen. *Mein Mann ist Alkoholiker. Mein Mann betrügt mich. Mein Mann verschleudert unser ganzes Geld.* Susanne hat Emmerich in Budapest sitzen gelassen und hat die Zeit genutzt. Als ihr Schwiegervater mit seinem Sohn nach Hause kam, waren Mutter und Sohn bereits ausgezogen. Erst eineinhalb Jahre später, nach einem stationären Entzug, einer Familientherapie und einem notariell beglaubigten Ehevertrag, zogen Ehefrau und Sohn wieder zu Emmerich zurück. Er hat seither nie mehr einen Tropfen Alkohol getrunken und meidet sogar Gebäck und Kuchen, die mit Alkohol oder Alkoholessenzen gebacken sind. Seine Vergangenheit gerät in einer Kleinstadt wie dieser jedoch nicht in Vergessenheit. Die Scham ist ihm daher bis heute geblieben, aber auch sein sicherer Anker, nie wieder in alte Muster zu verfallen. Die Gäste sind damals ausgeblieben. Schon während seiner harten Phase wurden die Aufträge weniger. Nach dem Eklat wollte niemand mehr eine Reise buchen. Zu eng stand sein Name mit dem gewünschten erholsamen Urlaub in Verbindung. Erst nach und nach kam das Unternehmen auf stabile Beine. Heute erfüllt der Schriftzug des Familiennamens über der Tür ihn wieder mit Stolz und die Vergangenheit hat einen netten Charme für lustige Geschichten entwickelt.

Philipp selbst hat kein Problem damit. Weder mit der Alkoholkrankheit noch mit den Geschichten, die sich um seinen Vater ranken. Er sieht es als menschlich an und die sagenumwobenen Redereien sind mittlerweile gut fürs Geschäft. Dunkel kann er sich an die Zeit mit seiner Mutter in der kleinen Wohnung erinnern, aber es ist ihm kein erkennbarer

Schaden geblieben. Zumindest empfindet er es so und das ist doch letztendlich das einzige, was zählt. Für Philipp ist die störrische Art und die ständige Besserwisserei das eigentliche Problem in der Zusammenarbeit mit seinem Vater. Er hat seinen Sohn nicht als den Erwachsenen akzeptiert, der er heute ist. Für Emmerich ist Philipp immer noch der kleine, ruhige Junge, den man anweisen und anleiten muss. Heute weiß er ganz genau, was er will, und weiß sich auszudrücken. Er beherrscht den Job im Back-Office wie unterwegs in der Reisebegleitung, spricht bereits sehr gut Italienisch und Englisch und versucht sich gerade am Französischen. Für die Reise nach Paris und in die Normandie nächsten Herbst wird er gut vorbereitet sein. Es macht den feinen, aber wichtigen Unterschied aus, wenn man sich in der Landessprache verständigen kann. Die Menschen reagieren umgehend offener und freundlicher. Philipp war ein guter Schüler und hat seine Ausbildungen mit Bravour gemeistert. Er hat sich in seinen Jugendjahren nur gängige Eskapaden erlaubt, nimmt keine Drogen, hat einen stabilen Freundeskreis. *Höchste Zeit, einmal etwas zu wagen, oder nicht?* Er hat schon immer gerne auf seine innere Stimme gehört.

Annabell kommt mit einer kleinen Tasche aus der Apotheke zurück. „Puh, das ist jetzt trotz Rezept ziemlich teuer geworden." Sie schaut Philipp an, der sie anlächelt. „Was ist?"

„Ich habe eine grandiose Idee", antwortet er ihr freudestrahlend.

Annabell zieht die Stirn kraus. „Oje. Welche denn?"

„Was machst du dieses Wochenende?", fragt Philipp und zieht dabei eine Augenbraue hoch.

„Na ja, ich wollte Lotte besuchen und endlich mal einen Wohnungsputz machen. Vielleicht nimmt sie mir Orlando für ein paar Stunden ab. Aber sonst steht nichts an. Wieso?", fragt Annabell neugierig.

„Ruf Lotte an, du kannst nicht kommen. Sie wird dich nächste Woche wieder sehen. Und deine Wohnung ist sauber genug", meint er bestimmend.

„Okay?" Annabell kann nicht einordnen, was er ihr eigentlich sagen will. „Und warum genau soll ich das tun?", fragt sie nach.

„Wir fahren jetzt zu dir nach Hause und du packst."

„Wieso? Wohin soll ich denn?" Irritiert legt sie den Kopf schief.

„Mit mir nach Triest. Ruf deine Chefin an und frag, ob du Montag freihaben kannst." Er hält ihr das Handy unter die Nase.

„Was? Ich kann nicht einfach wegfahren", stellt Annabell kopfschüttelnd fest. Sie lächelt über sein Verhalten, denn sie ist es gewohnt, dass Philipp spontan und sehr bestimmend sein kann.

„Warum nicht?", bohrt er nach.

Annabell muss nachdenken. „Nun, einfach so. Was mach ich denn mit Orlando? Ganz abgesehen vom Kleinen muss ich sparen."

„Orlando kommt natürlich mit. Du bist meine Begleitung, das kostet dich nichts. Aber du und Orlando müsst bei mir im Zimmer schlafen. Das macht dir doch nichts aus?", fragt er lächelnd.

Annabell schaut nach ihrem Sohn auf dem Rücksitz, der bei der kurzen Fahrt eingeschlafen ist und friedvoll in seinem Sitz döst. „Du musst doch arbeiten? Da sind wir dir ja nur im Weg", versucht sie es zaghaft. Kann sie wirklich einfach so, ganz spontan wegfahren? Was müsste sie alles packen und vorbereiten? Die Gedanken überschlagen sich in ihrem Kopf.

Philipp kann es förmlich in ihrem Gehirn arbeiten sehen, doch er ist siegessicher. „Blödsinn. Erfahrungsgemäß lieben die alten Knacker Kleinkinder. Das lockert die Gesellschaft ein bisschen auf. Außerdem bist du irrsinnig gut mit Leuten. Es ist zwar eine spontane Eingebung aber je länger ich darüber nachdenke, desto besser gefällt sie mir. Ich könnte tatsächlich deine Hilfe gebrauchen. Gespräche führen, ein bisschen für Unterhaltung sorgen. Dein Lohn sind die Reisekosten."

Nachdem sie nichts erwidert, nur den Kopf hin und her wiegt und offensichtlich angestrengt nachdenken muss, setzt er nach. „Die Ärztin hat gesagt, Meerluft würde dir guttun. Triest liegt am Meer, aber es ist dennoch nicht sehr weit. Wir fahren mit dem großen, bequemen Bus. Für Orlando wäre es bestimmt ein Erlebnis und jede Hilfe für deine Haut ist jetzt ein Segen. Oder nicht?"

Wieder dieses Spiel mit seinen Augenbrauen. Sie atmet schwer aus und kratzt instinktiv ihre Beugen. Sie fühlt sich überrannt, sein letztes Argument hat jedoch Gewicht. „Eigentlich ist die Idee gar nicht schlecht", lenkt sie vorsichtig ein, als ob es eine Gefahr abzuschätzen gilt. „Ich würde fast alles gegen dieses Jucken tun."

„Na, dann ist die Sache ja klar." Zufrieden mit sich startet Philipp den Motor. Auch Annabell lächelt jetzt still in sich hinein und Orlando brabbelt im Rücksitz im Schlaf leise vor sich hin. Das Flair von einem Neuanfang liegt in der Luft. Philipp fährt langsam aus der Parklücke, dann nimmt er seine Hand und legt sie auf Annabells.

4
FERDINAND

Alkoholsucht ist wohl eines der prägendsten Themen meines Lebens. Zu viele Kameraden sind dem Alkohol verfallen, um die Erlebnisse des Krieges in irgendeiner Form kompensierbar zu machen. Viele von ihnen konnten nur darüber sprechen, wenn sie tranken. Ich kann es verstehen. Jeder, der Krieg erlebt hat, kann das verstehen. Das größte Problem des Alkohols ist der Schaden, den er über Generationen hinweg anrichtet. Die Trunksucht zerstört nicht nur die Person selbst, sie zerstört Beziehungen. Zu den Frauen, zu den Kindern, zu Freunden, Bekannten, Verwandten. Ich habe Familien beobachtete, in denen der Alkohol wie die Pest über Generationen hinweg tiefe Furchen in den Leben hinterlassen hat.

Der junge Philipp macht mir große Sorgen. Es sind seine Augen. So kalt. Als unerfahrene Person muss man wahrscheinlich sehr genau hinsehen, aber ein alter Mann wie ich hat schon zu viele dieser kalten Augen gesehen, um sie nicht zu erkennen. Emmerich Stoiber hieß auch Philipps Großvater, er hat mit mir gedient. Ein Elitesoldat, könnte man sagen. Viele haben zu Emmerich aufgesehen, denn er war sehr sportlich, geschickt im Umgang mit der Waffe und den Frauen. Er zögerte niemals, weder bei dem einen noch bei den anderen. Ich kann unmöglich sagen, wie viele Seelen durch seine Hand gelitten haben, das kann niemand mehr von uns.

Er war, ich behaupte es, stolz darauf. Nicht auf die Taten selbst, sondern auf die Anerkennung, die er dafür erhielt. Ich bin sicher, seine Handlungen haben langfristige Narben in der Seele hinterlassen. Emmerich Senior war eine jener Personen, die dem Alkohol nicht verfallen sind, um zu verarbeiten, sondern um mit dem Verlust fertig zu werden. Dem Verlust der großen Identität, die er sich während des Krieges aufgebaut hatte. Zuerst geachtet, später geächtet. Natürlich mussten die brutalen Soldaten der damaligen Zeit zur Rechenschaft gezogen werden. Doch Soldat war nicht gleich Soldat. Auch ich habe nach Auftrag gemordet, habe Seelen genommen. Dennoch, glauben Sie mir, zähle ich mich nicht dazu, wenn ich von den brutalen Kameraden spreche. Es waren Schlächter unter ihnen, die ihre Berufung gefunden hatten. Es waren pflichtbewusste Soldaten unter ihnen, die für die Sache einstanden. Es waren noch viel mehr Soldaten an meiner Seite, die sich in die Hose pinkelten und sich ankotzten vor Angst und es dennoch schafften, den Abzug zu drücken. Es waren eben Männer wie heute, aus unterschiedlichsten Familien mit diversen Geschichten, Träumen und Charaktereigenschaften. Jede Medaille hat eine zweite Seite. Emmerich war einer der pflichtbewussten Soldaten. Das bedeutet noch lange nicht, dass ihm ein Mord nicht zugesetzt hat. Ich bin sicher, er konnte nachts genauso wenig schlafen wie wir anderen. Emmerich Senior war aus einem härteren Holz geschnitzt, er setzte um und ließ sich wenig anmerken.

Er tat, wie ihm geheißen, und genoss die schwere Hand auf der Schulter, wenn ihm Anerkennung zu Teil wurde. Nach dem Krieg wendeten sich plötzlich alle jungen Männer, die einst zu ihm aufsahen, ab. Freunde wurden rar. Der gesellschaftliche Status in unserer Kleinstadt war verloren. Vermutlich wäre er mit einem Umzug besser beraten gewesen wie viele andere Nazi-Soldaten. Neuer Ort, neue Identität, neues Leben. Emmerich verpasste diesen Moment und blieb.

Emmerichs Sohn hat trotz aller widrigen familiären Umstände ein Unternehmen aufgebaut. Doch er war und ist der Sohn seines Vaters. Ein sehr spät geborenes erstes Kind, aufgezogen von einem alkoholkranken, alten Vater und einer blutjungen, schwachen Mutter. Liegt es an der mangelnden väterlichen Zuneigung oder etwa am schlechten Vorbild? Emmerichs Sohn mit selben Namen wurde ebenfalls sehr spät Vater. Juniors Frau ist weit resoluter als ihre Schwiegermutter, daher wurde es ein Philipp. Natürlich wusste die gesamte Kleinstadt um Emmerich Juniors Lotterleben. Er war zumindest ein lustiger Geselle, stets mit Humor und Schalk unterwegs. Von außen betrachtet hatte man durchaus das Gefühl, er liebt und schätzt seine Familie, möchte das Beste von allem für alle. Er ist kein schlechter Mensch. Seine Frau, eine Macherin im Hintergrund. Trotz allem, ich hatte ein gutes Gefühl für den kleinen Philipp. Es steht mir nicht zu, Urteile zu fällen, denn auch ich habe viele Fehler gemacht. Doch was ich sehe, sehe ich und erzähle ich. Ich denke darüber nach und hoffe, noch etwas Gutes für die Nachwelt daraus abzuleiten. Es ist manchmal so wichtig, Kreisläufe zu durchbrechen, um in einer Negativspirale nicht mit nach unten gezogen zu werden.

Ob es Philipp schafft, dessen bin ich mir nicht sicher. Ich habe ihn gerade erst wieder gesehen. Er saß in dem Auto, ich nur wenige Meter entfernt auf der Bank unter der Linde. Auch wenn ich ihn heute nicht so klar ausnehmen konnte, mein gewonnener Eindruck bleibt. Im Café meiner Enkeltochter habe ich ihn schon oft gesehen und beobachtet.

Es sind seine Augen, die sich nicht erwärmen können. Man hat das Gefühl, dieser junge Mann ist in ständiger Abwägung. Immer ein oberflächliches Lächeln im Gesicht, stets freundlich. Diese Freundlichkeit erreicht seine Augen jedoch nicht.

Menschen, die es tatsächlich schaffen aus Kreisläufen auszubrechen, sind entweder sehr mutig oder haben sehr viel Glück. Größer gedacht, frage ich mich, ob es unsere Gesellschaft schafft, aus dem europäischen Kreislauf fortwährender Kriege auszubrechen? Wir Österreicher wiegen uns in einer scheinbaren Sicherheit. Als könne niemals jemand auf den Gedanken kommen, die schöne Alpenrepublik einzunehmen. Eigentlich gab es auf diesem Kontinent Kriege, solange ich mich zurück erinnern kann. Nach dem ersten und zweiten Weltkrieg haben uns der Balkan, Zypern, Tschetschenien, Georgien, Bergkarabach in Atem gehalten. Heute die Ukraine. Wo werden wir uns selbst hinführen?

Wir Menschen scheinen auf Zerstörung gepolt zu sein. Oder schaffen wir es einfach nicht, aus einem Kreislauf der Macht und Selbstzerstörung auszubrechen? Sehen wir keine anderen Wege?

5

ANNABELL FUCHS

Orlandos Mutter Annabell ist zweiundzwanzig Jahre jung. Sie ist Optikerin und arbeitet in der Mitte der Einkaufspromenade, ungefähr dort, wo auch die kleine Bäckerei ist. Heute hatte Annabell endlich ihren Arzttermin. Mit einem neuen Rezept in der Tasche, drei Proben unterschiedlicher Pflegesalben und der Adresse einer Homöopathin steht sie vor der Arztpraxis und wartet auf die Jungs. Philipp hatte ihr eine Nachricht geschrieben, dass sie ihr entgegenkommen.

Annabell kratzt die Stelle in der Armbeuge, die ohnehin schon blutig ist. Eine ausgeprägte Psoriasis, gemeinhin bekannt als Schuppenflechte, quälte Annabell vor allem in Jugendjahren. Als ihr Orlando zur Welt kam, wurde es leichter, verschwand sogar für kurze Zeit. Nur um dann mit voller Wucht zurückzukommen. Die Ärztin meinte eben, es könnte ein stressbedingter Schub sein. Weil ihr Körper nach der Geburt und der Stillzeit geschwächt sei und Annabell unter Schlafentzug leide. Schlaf ist wichtig für die Regeneration. Außerdem ist ein Kind insgesamt eine große Herausforderung. Sie weiß auch ohne freundliche Hinweise, dass Kinder anstrengend sind. Ohne wirklichen Grund reagiert sie auf solch oberflächliche Aussagen sauer und fühlt sich automatisch in ihrer Leistung herabgesetzt. Annabell ist reflektiert genug, um zu erkennen, was als freundlich gemeinte Erklärung im Gegensatz zu einem herablassenden Kommentar gemeint ist. Dennoch. Als junge Mutter fühlt sie sich ständig belächelt, beäugt oder nicht ernst genommen. Ihr Verstand sagt ihr, das geht jeder Mutter so. Diese diffuse Angst, wie andere Menschen ihre Fähigkeit und Durchhaltevermögen als Mutter beurteilen könnten. Ihr Stolz sagt ihr, sie darf als junge Mama noch weniger Schwäche zeigen. Sie sieht die dunklen Haare und das rote Brillengestell von Philipp schon von weitem.

Zu der Brille hat Annabell ihm geraten und sie steht im wirklich ausgezeichnet. Er schiebt den Buggy mit ihrem Sohn darin, unter seinem Arm klemmt ein Paket. *Hat er tatsächlich meine Einkäufe erledigt?* Er hat sie beiläufig gefragt, ob sie noch einkaufen müsste, und sie hat ihm aufgezählt was noch gebraucht wird. Eher als Konversation gedacht, sie wollte nach dem Arztbesuch noch schnell die Liste abarbeiten. Annabell geht den beiden entgegen. Sie fühlt ein warmes Gefühl in sich aufsteigen. Vielleicht wird sie es ihm dieses Wochenende sagen, wenn sie mutig genug ist. Philipp ist in sie verliebt, das glaubt Annabell jedenfalls. Sie sind schon seit der Volksschulzeit Freunde, in derselben Clique. In ihrer Freizeit sind sie quasi immer irgendwie zusammen. Es ist fast wie eine Familie.

Keiner ihre Freunde hat sie verurteilt, als sie mit gerade neunzehn nach einer Urlaubsschwärmerei schwanger nach Hause zurückgekommen ist.

Es war unmöglich gewesen, den Vater ausfindig zu machen. Sie hatten keine Kontaktdaten ausgetauscht, sein Name war entweder erfunden oder ein Spitzname. Das Hotel gab keine richtigen Auskünfte. Wochenlang hatte sie versucht, den Typen irgendwie zu finden, ohne Erfolg. Annabell weiß noch, dass er einen starken englischen Akzent hatte. Deutsch konnte er nicht, also verständigten sie sich so. Sie hatte ihn erst am Ende des Urlaubs im Hotelclub kennengelernt. Es waren zwei romantisch verliebte Tage unter Alkoholeinfluss. Vermutlich war er selbst als Tourist in Spanien und irgendwo anders auf der Welt zu Hause. Nach einer harten Zeit voller Angst, Selbsthass und familiärer Vorwürfe zogen ihre Freunde sie da wieder raus. Allen voran Philipp, der Annabell so akzeptiert wie sie ist und loyal an ihrer Seite steht. Ja, sie wird sich gut überlegen müssen, ob sie sich ihrem Freund tatsächlich nähern soll. Also so, von Frau zu Mann. Wenn er nicht mehr in ihr sieht als eine enge Freundin, dann zerstört sie, was sie jetzt haben, vielleicht für immer. Das wäre eine Katastrophe. Philipp wünscht sich eine stabile Familie, das weiß sie schon lange. Wäre sie dafür überhaupt geeignet? Ihr eigene hält zwar zusammen wie Pech und Schwefel, aber nur wenn es darauf ankommt. Annabells Vater ist zum vierten Mal verheiratet. Annabells Mutter ist eine kettenrauchende Männerhasserin. Sie hat fünf Geschwister aus unterschiedlichen Konstellationen, dazu noch drei Stiefschwestern aus der derzeitigen Verbindung ihres Vaters. Was, wenn sie selbst auch so wird wie ihr Vater? Von einer Beziehung zur nächsten weiterzieht?

Die engste Mutterbindung hat Annabell zur zweiten Ehefrau. Lotte ist eine warmherzige, kluge Frau. Bei ihr wurden Hausaufgaben wie Pubertätsprobleme besprochen. Lotte hat Annabell erklärt, wie das mit der Monatsblutung abläuft und wie man Damehygieneartikel richtig verwendet. Bei Lotte kennt Annabell keine Scham. Sie war Vaters längste Ehe, und wenn man seine Tochter fragt, dann wäre er gut beraten gewesen, dabei zu bleiben. Allerdings hat Lieselotte tatsächlich etwas Besseres verdient. Jemanden, der sie genauso respektvoll behandelt, ihr mit Freundlichkeit und Wärme begegnet, wie sie es bei den Menschen tut. Lotte hat keine Kinder, nur Annabell. Sie weiß, wie sehr ihre Stiefmutter leiden musste, und tut alles, um diese Verbindung eng zu halten. Für ihrer beiden Seelenwohl.

Nach Lotte führte ihr Vater eine Blitzehe. Jedoch war der Spuk nach drei Wochen bereits wieder vorbei. Seine derzeitige Flamme Petra hat er zumindest schon zwei Jahre.

Zwei Stunden später ist Annabell zurück in ihrer Wohnung und packt. Bei einem Telefonat bot Lotte sich ganz spontan an, mit Orlando spazieren zu fahren. Sie hatte eine Pause nötig und wollte im Park etwas durchatmen. Den Kopf frei bekommen. So kann Annabell in aller Ruhe packen. Das tut sie auch, bereits das dritte Mal. Schöne Unterwäsche rein, praktische Wäsche raus. Tank Top rein, das cremefarbene Kleid mit der Spitzenbordüre wieder raus. Unentschlossen steht sie vor ihrem Koffer. Orlandos kleine Tragetasche ist schon fertig gepackt, der Wickelrucksack aufgefüllt. Kuscheltier, Fläschchen, Buggy. Annabell weiß derzeit besser, was ihr Sohn braucht als sie selbst.

„Was soll's", murmelt sie in sich hinein und schmeißt die verspielte Unterwäsche und das Kleid obendrauf. Sie würde gerne eine Freundin anrufen, doch die sind allesamt auch Freundinnen von Philipp. Mit Lotte will sie darüber auch nicht sprechen, enge Bindung hin oder her. Keinesfalls sollen Gerüchte entstehen, bevor sie selbst nicht wissen, was das alles werden soll. Ihre Runde ist ein lustiger Haufen. Die Jahre des Erwachsenwerdens formten sie jedoch zu einer unzertrennbaren Einheit. Annabell schmerzt es, dass das Leben sie nun alle in unterschiedliche Richtungen trägt. Vor allem, da sich für sie selbst nicht wirklich viel ändert. Sie macht immer noch denselben Job bei derselben Firma, wo sie mit sechzehn ihre Lehre angetreten hat. Alle anderen gingen in höhere Schulen weiter und studieren heute. Mit den unterschiedlichen Studienrichtungen hat sich die Clique verteilt. Als wäre das nicht genug, sind zwei von ihnen mittlerweile im Ausland im Praktikum. Eine davon hat sich bereits in einen Einheimischen verliebt. Keine gute Prognose für ein baldiges Revival der Freunde. Die einzige Konstante ist Philipp. Annabell hat bereits mit dreizehn das erste Mal von ihm geschwärmt. Damals war er ihre erste, wirklich große, heimliche Liebe. Sie hat seitenweise Herzchen mit ihren Namen in ihr Tagebuch gekritzelt und ausprobiert wie ihr Vorname mit seinem Familiennamen passen könnte. Natürlich hat sie ihm bis heute kein Sterbenswort darüber verraten. Später, als sie sich die Nächte in den Clubs und Bars um die Ohren schlugen, waren immer wieder Gefühle zu spüren.

Sie suchten beide Nähe, doch irgendwie wollte es nie mehr sein. Annabells leibliche Mutter schimpfte damals fürchterlich über Philipp. Sie meinte, er wäre nicht gut genug für ihre Tochter. Ein Weiberheld wie sein Vater. Annabell solle sich in Acht nehmen. Für die Tochter nur ein Grund mehr, Nähe zu ihm und den Freunden zu suchen. Eine Mutter, die Gift und Galle speit, anstatt ihrer Tochter ein offenes Ohr zu schenken, hat es wohl nicht anders verdient. Annabell hat die vom Leben frustrierte Frau in eine Kammer ihres Herzens geschlossen und den Schlüssel gut versteckt. Sie sehen sich regelmäßig, doch mehr als formellen Akt. Für Annabell ist Lotte die Frau, die ihr Liebe, Wärme und Halt gibt. Die ihr zuhört, sich kümmert, wenn es ihr nicht gut geht, oder ihr hilft, wann immer sie kann. *Vielleicht rufe ich sie dann doch noch an.* Es ist okay, eine Familie von Geburt und eine Familie der Wahl zu haben. Es bereichert und öffnet den Horizont.

Annabell schließt den groben Reißverschluss der schwarzen Tasche und stellt sie auf den Koffer. Sie ist zufrieden. Auf keinen Fall wollte sie für einen Wochenendtrip zu viel einpacken, dennoch nichts vergessen. Das Wichtigste ist ohnehin, dass Orlando alles hat, was er braucht. In Gedanken an ihren Sohn lächelt sie. Ihr erster Kurzurlaub. Wie er wohl auf das Meer reagieren wird? Ob es warm genug sein wird, dass er mit seinen nackten Füßen im Sand tapsen kann?

Orlando hat einen besonderen Namen, weil er ein besonderes Kind ist. Annabell ist ein großer „Herr der Ringe"-Fan. Insbesondere von Legolas, dem Elbenprinz aus dem Düsterwald, der im Film von Orlando Bloom gespielt wurde. Die erste Zeit ihrer Schwangerschaft war alles andere als schön. Nicht so aufregend und blumig wie bei einem Wunschkind. Ihre Mutter drängte sie zur Abtreibung, ihre Freunde und Freundinnen waren ratlos. Erstmals wurde in der Runde klar, dass ungeschützter Sex tatsächlich Konsequenzen haben kann. Annabell nahm zwar die Pille, doch sie glaubte nicht daran, dass einmal kotzen nach einer durchzechten Nacht solche Auswirkungen hat. Trotz der Schockstarre, spürte sie da eine leise Freude. Zuversicht und vor allem Liebe. Der Herzschlag auf diesem Ultraschallgerät war wie die schönste Musik. Als ob die Sonne direkt in ihrer Brust aufgehen würde. Sie konnte dieses Kind, das so unbedingt auf die Welt wollte, nicht töten. Mit diesem Gefühl im Herzen war die Namenswahl für Annabell naheliegend. Auch wenn sein Vorname manchmal für Nachfragen sorgt.

Annabell greift zu ihrem Telefon, um Lotte anzurufen und nachzufragen, wo sie mit Orlando bleibt. Sie hat den Entschluss gefasst, nun doch mit ihr über Philipp und diese Gefühle zu ihrem langjährigen Freund zu sprechen. Mit irgendwem muss sie sich austauschen, sonst wird sie verrückt. Annabell schrickt aus ihren Gedanken hoch, als es plötzlich an der Tür läutet. *Das werden sie sein*, denkt sie. Ohne nachzufragen öffnet sie die Haustür mit dem Summer und zeitgleich die Wohnungstür. Doch anstatt des Liftes bewegt sich jemand über die Treppe. Philipp biegt um die Ecke.

„Hallo schöne Frau", sagt er geradeheraus. Er keucht nicht einmal, obwohl er die Treppen offenbar flott hochgestiegen ist.

„Hi", strahlt Annabell ihn an. „Mit dir hätte ich jetzt nicht gerechnet. Ich dachte, es ist Lotte mit Orlando."

„Gute Überraschung?", fragt er neckend.

„Tolle Überraschung", lacht Annabell und kann ihr Herz an ihre Brust klopfen spüren. „Komm rein. Ich habe schon fertig gepackt."

„Wow. Nicht schlecht. Dabei dachte ich, ich komme noch mal rasch vorbei, um dich zu beraten." Philipp streift seine Schuhe ab und geht wie selbstverständlich in Richtung Schlafzimmer. Er ist regelmäßig hier, hat beim Einzug geholfen und fühlt sich dementsprechend zu Hause.

„Nur zwei Taschen für Orlando und dich?", fragt er nach.

„Yep." Annabell ist mit sich selbst zufrieden.

„Cool." Philipp nickt anerkennend, was in Annabell diffusen Stolz auslöst. „Ich hätte mit mehr gerechnet", setzt er noch nach.

Annabell denkt plötzlich an das ganze andere Zeug. Schnell fährt Sie mit entschuldigender Geste fort: „Orlando hat schon ein bisschen mehr, Wickeltasche, Buggy und so."

„Klar!" Philipp schaut sie an und lächelt.

Irgendwie betreten umarmt sich Annabell selbst. Eine schützende Pose, wenn sie nicht weiß, wohin mit ihren Händen. Philipp macht einen Schritt auf sie zu und ihr Herz schlägt Salto. Bedächtig legt er seine Hände auf ihre Oberarme. Nicht freundschaftlich, sondern zärtlich. „Nervös?"

Annabell räuspert sich. „Ja, schon irgendwie."

„Ich auch", räuspert er sich. Seine Stimme klingt plötzlich ein wenig belegt.

„Ach was, du bist doch routiniert", sagt Annabell leiser als gewünscht.

„Nicht deshalb."

Philipp zieht Annabell an sich heran, beugt sich zu ihr hinab und küsst sie zärtlich auf den Mund.

6

FERDINAND

Kriege hinterlassen Krater. In der Erde, in der Gesellschaft und in den Herzen. Nach dem zweiten Weltkrieg bestanden viele Familien in meiner Stadt nur noch aus Frauen. Bei vielen anderen wünschten sich die Frauen, ihre Männer wären nicht mehr wiedergekommen. Sie waren verändert. Das, was wir hatten, war damals eine Ausnahme. Es ist nicht leicht, bei all dem Schmerz weiterhin das eigene Glück wertschätzen zu können. Manchmal hatte ich ein schlechtes Gewissen deshalb. Mit den Jahren hatten wir unsere eigenen Sorgen, damit ergab sich dieses Problem irgendwann von selbst. Nach der Besatzungszeit begann die Vergangenheitsbewältigung. Wahrscheinlich schon mit dem Einmarsch der Befreiungsarmeen. Langsam, Stück für Stück, mussten wir zu einem neuen Alltag zurückfinden. Ohne Angst leben lernen. Manchen gelang dies besser als anderen.

Österreich betreibt bis heute Vergangenheitsbewältigung. Ich verfolge dies, wie ich auch das Weltgeschehen verfolge, in den Nachrichten. Beim Kameradschaftsbund bin ich nicht mehr aktiv, ich wurde einfach zu alt. Ich erfahre alles, was ich erfahren muss.

Aus meiner Sicht wurde die Entnazifizierung nie bewerkstelligt. Ich wage zu behaupten, dies ist gar nicht möglich. Die Frage, die sich mir stellt, ist viel mehr: Wie schaffen wir es, neue Kriege zu verhindern? Die Brutalität der Menschen untereinander zu stoppen? Wie können wir gegen Neid, Gier, Missgunst vorgehen? Mit dieser steten Angst vor dem Fremden miteinander leben, die von Radikalismus laufend befeuert wird? Wie, frage ich mich, können wir uns offenherzig begegnen, wenn wir jederzeit einen Angriff erwarten? Es gab diese Jahre des Aufbruchs, da dachte ich wirklich, die Welt wird sich ändern. Wir streben auf, unser nächster Schritt ist Entwicklungsarbeit. Meine Kinder und Enkelkinder wurden in reiche Freiheit geboren. Individuelle Entwicklungen, alles ist möglich. Ich habe Angst um das Leben meiner Urenkelkinder. Angst, wir zerstören ihre Welt, noch bevor sie darin Fuß fassen können.

Orlando ist so ein lieber Junge. Für mich gehört er zur Familie wie auch Annabell. Lotte braucht die beiden und sie Lotte. Für meine Enkeltochter ist sie wie die Tochter, die sie selbst nicht haben konnte. Manchmal fügt sich das Leben, die Menschen finden zueinander. Was wird die Welt für Orlando bereithalten? Wird er eines Tages in den Krieg ziehen müssen? Ich werde es nicht mehr erleben.

Mein Blick in die Vergangenheit verschleiert zunehmend mit den Eindrücken der Gegenwart.

Es bleibt mir das Gefühl, dass sich alles in Kreisen dreht. Die Vergangenheit wiederholt sich. Ich höre junge Menschen mit Überzeugung über den so lange vergangenen Krieg reden. Der Meinung, es lag an uns. Wie wir damals waren. Das macht mich wütend und traurig. Wir waren nicht schlechter als die Leute heute. Wir waren menschlich. Unsere Spezies bringt leider unberechenbare Individuen hervor. Daran hat sich bis heute nichts geändert.

7

BARBARA LAMERANA

Ungefähr eine Stunde bevor Philipp auf die Idee kam, seine Annabell und den kleinen Orlando auf die Triest-Fahrt mitzunehmen, schloss Doktor Barbara Lamerana die Tür hinter dem Untersuchungszimmer ab. Es war kurz nach dreizehn Uhr und an Freitagen wurde die Ordination mittags geschlossen. Ihre letzte Patientin, die junge Annabell Fuchs, machte ihr Sorgen. Die stark gerötete Haut war an mehreren Stellen blutig gekratzt, schuppig und teilweise verhornt. Mit ihren blonden Locken und blauen Augen wirkt die junge Frau wie eine kleine Fee. Dennoch, das ist ihr klar, ist Annabell Fuchs nicht nur erwachsen, sondern steht als alleinerziehende Frau mit beiden Beinen mitten im Leben. Barbara hofft, dass ihre gute Bekannte, eine Allgemeinmedizinerin und Homöopathin, neben der von ihr verordneten klassischen Medikationen zusätzlich helfen kann, das Hautbild zu verbessern. Wenn die sichtbaren Spuren unter Kontrolle wären, würde sich Annabell auch wieder besser fühlen und an Selbstbewusstsein gewinnen.

„Tschüss, ich gehe jetzt", sagt sie zu ihrer Ordinationsgehilfin. Zwischen ihnen herrscht ein freundschaftliches Verhältnis, das Barbara sehr schätzt. Diese Kraft war ein Glücksgriff. Unter den unzähligen Bewerbern damals hatte sie die richtige Entscheidung getroffen. Der reibungslose Ablauf in einer Praxis hängt stark vom Empfang und der Organisation ab. Das bewerkstelligt die Mitte Fünfzigerin perfekt.

„Schönen Nachmittag, Chefin“, sagt diese knapp über die Schulter, während sie Daten in den Computer eintippt. Das Telefon läutet schon wieder. Mit rollenden Augen in Barbaras Richtung hebt sie ab, lächelt jedoch. Das Zeichen bedeutet so viel wie „ist denn hier nie Ruhe?“. Die Ordinationstür fällt hinter Barbara ins Schloss und sie atmet tief ein und aus. *Freier Nachmittag, wie schön.* Als sie im Stiegenhaus im Vorbeigehen aus dem Fenster blickt, sieht sie ihre Patientin beim Buggy knien und den Mann, der den Kinderwagen hält, anlächeln. *Vielleicht ist sie ja gar nicht alleine.* Annabell ist die Stieftochter ihrer Freundin, doch sie würde kein Wort verlieren. Sie hat gelernt, den Mund zu halten und sich nicht in die Leben anderer Menschen einzumischen, außer sie wird aktiv darum gebeten. Klatsch und Tratsch über Patienten liegt ihr fern, selbst wenn es eine private Verbindung gibt.

Mit einem Lächeln steigt sie weiter nach unten, noch zweimal um den Lift, um welchen sich das Stiegenhaus schlängelt, bevor sie die Brandschutztür zur Tiefgarage aufdrückt. Barbara Lamerana hat ihre eigenen Probleme und diese gedenkt sie, weiterhin fest hinter verschlossenen Türen zu halten. Seit sechs Jahren geht sie regelmäßig zur Psychotherapie. Die beste Entscheidung ihres Lebens. Mit Hilfe der Psychotherapeutin fühlt sie sich phasenweise so sicher und geerdet, dass sie sogar mitunter überlegt, die Medikamente abzusetzen. Als Ärztin, soviel gesteht sie sich selbst zu, war es einfach schwerer, um Hilfe zu bitten. Barbara hat prinzipiell alles, was sich eine Frau wünschen kann. Ein gutes Elternhaus, Bildung und finanzielle Sicherheit. Ab dem Jugendalter konnte sie sich ihre Männer quasi aussuchen. Doch Barbara hat schon auf den ersten Partys begonnen, allgegenwärtige Suchtmittel ohne Maß zu genießen. Es begann unverfänglich mit Zigaretten und Alkohol, später kam Marihuana dazu, irgendwann synthetische Drogen. Bei den Jungs kam sie gut an, denn sie war wild und frei, immerzu lustig und für jeden Unsinn zu haben.

Dieser Umstand, gepaart mit einer unkontrollierbaren Impulsivität, führte sie durch eine wilde Studentenzeit. Oh, sie war weithin bekannt, beliebt und zeitgleich gefürchtet. Ein scharfer Verstand, weibliche Intuition und jede Menge Gier nach Spaß. Im Großen und Ganzen ging es gut, solange sie noch ihren Anschluss an ihre Gruppe hatte. Wirklich schlimm wurde es für sie erst in ihrer Turnuszeit. Ihre Freundinnen und Freunde, mit denen sie schon die Schulbank gedrückt und später in Österreichs Hauptstadt studiert hatte, gingen nun ihren Jobs nach. Alle waren plötzlich fest verplant, hatten Deadlines, Dienste, Termine. Der Schlafmangel während ihrer Ausbildungszeit gepaart mit dem Stress und dem rauen Umgangston brachten sie emotional völlig aus dem Gleichgewicht. Niemand war da, der sie auffangen konnte. Ihre Kollegen im Krankenhaus wurden verstärkt zu Konkurrenten. Als die junge Barbara eines Tages wegen einer Kleinigkeit in der Ambulanz völlig austickte, verlor sie ihre Ausbildungsstelle. Sie trank über mehrere Tage hinweg und versorgte sich selbst mit Medikamenten. Genau zu dieser Zeit heiratete ihre Jugendfreundin Melanie. Auf der Hochzeit fand sie ihre alte Größe zurück, unterhielt die Hochzeitsgesellschaft und sorgte für jede Menge Spaß. Der Grundstein zur weiteren Eskalation begann in den Morgenstunden. Barbara ließ sich vom Vater des Bräutigams hinter einem Holzstoß vögeln. Natürlich wurden sie erwischt. Als sie das Entsetzen in den Augen ihrer Freundin sah, fiel ihr im Rausch nichts Besseres ein, als weinend einen Nötigungsvorwurf in den Raum zu stellen. In den folgenden Tagen, ausgenüchtert und in Gesprächen mit Polizei und Psychologin, hatte sie ihren Fehler eingeräumt und die Anschuldigungen zurückgenommen. Melanie hat jeden Kontakt zu ihr abgebrochen und Barbara wurde geächtet. Irgendwann danach, die zeitlichen Dimensionen kann sie mit einigen Jahren Abstand noch weniger abschätzen, verletzte sie sich im Rauschzustand selbst. Als Barbara aufwachte, lag sie fixiert in einem Bett auf der psychiatrischen Station. Ihre Mutter saß wie ein Häufchen Elend auf dem Stuhl neben ihr und musterte ihre Tochter.

Das Ausmaß ihrer Taten wurde ihr nach den Schilderungen ihrer Mutter, dem Blick auf ihren Körper und in den Spiegel nach und nach bewusst. Da sie den Notarzt und das Personal im Klinikum attackiert hatte, wurden ihr Handgelenksfesseln verpasst, die erst von ihrem Bett genommen werden mussten. Ihre Unterarme, der Brustkorb und ihr rechter Oberschenkel waren dick eingebunden. Sie hatte sich im Rausch die Haare ratzekurz abgeschnitten und dabei teilweise ihr Kopfhaut verletzt. Barbara lebte zu dem Zeitpunkt wieder in der Dachgeschoßwohnung ihres Elternhauses. Ihr Überleben hat sie vermutlich ihrer Mutter zu verdanken, die, gefolgt vom Lärm, ihre Tochter gefunden hatte. Nachdem die ersten Versuche, Barbara zu beruhigen, nicht funktioniert hatten, war diese völlig ausgerastet. Bewaffnet mit einer Schere attackierte sie ihre eigene Mutter, um sie aus ihrer Wahnvorstellung zu vertreiben. Barbaras Mutter konnte sich wehren, die Wohnungstür zwischen ihnen schließen und die Einsatzkräfte alarmieren. Sie hatte darum gebetet, Barbara möge leben, wenn diese eintreffen.

Zu dem Zeitpunkt als sie die Tür hinter sich verschlossen hatte, waren die Haare noch am Kopf ihrer Tochter gewesen. Barbara kann sich daran nur dunkel und schemenhaft erinnern. Es ist ihr selbst an manchen Stellen nicht gänzlich bewusst, ob es sich um tatsächliche Erinnerungen oder um Erzählungen handelt, die ihr Gehirn als mutmaßliche Erinnerungen abgespeichert hat.

Die Narben erinnern Barbara heute noch an die Diagnose: Alkohol- und Drogensucht, Borderline-Syndrom. Doch sie hat es geschafft. Sie steht mit beiden Beinen wieder im Leben, konnte ihre Ausbildung abschließen und eine Praxis eröffnen. Barbara steigt in ihr Auto und fährt los. Sie hat ihrer Freundin Lieselotte versprochen vorbeizukommen. Lotte war eine jener Personen, mit der sie als Jugendliche einige Jahre lang um die Häuser gezogen ist. Ihre Leben hatten sich gänzlich anders entwickelt. Auch Lotte wurde ausgebremst und musste ihre Pläne und Vorstellungen anpassen. Jedoch in völliger anderer Art und Weise. Vermutlich war das gut so, im Nachhinein betrachtet. Barbara parkt ihren schwarzen SUV direkt vor dem Lokal. Ihre Freundin serviert gerade Tee und Gebäck, als sie eintritt. Lotte nickt ihr zu und deutet auf die freien Plätze an der Bar. Auch ohne Aufforderung hätte Barbara dort Platz genommen, aus alter Gewohnheit. Die Freundinnen umarmen sich, küssen sich auf die Wange.

„Schön, dich zu sehen, wie war dein Tag?“ Lotte stellt ihr unaufgefordert ein Glas Wasser hin. Sie weiß, dass Barbara oft vergisst, genug zu trinken.

„Eigentlich ganz ok. Wie ist es bei dir gelaufen?“, fragt Barbara gelöst. Diese freien Nachmittagszeiten fühlen sich so richtig gut an.

„Heute war es ruhiger, aber trotzdem genug zu tun. Ich hatte jedenfalls eine Pause und war mit Orlando im Park. Willst du ein Stück Erdbeer-Joghurt-Torte? Ist heute gekommen", fragt Lotte mit gewinnendem Verkäuferlächeln.

„Sehr gern", antwortet Barbara mit schmachtendem Blick. „Als ob ich diesem Angebot widerstehen könnte. Machst du mir einen Kaffee dazu?"

„Espresso?", lächelt Lotte ihre Freundin an.

„Bitte!" Barbara schickt ihr ein von der Handfläche gepustetes Küsschen. „Du bist die Beste."

„Du bist leicht zufrieden zu stellen", lacht Lotte jetzt, agiert flott hinter der Theke, um den gewünschten Espresso sowie weitere Bestellungen, die sie an den Tischen aufgenommen hat, fertig zu machen. Nachdem sie alles zu den richtigen Orten gebracht hat, lehnt sie sich zu ihrer Freundin.

„Lotte, du solltest dir echt wieder eine zusätzliche Kellnerin nehmen. Du läufst schon wieder seit Wochen allein." Barbara versucht erst gar nicht, ihre Sorgen aus der Stimme zu verbannen. Ihre Freundin soll ruhig wissen, dass sie diese Arbeitslast selbstschädigend findet.

„Du hast recht. Im Herbst und Frühling komme ich immer schwer an Praktikanten. Ich müsste erst wieder kalkulieren, ob ich mir eine festangestellte Kellnerin schon leisten könnte", antwortet Lotte mit fast entschuldigendem Blick.

„Dafür fehlt dir Zeit und Energie", stellt Barbara augenrollend fest.

Lotte wiegt den Kopf hin und her. „So ungefähr. Ich habe Sorge, dass die Personalkosten zu hoch werden, vor allem, wenn es mal nicht mehr so laufen sollte. Du hast ja Recht", sagt sie nun, da sie Barbaras tadelnden Blick auffängt. „Ich bin jetzt schon echt müde."

„Warum sollte es nicht laufen? Du hast sogar in der Corona-Pandemie und während der Lockdowns bewiesen, dass du wie für das Geschäft gemacht bist. Die haben dir ja die Tür eingelaufen für die Mittagsmenüs zum Mitnehmen. Die ‚Coffee-To-go'-Bar war sowieso genial." Barbara versucht so gewinnend und euphorisch zu klingen, wie sie auch Lotts Angebot wahrnimmt.

Lotte lächelt. „Danke. Du bist lieb."

„Ich weiß. Und?" Barbara schiebt sich genüsslich einen Bissen der Torte in den Mund. „Mmmh. Wie gut. Was treibst du heute Abend?"

„Baden. Faulenzen. Fernsehen. So was in der Art. Jedenfalls die Füße hochlagern." Lotte gähnt. Tiefe Schatten liegen unter den Augen.

„Okay." Barbara hält sich selbst davon ab, noch weiter zu bohren. Sie will ihre Freundin nicht mit ihren Sorgen oder Belehrungen nerven. Lächelnd fährt sie fort: „Ich habe heute noch ein Date." Barbara tippt verschwörerisch auf ihr Handy, das neben dem Teller auf der Bar liegt. „Er heißt Tobias. Willst du ihn sehen?"

„Klar!"

Neugierig mustert Lotte das Profilbild und die Angaben, die er dazu gemacht hat. „Bist du nicht schon zu alt für Tinder?"

„Ach was. Ich filtere ohnehin nach dem passenden Alter", wischt Barbara die Bedenken ihrer Freundin entschieden weg.

Mit gekonntem Schwung wirft Lotte das Geschirrtuch über die Schulter. An den Tresen gelehnt fragt sie mit erhobenem Zeigefinger: „Was ist, wenn du mal einen deiner Patienten erwischst?"

Barbara lacht herzlich. „Du klingst wie meine Mutter, nicht wie meine Freundin. Nein, nein, da passe ich schon auf, keine Sorge. Das wäre nicht gut. Aber ich wüsste wirklich nicht, wo ich sonst unverfänglich Männer kennen lernen könnte."

„Auf Reisen, beim Einkaufen, hier im Lokal, beim Spazieren gehen."

Barbara zieht den Mund schief und winkt ab. „So wie du?"

„Hm. Treffer. Du hast ja recht. Bei mir tut sich auch nichts", antwortet sie schulterzuckend.

„Hast du dir noch keinen deiner Gäste ausgekundschaftet? Was ist mit dem Richter, von du annimmst, dass er ein Auge auf dich geworfen hat?" Barbara beugt sich mit verschwörerischem Blick vor. Lotte hat ihr diese Schwärmerei im Vertrauen erzählt.

„Nichts. Ich glaube, das habe ich mir eingebildet. Zumindest kommt echt gar nichts von ihm. Ich kann ihn ja schlecht fragen", sagt sie bedrückt.

„Warum denn nicht? Ich würde es wagen", stellt Barbara selbstbewusst fest.

„Ich bin aber nicht du", meint Lotte leicht pikiert. Nachdem Barbara weiter genüsslich ihren Kuchen isst und nichts sagt, fährt Lotte fort: „Ich weiß nicht. Was ist, wenn er gar kein Interesse hat, dann mache ich mich vollkommen lächerlich und verliere noch eine gute Stammkundschaft."

Barbara nickt. Sie kennt ihre Freundin schon lange und weiß, dass diese sehr wohl selbstbewusst sein kann. Nur der phasenweise mangelnde Selbstwert in Bezug auf Männer lässt Lotte oft viel zu viel hinterfragen. „Kannst du ihn nicht ein wenig aushorchen?", schlägt sie daher vor.

„Schwer bei ihm. Er redet ja nicht viel, und wenn er mit

Freunden da ist, geht's meistens um berufliche Dinge oder Leute, die ich nicht kenne. Habe über ihn noch nichts herausbekommen, bis auf seine Essgewohnheiten."

„Du weißt auch, dass er gerne Zeit hier verbringt und offensichtlich alleinstehend ist." Barbara beugt sich erneut verschwörerisch zu Lotte. „Ist er denn heiß?"

„Mh, nein. Nicht im klassischen Sinn würde ich sagen. Ehrlich gesagt ist er ziemlich das Gegenteil von einem Sexgott, wie du ihn beschreiben würdest."

„Was?" Gespielt schockiert hält sich Barbara die Hand vor den Mund. „Was spricht dich dann an ihm an?"

Lotte lehnt sich gegen den Tresen, das Geschirrtuch über die Schulter geworfen. In aller Ruhe richtet sie ihre Frisur und denkt nach. „Ich glaube, ich finde ihn attraktiv, weil er eben anders ist. Neben seiner ganzen Unsicherheit strahlt er auch viel Sicherheit aus. Klingt komisch, oder?"

„Schon. Aber du hattest ja schon immer einen eigenwilligen Geschmack."

„Herzlichen Dank auch, du Wahnsinnige."

Barbara lacht. Das Kuchenstück fällt ihr von der Gabel. „Lotte, nach dem, was du erzählt hast, kann er sich alle zehn Finger abschlecken, eine Frau wie dich zu bekommen."

„Punkt für dich."

„Auf Tinder ist er jedenfalls nicht."

Lotte wirft mit dem Geschirrtuch nach ihrer Freundin, die lachend in Deckung geht.

Sie schiebt sich müde hinterm Tresen hervor, um zu kassieren und Tische abzuräumen. Als sie zurückkommt, sitzt nur mehr eine Dame an einem Tisch, ansonsten hat sich das Lokal rasch geleert, wie immer um die Nachmittagszeit. „Willst du eigentlich eine feste Beziehung?", lenkt Lotte das

Thema zurück auf ihre Freundin. Nebenbei räumt sie das schmutzige Geschirr in die Spülmaschine.

„Nein." Barbara musste nicht darüber nachdenken. „Auf keinen Fall. Ich will nur ab und zu Sex, das genügt mir vollkommen. Du kennst ja meine Probleme. Ich kann mir ein emotionales Chaos nicht leisten, dann lande ich vielleicht wieder in der Klapsmühle." Lotte hat wahrgenommen, wie die alte Dame beim Wort *Sex* zusammengezuckt ist, und lacht in sich hinein. „Möglich", antwortet sie Barbara. „Vielleicht aber auch nicht und du lernst eine neue Stabilität kennen, die du dir so gar nicht vorstellen kannst."

„Du bist immer schon viel zu romantisch gewesen, meine Liebe." Zufrieden lehnt sich Barbara an die Lehne des hohen Barhockers und klopft sich den Bauch. Lotte nimmt kommentarlos den leeren Teller mit der Gabel und steckt das Geschirr ebenfalls in die Spülmaschine. Dabei verzieht sie mürrisch das Gesicht. „Zu romantisch trifft es vielleicht. Sieht man ja, was es mir gebracht hat. Eine gescheiterte Ehe und kein eigenes Leben."

Barbara denk gar nicht daran, auf den Kommentar der Ehe einzugehen. Immer noch gefährliches Terrain. „Aber eine Annabell", streicht sie das Positive hervor.

Lotte nickt. „Korrekt. Aber eine Annabell."

„Sie war übrigens heute bei mir", hält Barbara fest, um das Thema gänzlich weg von Lottes Ex-Mann zu bringen.

„Sehr gut. Ich habe ihr deinen Kontakt gegeben, wusste jedoch nicht, ob sie sich schon einen Termin gemacht hat. Hat sie dich angesprochen? Ihr habt euch doch schon einmal getroffen, oder nicht?", erkundigt sie sich.

„Nein, sie war ganz in ihrer Patientinnen-Rolle." Barbara legt den Kopf in den Nacken und überleg. „Gesehen haben wir uns, wenn ich mich richtig erinnere, nur nach deiner Scheidung und das nur flüchtig. Außerdem darfst du nicht vergessen, dass ich mit Brille und Arztkittel gleich viel professioneller und einschüchternder wirke. Wie eine richtige Frau Doktor", zwinkert Barbara Lotte zu.

Diese lacht und stellt ihrer Freundin noch ein Glas Wasser hin. „Du bist eine richtige Frau Doktor. Eine gute noch dazu. Auch wenn du meiner Meinung nach ein bisschen mehr auf dich achten könntest", sie weist mit einem Zwinkern auf das volle Glas hin.

„Danke, danke!" Barbara trinkt das Glas in einem Zug. Ihre Medikamente erfordern ein besonderes Augenmerk auf den Flüssigkeitshaushalt ihres Körpers. Sie ist mehr dankbar als genervt, dass ihre Freundin darauf achtet. „Sie hat sich bestimmt wohler gefühlt, bei einer fremden Person vorstellig zu werden. Stell dir vor, sie hätte sonst sofort meine Krankheit im Kopf gehabt und wäre Hals über Kopf davongelaufen."

„Spinnerin. Das habe ich ihr nie erzählt. Sie hat gesagt, du hast ihr ein paar vielversprechende Wirkstoffe verschreiben können?"

Barbara lächelt und macht mit den Fingern eine eindeutige Bewegung über ihre Lippen. „Fest verschlossen. Arztgeheimnis. Wenn sie es dir erzählt, ist das natürlich okay, ich möchte jedoch nichts ausplaudern."

„Natürlich. Stell dir vor, Annabell fährt spontan übers Wochenende ans Meer", erzählt Lotte mit Augenzwinkern. „Ich glaube, da bahnt sich etwas mit diesem Stoiber an."

„Vom Reiseunternehmen?", fragt Barbara nach und bekommt postwendend ein bestätigendes Nicken. Da für Lotte das Thema abgeschlossen scheint und sie sich wieder ihrer

Arbeit widmet, sieht Barbara sich um. Mit einem lauten Seufzen macht sie eine auslandende Geste quer über die Lokalräumlichkeiten. „Bitte sehr. Du hast dein eigenes Leben. Du bist eine Geschäftsfrau, unabhängig. Das ist alles so toll hier. Auch wenn es für dich anstrengend ist, du machst wirklich gute Arbeit." Verträumt stützt sie ihren Kopf in die Hände. „Ich denke oft darüber nach, was wir alles hinter uns haben."

„Hätte ich meine Ausbildung nicht hingeschmissen, wäre mein Leben vielleicht ganz anders verlaufen", hält Lotte fest.

„Vielleicht. Wäre ich nicht irre geworden, wäre ich vielleicht nicht nur Dermatologin, sondern keine Ahnung, Psychiaterin."

Lotte lacht laut und frei. „Irre bist du, das stimmt jedenfalls. Du wärst mit deinen Patienten auf Wellenlänge." Sie seufzt. „Ach Babsi, ich brauche dringend wieder Urlaub."

Drei Stunden später schließt Barbara beschwingt die Wohnungstür auf. Sie hat Urlaubspläne mit Lotte im Kopf und einige Einkaufstaschen in der Hand. Nach dem Nachmittagskaffee war sie noch losgezogen und hat ein traumhaftes petrolfarbenes Strickkleid gefunden. Es schmiegt sich perfekt an ihren Körper und wirkt dennoch nicht overdressed. Für jeden Anlass perfekt, egal ob mit Turnschuhen, Stiefeln oder High Heels. Heute würde sie es definitiv mit den High Heels tragen. In zwei Stunden trifft sie sich mit diesem Tobias in der Weinbar, die letzten Sommer in der Fußgängerzone eröffnet hat. Er hatte das Lokal vorgeschlagen und sie wollte nicht bereits vor dem ersten Rendezvous mit der Tatsache ins Haus fallen, trockene Alkoholikerin zu sein, die regelmäßig Psychopharmaka nimmt. Es macht ihr rein gar nichts aus, wenn Menschen um sie herum Alkohol genießen. Allerdings macht es ihr etwas aus, sich ständig erklären zu müssen, warum sie es nicht tut. Barbara schiebt die Gedanken beiseite und hofft auf das Beste. Vielleicht erübrigt sich das übliche taxieren und sie landen ohnehin eine halbe Stunde später im Bett, mal sehen, wie die Chemie passt. Sie verstaut ihre Jacke, zieht sich aus und gibt ihre gesamte getragene Wäsche in einen Korb. Dazu schmeißt sie die getragenen FFP2-Masken aus der Handtasche und ihrer Jackentasche.

Erst nachdem sie sich die Hände fein säuberlich mit Seife und Bürste gewaschen hat, steigt sie unter die Dusche. Barbara hat keine Keimphobie, jedoch möchte sie die Corona-Infektion vom letzten Herbst nur ungern erneut durchleben. Sie war fast eine Woche ans Bett gefesselt und brauchte knapp drei Wochen, bis sie sich wieder fit gefühlt hat. Natürlich hätte es schlimmer kommen können, erstrebenswert ist weder diese noch eine andere Infektionskrankheit. Auch so ein Thema, das Dating in ihrer Alterskohorte nicht gerade einfacher gemacht hat. Abgesehen von der Tatsache, bei den ab Vierzigern oft an verheiratete Männer oder Sonderlinge zu geraten, erleichtern die unterschiedlichen Einstellungen rund um Corona-Schutzmaßnahmen ein ungezwungenes Kennenlernen nicht besonders.

Wenn Barbara an manchem Abend wirklich nur auf eine schnelle Befriedigung aus war, wurde es umso schwerer, sexy zu sein und gleichzeitig den Schutzstatus unterschiedlicher übertragbarer Krankheiten abzufragen. Mittlerweile hat sie herausgefunden, die direkte Art ist immer die Beste. Die Männer sind entweder heilfroh, sich einiges zu ersparen, oder ergreifen umgehend die Flucht. Nachdem sie gründlich eingeseift, schamponiert und zwei Mal gespült hat, wickelt sie sich in das große, flauschige Joop Handtuch. Die nasse Haarpracht wird abgetrocknet und mit der Luftdusche geföhnt. Keine zehn Minuten später fällt ihre rotblonde Mähne in sanften Wellen über die Schultern. Ihr großes Glück und Gottes Segen sind dicke, gesunde Haare, die ohne großartige Pflege fast immer gut aussehen. So bleibt genug Zeit für die Kosmetik ihrer Augen. Nur mit perfekt geschminkten Augen fühlt sich Barbara richtig wohl. Das dicke Handtuch rutscht ihr über die Brust. Sie nimmt es ab, um es über den stummen Diener zu werfen.

Auf dem Weg ins Schlafzimmer fällt ihr Blick auf die zahlreichen Fotos auf der Kommode. Aus den unterschiedlichen Rahmen lachen ihr die Gesichter ihrer großen Familie entgegen. Das Handy klingelt. Es ist ihre Mutter. Barbara lächelt und nimmt das Gespräch an. „Mama, das ist jetzt aber wieder einmal Gedankenübertragung."

Kurz vor zwanzig Uhr kommt Barbara in ihrem neuen Kleid ihrem Date Tobias entgegen. Sie erkennen sich schon von weitem und lächeln sich an. Erster Pluspunkt, das Profilbild ist authentisch. Ihr gefällt, was sie sieht. Etwas dunklere Haut, Dreitagebart, dunkelbraune dichte Haare, kräftige Statur. Er überragt sie trotz ihrer hochhackigen Schuhe um wenige Zentimeter, also dürfte er wohl knappe eins fünfundachtzig messen. Beeindruckend. Ihr Date breitet die Arme aus, umfasst ihre Schultern und küsst sie links und rechts auf die Wange.

„Hallo Barbara. Ich freue mich, dass du da bist."

„Hallo. Ebenso."

„Lass uns doch reingehen." Er führt sie Richtung Eingang und öffnet ihr die Tür. „Bitte schön, nach dir."

Zu Barbaras Freude ist im Lokal an diesem Abend überraschend wenig los. Perfekt, um sich ganz auf ihr Gegenüber zu konzentrieren. Die beiden nehmen an einem kleinen Tisch Platz, der direkt am Fenster in Richtung Fußgängerzone steht.

„Bist du öfter hier?", fragt Barbara. „Ich habe dich, glaube ich, bisher noch nie gesehen." Ungewohnt nervös streift sie über ihre Haarlocke, die sanft über die Schultern fällt. Dieser Mann gefällt ihr ausgenommen gut.

„Das konntest du nicht. Ich bin erst vor rund einem Monat hierhergezogen. Meine Wohnung liegt am Ende der Fußgängerzone. Ich dachte, das Lokal passt gut für ein erstes Date." Sein ganzes Gesicht strahlt. Freundliche Augen und ein gewinnendes Lächeln wirken direkt auf Barbaras Mitte. Sie schluckt schwer, um die aufkeimende Nervosität zu unterdrücken.

„Gute Wahl", ist ihre kurze Antwort, begleitet von einem Räuspern.

„Dann bist du öfter hier?", fragt er interessiert.

„Manchmal komme ich mit einer Freundin her. Hier gibt es auch gute Snacks." Barbara kann nicht anders als zurückzustrahlen. „Woher kommst du denn?"

„Eigentlich aus Bayern."

„Ich dachte es mir schon, vom Akzent her."

„Dabei sind unsere Dialekte so ähnlich", lacht er.

„Welcher Job bewegt einen Menschen, von Bayern nach Österreich und in diese kleine Stadt zu ziehen?", interessiert sich Barbara, die selbst noch nie weiter als bis zur Hauptstadt gezogen ist, um dort zu studieren.

„Das klingt fast, als ob ich keine gute Wahl getroffen hätte?" Belustigt heben sich seine Augenbrauen.

„Nein, nein. Diese Stadt ist toll. Du hättest ja auch München in deiner Nähe gehabt. Ich persönlich liebe München." Umgehend kommen ihr die durchzechten Wochenenden und die bei H&M geklauten Shirts in den Sinn. Beinahe beschämt konzentriert sie sich auf die Serviette vor ihr. Keine besonders glorreiche Zeit.

Tobias schüttelt den Kopf. „Das wäre nichts für mich. Ich bin Landmaschinenmechaniker."

„Interessant", sagt Barbara, die froh ist, dass er sich nicht nach ihrer München-Erfahrungen erkundigt „Das heißt, du reparierst Traktoren?"

Er lacht. „Das war einmal. Natürlich kann ich das, keine Frage. Jetzt leite ich ein Team an und bin selbst in ganz Österreich, auch fallweise in Deutschland unterwegs. Wenn eine große Maschine, wie zum Beispiel ein Mähdrescher verkauft wird, müssen die Käufer auf die gesamte Technik geschult werden. Reinsetzen, starten, wegfahren, das funktioniert heute nicht mehr. Der Maschinenbau hat enorme Fortschritte gemacht, leider ist die Anwendung dafür auch komplexer geworden. Na ja, in meinem Fall ist das gut, sonst hätte ich den Job nicht." Versonnen sieht er Barbara an. „Und könnte heute nicht mit dir hier sitzen."

Barbara lächelt geschmeichelt. Der Flirt gibt ihr etwas Selbstsicherheit zurück. Gewohntes Terrain, damit kann sie umgehen. „Das klingt für mich alles sehr spannend", gibt sie ehrlich zu. „Eine total neue Welt für mich. Meine Großeltern hatten eine Erwerbswirtschaft, das war es aber auch schon mit meinen Erfahrungswerten."

„Seit damals hat sich in der Landwirtschaft einiges getan."

„Ja", lacht Barbara. „So viel habe ich mitbekommen." Der Kloß im Hals ist verschwunden, sie kann sich wieder auf das

Gespräch konzentrierten und genießt seine unkompliziert, offene Art.

„Was machst du? Beruflich meine ich?“, fragt er nach und nickt zeitgleich dem Kellner zu, der andeutet, gleich an ihren Tisch zu kommen.

„Ich bin Dermatologin.“

Der Kellner kommt, um ihre Wünsche aufzunehmen. Barbara bestellt ein Kokoswasser und Tramezzini, Tobias ein Glas Weißwein und Bruschetta.

„Scheint, als hätte ich gleich beim ersten Date in meiner neuen Heimat den Jackpot geknackt“, freut sich Tobias.

„Wie meinst du das?“, fragt Barbara irritiert.

„Du siehst super aus, bist freundlich, kannst lachen und bist offenbar sehr klug.“ Tobias zwinkert Barbara an, was umgehend ein sanftes Ziehen in ihrem Magen auslöst. Wenn das so weiter geht, dann wird sie von ihrem Sandwich nicht viel hinunter bekommen und erfahrungsgemäß werden hier monströse Portionen serviert.

Geschmeichelt wie auch leicht nervös über ihre eigenen Gefühle winkt sie ab und streift sich mit der anderen Hand die Haare hinters Ohr. „Glaub mir, es ist nicht alles Gold, was glänzt.“

„Natürlich nicht. Ich bin ebenfalls nicht ganz so perfekt wie ich auf den ersten Blick erscheine. Aber ich nähere mich gefährlich an.“ Tobias gespielt selbstsichere Art mit den wackelnden Augenbrauen lassen Barbara herzlich lachen.

„Dann hätte ja ich eigentlich den Jackpot geknackt.“

Tobias grinst. „Ich glaube, wir haben es beide ganz gut erwischt. Zumindest hätte es schlimmer kommen können.“

Barbara entspannt sich zunehmend. Die Unterhaltung läuft locker dahin, unkompliziert. Als säße man einem alten

Freund gegenüber. Sie sprechen über ihre Berufe, ihre Sommerpläne. Barbara erfährt, dass Tobias mit drei Schwestern aufgewachsen ist, die ebenso in ganz Europa verteilt sind, und er bereits sieben Nichten und Neffen hat. Er ist vierundvierzig, zwei Jähre älter als Barbara, war einmal verheiratet und hat immer noch engen Kontakt zu seinem Stiefsohn aus dieser Verbindung. Nachdem Barbara keinen Alkohol bestellt, hat auch Tobias nach dem zweiten Glas aufgehört und ist kommentarlos zu Mineralwasser übergegangen. *Der ist nichts für eine rasche Bettgeschichte.* So viel ist ihr nach einer Stunde schon klar. Hier gilt es, vorsichtig abzuwiegen, denn sie findet ihn nicht nur attraktiv. Dieser Mann könnte ihrem Herz gefährlich werden. Verdammt.

8
FERDINAND

Nach dem Krieg und nach dem Gefängnis fand ich eine Anstellung im Sägewerk. Die Arbeit gefiel mir, die Kollegen waren in Ordnung und der Lohn stimmte. Es entstand eine neue Routine, die wichtig war. Meine Seele brauchte Zeit, brauchte diese neue Routine, Ablenkung und Liebe. Die Liebe meiner Frau war ein Segen. Doch das wahre Gottesgeschenk war die Liebe meiner Kinder. Eine kleine Hand, die sich um deinen Finger legt, treu ergebene Augen, aus einem unschuldigen Gesicht. Ein hilfloses Geschöpf, völlig der Fürsorge seiner Umgebung ausgeliefert. Wenn Sie das einmal erlebt haben, wissen Sie, was Angst ist. Nichts ist schlimmer als die Angst um seine Kinder. Sie kommt automatisch mit dem ersten Schrei.

Wir hatten auch hier, in der Erziehung unserer Kinder, mehr Glück als Verstand. Typisch für jene Zeit, so muss ich zugeben, hat meine Frau den größten Teil der Kindererziehung übernommen. Wir hatten eine, für damalige Zeiten sehr klassische Rollenverteilung. Ich ging zur Arbeit, brachte Geld nach Hause. Elisa kümmerte sich um Haushalt, Einkauf, Kinder, den Garten und hatte darüber hinaus immer einen guten Gesamtüberblick. Rückblickend bewundere ich sie dafür. Damals, im Fluss des Alltags, war mir nicht bewusst, was sie täglich leistete. Es war so normal. Niemand sprach darüber. Elisa beschwerte sich auch nicht. Wenn, dann kam der Protest still. Sie sprach wenig, war ruppig oder lag mit Kopfschmerzen im Bett. Viel später wurde mir erst klar, dass meine Elisa nicht laut um Hilfe bat, geschweige denn protestierte. Liebe Männer, lasst euch gesagt sein, wünscht euch Frauen, die laut aussprechen, was sie brauchen. Die ihre Grenzen kennen. Es ist wichtig, die eigenen Grenzen zu wissen, um das Leben innerhalb dieses Rahmens gut zu gestalten. Wenn ihr eine Frau liebt, die dies nicht kann, dann seid sensibel. Wenn ich etwas in meinem Leben ändern könnte, würde ich meine Rolle als Ehemann aktiver gestalten. Besser zuhören, genauer hinsehen.

Elisa hatte unser Familienleben gut im Griff. Probleme kommen dennoch irgendwann zu Besuch. Wie ungebetene Gäste, grundsätzlich zum falschen Zeitpunkt. Stellen uns auf die Probe. Unsere Tochter wurde krank. Unter allen schrecklichen Krankheiten ist die für Eltern am schwersten begreifbare wohl eine Krankheit der Seele. Unserer Tochter Elvira spürte diese Schwärze mit voller Härte. Elisa und ich versuchten alles in der Eltern Macht Stehende, doch in Wirklichkeit, so ehrlich muss ich sein, waren wir ratlos. Wie unerfahrene Kinder schlugen wir mit unnützer Härte oder Fürsorge um uns. Wir wollten unsere kleine Elli schützen, nur wussten wir nicht wovor. Sie schlief tagelang, konnte so gut wie nichts mehr essen, hatte keinen Appetit. Ihr schönes Lachen ging verloren, verkroch sich in eine dunkle Ecke eines unbekannten Raumes.

Schließlich wollte sie sich das Leben nehmen. Wochenlang suchten wir eine Karte, einen Wegweiser aus diesem Labyrinth. Sie führte uns zu einer Nervenheilanstalt. Dort suchte sie selbst, mit professioneller Hilfe, den Schlüssel. Sie dürfen nicht vergessen, diese Zeit liegt sechzig Jahre in der

Vergangenheit. Damals war die Psychohygiene noch keine Selbstverständlichkeit. Ich hoffe, heute ist das besser geworden? Psychische Erkrankungen waren ein schambehaftetes Thema. Vielleicht sind sie das noch. Es war eine sehr schwierige Zeit für Elvira und unsere gesamte Familie. Dennoch ein Glück des Zufalls, dass wir an eine emphatische Vertretungsärztin unseres langjährigen Hausarztes gelangten, der zu jener Zeit im Hochzeitsurlaub verweilte. Ich glaube nicht, dass unser emotionsloser damaliger Praktiker, Gott hab in selig, denselben Behandlungspfad aufgezeigt hätte.

Elisa und ich fühlten uns mit Elvira zum ersten Mal in der Zeit unseres Elterndaseins überfordert. Wir wussten keinen Rat und hätten auch nicht daran gedacht, uns einen zu holen. Es war wie gesagt ein Zufall. Nach einem langen Anamnesegespräch wollte die Ärztin mit uns Eltern alleine sprechen. Elvira sollte im Wartezimmer Platz nehmen. Ich weiß noch, wie Elisa zu weinen begonnen hat im Gespräch. Wir waren eigentlich wegen der wiederkehrenden Fieberschübe zum Hausarzt gegangen und kamen mit einer Empfehlung zur stationären Behandlung in der Psychiatrie heraus. Es waren die sechziger Jahre. Damals behandelte man Geisteskranke mit haarsträubenden Methoden. Natürlich wusste niemand so richtig, was dort hinter verschlossenen Türen lief, doch die Gerüchteküche brodelte.

Irgendwie begleitete meine Familie stets mehr Glück als Verstand, wie man so sagt, denn Elvira kam ohne erkennbaren Schaden gestärkt zu uns zurück. Glücklich über diese Tatsache durfte sie im Sommer mit einer lungenkranken Freundin auf Rehabilitation ans Meer fahren. In diesem Jahr hatte sich Elvira in ihren Mann verliebt. Diese Liebe hat sie weitergetragen. Fünf Jahre später wurde sie selbst Mutter.

Ich selbst hatte zu jener Zeit auch eine kleinere Lebenskrise. Vielleicht war es diese „Midlife-Crisis“, von der in den letzten Jahrzehnten so oft berichtet wurde.

Generell muss ich sagen, zum Großteil meiner Lebenszeit war ich glücklich. Glück ist eine sehr wichtige Erfahrung, um Leid tragen zu können. Elvira hat es geschafft. Sie hat eine Tochter und zwei Enkelkinder, die alle ein gutes Leben führen. Ihre Ehe verläuft, soweit das ein alter Mann und Vater beurteilen kann, immer noch glücklich. Sie ist ja selbst schon eine ältere Dame. Dennoch, ihre sensitive Grundkonstitution ist geblieben und der Tod ihrer Mutter macht ihr schwer zu schaffen. Eltern bleiben Eltern, Kinder bleiben Kinder, egal wie alt man werden darf. Mich wird sie als nächstes verlieren und es wird in Ordnung sein. Es muss. Unsere Kinder sind überall verteilt, nur Elvira ist an meiner Seite geblieben. Sie braucht die Beständigkeit, genau wie ich meine Lieben. Nach alldem Leid, das ich als junger Mann verursacht, so vielen Leben, die ich zerstört habe, wollte ich die meiste Zeit nur eines: Sein.

Wahrscheinlich bin ich sentimental. Doch ich glaube an die reinigende Kraft der Liebe. Mit Liebe wird so vieles gut. Ich denke dabei nicht nur an die Liebe zwischen Frau und Mann, die, die einem die Schenkel heiß werden lässt. Viel essentieller sind die zahlreichen anderen Formen wie Liebe zu den eigenen Kindern, die Liebe für seine Mitmenschen. Liebe im Herzen, wenn man zur Lieblingsjahreszeit durch den Wald spaziert. Liebe im Magen, wenn man die liebste Schleckerei im Mund schmeckt. Es ist die Alltagsliebe zum Leben, die Seelen stark macht. Wir müssen alle lernen zu lieben, ganz gleich was hinter uns liegt. Ich habe Ihnen von meinen Kriegsjahren erzählt, vom Glück, das ich hatte, und vom Unglück, dass ich bei anderen beobachtet habe. Von meinen eigenen Sorgen und Ängsten um meine Familie und vor allem um unsere Kinder. Jeder Vater, jede Mutter mit Liebe im Herzen weiß: Keine Angst ist vergleichbar mit der Angst um die Kinder. Wir sitzen an ihren Betten, wenn sie fiebern und fiebern selbst wie Kinder bei all ihren ersten Erlebnissen. Das erste Mal allein den Schulweg bestreiten, das erste Musiksolo, das erste Mal alleine auswärts übernachten.

Das Elternherz sehnt sich danach, Hilfe leisten zu können, wenn es notwendig ist. Es ist sehr schwierig zu helfen, wenn die Seele krank wird und kein tröstendes Wort, kein Rat, kein Stück Schokolade dieser Welt mehr eine Änderung herbeizuführen vermag. Wir sind bei so vielem machtlos.

9

LIESELOTTE MAYRING

Lieselotte steckt eine ihre schwarzen Locken achtlos zurück unter den Haargummi, der ihre struppigen Haare mehr schlecht als recht zusammenhält. Ihre Mähne hat sie von ihrer Mutter geerbt. Es ist kurz vor achtzehn Uhr. Heute ist viel los in dem kleinen Café, doch sie hat alles im Blick. Frühstücks-, Brunch-, und Mittagsgäste gaben sich die Klinke in die Hand. Nachmittags war es wie üblich ruhig. Gerade so viel Zeit, um die Theke zu säubern, Getränke nachzufüllen und ein neues Fass Bier an den Zapfhahn zu hängen. Ihre Freundin lieferte kurz vor Mittag Nachschub an Bäckereien und Tortenstücken. Was nicht umgehend serviert wurde, schichtete Lieselotte ordentlich in die Vitrine. Die kleine Spülmaschine läuft eigentlich im Dauerbetrieb und wird ständig nebenbei befüllt und entleert. Im Moment poliert sie die letzten Gläser aus der dampfenden Maschine und beobachtet dabei die Geschehnisse im Raum.

Sie denkt an Barbara, ihr Date mit einem fremden Mann und fragt sich still, ob sie sich das jemals selbst zutrauen würde. Irgendein Norah Jones-Titel läuft in angenehmer Hintergrundlautstärke im Radio. Auch wenn sie den Titel nicht benennen könnte, so erkennt sie doch diese wunderbar melodische Stimme. Ihr Großvater sitzt hinter seiner Zeitung versteckt am Tisch neben der Eingangstür. Sein Rotweinglas ist fast leer. Sie lächelt ihn an, auch wenn er seine Enkeltochter gerade nicht ansieht. Sie liebt ihn von ganzem Herzen und bewundert ihn dafür, wie rüstig er für sein hohes Alter ist. Klar im Kopf, interessiert an allem, was um ihn geschieht. Auch das macht Lotte klar, dass sie dringend etwas mehr auf sich achten muss. Offenbar hat sie langlebige Gene, dieses Glück sollte gepflegt werden.

Zwei Damen, Lieselotte schätzt, es sind Mutter und Tochter, sitzen sich zwei Tische weiter gegenüber. Unmengen an Einkaufstaschen stehen um ihre Füße herum und sie plaudern ausgelassen. Ihr Lachen ist ansteckend und sie freut sich über die positive Stimmung, die von den beiden ausgeht. Nach zwei Salat-Falafel-Bowls hat sich jede noch ein Stück Kuchen gegönnt. Jetzt sind sie bei Kaffee und Earl-Grey gelandet. Vermutlich würden sie bald bezahlen und ihre erbeuteten Einkäufe nach Hause bringen. Lieselotte stellt sich vor, wie sie zu Hause jedes Stück nochmals betrachten und anprobieren. Ein Einkaufstag, das wäre wirklich schön. Vielleicht auch ein Friseurbesuch, Pediküre, Maniküre. Versonnen schichtet Lieselotte die letzten polierten Gläser hinter sich ins Regal. Die jugendliche Clique, die schon vor einiger Zeit bezahlt hat, macht sich nun auf den Weg. Freundlich grüßen sie über die Theke als sie das Lokal verlassen und Lieselotte macht sich mit Tablett, Schwamm und Geschirrtuch auf zu ihren Tischen.

Einmal noch so jung sein, so unbeschwert und sorglos. Sie lächelt. Die Clique kommt oft in ihr Lokal und mittlerweile kennt sie nicht nur ihre Namen, sondern ihre Alltagsthemen und Wünsche. Als aufmerksame Gastgeberin ist es fast ein Ding der Unmöglichkeit, nichts von den Gesprächen an den Tischen mitzubekommen, selbst wenn die Privatsphäre immer oberstes Gebot ist. Aufmerksamkeit, Fürsorge, aber auch die

Liebe zum Detail, lassen ihren Laden florieren. Lange hat es gedauert, einige Korrekturen waren notwendig, dennoch war es die Mühe wert. Nachdem sie etwas tiefer in die Tasche gegriffen hat, um sich einen guten Koch zu leisten, ist das Café zur Frühstücks- und Mittagszeit fast immer voll.

Er hatte ihr zugesagt, ihre Investition würde sich auszahlen. Und er hatte Recht behalten. Robert war jeden Cent wert. Seit einem halben Jahr kann sie sich außerdem eine Backoffice-Mitarbeiterin leisten, die sich um Reservierungen, Bestellungen, Buchhaltung und geschäftsrelevante Korrespondenzen kümmert. Lilli ist wie eine bunte Fee, die unaufdringlich im Hintergrund alles am Laufen hält. Lieselotte kann sich heute gar nicht mehr erklären, wie sie das früher alles alleine schaffen konnte. Ehrlicherweise waren die Investitionen in mehr Personal ein hohes Risiko gewesen.

Doch sie hatte Glück und die Rechnung ging positiv auf. Seit immer wieder Aushilfskräfte aus den umliegenden Schulen für die Kellnerei anheuern, um ihr Taschengeld aufzubessern, kommen auch mehr junge Leute ins Café. So wie die Clique, die eben das Lokal verlassen hat. Sie sind Freunde und Freundinnen von Monique aus der Hotelfachschule, die letzten Sommer ein Pflichtpraktikum bei ihr absolviert hat. Lieselotte kassiert bei den letzten Kundschaften des Tages ab und schließt hinter dem älteren Herrn ab, der langsam und bedächtig, auf einem Gehstock gestützt, das Lokal verlässt. Sie nickt ihm freundlich zu, als er sich nochmals umdreht und den Hut zum Gruße hebt. Er erinnert sie an ihren Großvater.

Es ist ein langer Tag gewesen. Ihr Café lebt hauptsächlich von den Berufstätigen aus den Büros der Umgebung, Schülern und Einheimischen. Laufkundschaft und Touristen verirren sich auf Grund der Lage eher selten zu ihr. In den letzten vier Jahren hat sie sieben Tage die Woche gearbeitet. Es ist wirklich an der Zeit, etwas kürzer zu treten. Dieses Tempo geht ihr an die Substanz. Sie mustert ihr Gesicht in der Spiegelung der geschlossenen Lokaltüre. Die Haare hängen lose von ihrem Kopf, der Ansatz ist grau und braucht dringend wieder Farbe. Ihre Augen liegen zu tief in den Höhlen und die Falten im Gesicht haben seit dem Morgen noch tiefere Krater gezogen.

Beinahe angewidert wendet sie sich ab. Nachdem sie die Schule mit sechzehn Jahren abgebrochen hatte, hielt sie sich mit Gelegenheitsjobs über Wasser. Das war eine ganze Zeit lang recht nett, bis die harte Realität eingeschlagen hat. Die Miete ihrer eigenen Bude war fast nicht zu bezahlen und Freizeit wurde immer rarer. Ihre Freunde lernten für ihren Abschluss, gingen zur Universität und sie verloren sich aus den Augen. Ihre wenigen Freunde, die eine Lehre begonnen hatten, waren noch da.

Mit vierundzwanzig verliebte sie sich unsterblich in einen verheirateten Mann. Trotz allgemeiner Warnungen hat sie nicht abgelassen. Sie führten über längere Zeit eine leidenschaftliche Affäre. Es ging so lange, bis er sich von seiner Familie trennte und Lotte heiratete. Fast zehn Jahre war sie gefangen in einer zunehmend lieblos werdenden Ehe, in der sie zuletzt ausschließlich funktionieren musste. Irgendwie morgens aufstehen, den Tag bewältigen, zu Bett gehen. Lieselotte wollte eine Familie. Da war Annabell, die Stieftochter aus der letzten Ehe ihres Mannes. Doch sie wollte das Gefühl des Lebens in sich spüren, die Hände ihres eigenen Kindes halten. Es sollte nicht sein. Ein Kind starb mit sechs Monaten im Mutterleibe. Es wäre ein Bub gewesen. Ein Jahr später wurde sie wieder schwanger. Ihre Tochter Lisa war ein lebhaftes Kind. Bereits in den Säuglingsmonaten konnte Lotte keine Nacht mehr als drei Stunden schlafen. Mit acht Monaten machte sie ihre ersten Schritte. Lisa hatte hellblonde Locken und ein engelsgleiches Gesicht. Ihr Lachen war ansteckend, ihre Fröhlichkeit mitreißend. Mit zweieinhalb Jahren ertrank Lisa in dem kleinen Schwimmteich, den Lotte so gerne im Familiengarten wollte. Darauf folgten Monate, wenn nicht Jahre des Selbsthasses, der Qual. Eine tiefe Trauer, die einem das Gefühl gibt. nie wieder Sorglosigkeiten spüren zu können. Eine Trauer, in der man sich nichts als den eigenen Tod wünscht, um dem Gefühl zu entkommen.

Der Mann, den sie so unbedingt wollte, ließ sie quälend spüren, wie wertlos sie als Frau war. Diese Ereignisse scheinen Lotte manchmal wie ein trauriger Film, den sie nicht vergessen kann. Es ist echt, dennoch surreal. Eine gewaltige Flut an Machtlosigkeit konnte ihr Verstand nur langsam aufarbeiten. Vermutlich wird dieser Prozess Zeit ihres Lebens nicht abgeschlossen sein. Zu dieser Zeit frischte der Kontakt zu ihrer Jugendfreundin Barbara auf. Selbst gebeutelt vom Sturm des Lebens war und ist sie die Person, die für Lotte trotz all ihrer eigenen Probleme wie ein Fels in der Brandung ist. Annabell litt ebenfalls sehr unter dem Verlust ihrer Stiefschwester. Oft denkt Lotte heute darüber nach, wie es Annabell oder ihrem Mann wohl damals erging. Mit etwas Abstand fällt es leichter, die Perspektive zu wechseln. Sich in andere hineinzufühlen. Damals war ihr das unmöglich.

Sie sah nur ihr eigenes Leid, konnte dieser schier endlosen Schwärze im Leben nicht entrinnen. Lieselotte war innerlich leer. Heute dankt sie allen Himmelswesen dafür, dass sie noch atmet und wieder zu einer Routine gefunden hat.

Glück empfinden darf und Annabell an ihrer Seite hat. Eine Stieftochter, die ihr wie eine Tochter ans Herz gewachsen ist. Ihre eigenen Kinder liegen nun Seite an Seite in ihrem kalten Grab, eingehüllt in bunte Babydecken. Irgendwann wird die Zeit kommen, da werden sie wieder verbunden sein. Lieselotte glaubt ganz fest daran, dass ihre Seelen sich wiederfinden. Dieser Glaube an die Übersinnlichkeit, diese Hoffnung an ein Leben nach dem Tod, hält sie aufrecht. Es beflügelt ihren Alltag, ermöglicht ein Leben nach der Katastrophe. Durch großes Leid, so hat sie gelernt, wächst tiefer Glaube. Es ist ein Glaube, tief verwurzelt mit Hoffnung, damit die Seele existieren kann.

Nach all den Jahren kann Lieselotte nicht mehr sagen, was sie an diesem Mann überhaupt gefunden hat. Ob die Ehe wegen der tiefen Schicksalsschläge oder auch vollkommen unabhängig davon nicht mit Glück beseelt war, bleibt eine offene Mutmaßung. Jedoch, soviel ist gewiss, hatte Lottes Mann sie mit einer kurzen Scheidung abgefertigt wie eine lästige Krankheit, um direkt weiter zur nächsten Blume fliegen zu können. Die finanzielle Entschädigung ging in ihrem Lokal auf. Heute steht Lieselotte wieder mit beiden Beinen fest im Leben, ist gesund und halbwegs zuversichtlich, ihr Dasein zu meistern. Ihr täglicher Einsatz, die Arbeitsroutinen, lenken von negativen Gedankenspiralen ab. Sich zu beschäftigen, war viele Jahre ein wichtiger Schutzmechanismus. Jetzt wird es anstrengend, ihr Körper spielt dieses Spiel nicht mehr so mit wie noch vor fünf Jahren.

Wohl oder übel ist es erforderlich geworden, etwas kürzer zu treten. Ihr erster Schritt: Täglich ab spätestens achtzehn Uhr ist Sperrstunde. Abends keine warme Küche. Ihr Zukunftsplan ist es, eine erfahrene Kellnerin einzustellen, um öfter mal freinehmen zu können. Zumindest eine Aushilfe, das sollte budgetär machbar sein. Ab und an hilft ihr Annabell, doch die hat mit dem süßen Orlando selbst alle Hände voll zu tun. Lotte hat ein schlechtes Gewissen, weil sie ihrer Stieftochter gerne viel mehr unter die Arme greifen würde. Sie lächelt beim Gedanken an Bella und Olli, wie sie Orlando nennt. *Alles ist gut. Ich habe eine selbst gewählte Familie. Ein gut gehendes Lokal. Ich habe Menschen, die sich kümmern.*

Ihre kleine Wohnung über dem Lokal ist nur deshalb heimelig und bewohnbar, weil sich Lilli darum kümmert. Beim ersten Besuch in ihren Privatgemächern rümpfte Lilli nur die Nase. Über die Tatsache, dass diese Bude ebenfalls das Büro sein soll, hat sie kein Wort verloren. Eine Woche später glichen die sechzig Quadratmeter beinahe einem Foto von einem Möbelhaus-Flugblatt. Lieselotte sagte ebenfalls kein Wort, drückte der grinsenden Lilli jedoch ein extra dickes Trinkgeld in die Hand. Robert achtet darauf, dass der Kühlschrank im Lokal immer gut gefüllt ist, mit Lebensmittel für die Gäste, für das Personal und für die Chefin. Die dunklen Tische, bunten Stühle sind sauber und ordentlich zurechtgerückt. Sie überprüft die Stoffbezüge der Bänke, Pölster und die Böden, bevor sie sich in die Küche zurückzieht, um sich ein Abendessen zuzubereiten. Lieselotte kocht Reis. Im Kühlschrank steht eine Portion Gemüse-Curry mit Kichererbsen. Sie zupft wenige Blätter Koriander ab und schneidet sie klein. Während der Reis vor sich hin köchelt und das Curry im Topf langsam warm wird, wählt Lotte die Nummer von Constanze, mit deren Leckereien sie ihre Vitrine füllt. Es klingelt nur einmal, da hebt sie schon ab.

„Hi Lotte. Was gibt es?“, erkundigt sich Constanze geschäftsmäßig.

„Hallo meine liebste Bäckerin", flötet Lotte ins Telefon. „Deine Kuchen und Torten sind heute weggegangen wie die warmen Semmeln."

Constanze lacht am anderen Ende der Leitung. „Dann muss heute die Hölle los gewesen sein. Ich war ja erst vormittags bei dir. Jetzt, wo die Corona Maßnahmen wieder lockerer werden und der Sommer kommt, wollen anscheinend alle raus aus ihren Wohnungen."

„Ja, das stimmt. Aber ich hatte auch jede Menge Bestellungen", freut sich Lotte merkbar.

„Läuft das Mittagsgeschäft also weiter? Großartig.

Lotte nickt, auch wenn ihre Gesprächspartnerin es nicht sehen kann, und hört das Geschepper von Geschirr im Hintergrund. Constanze ist offenbar noch bei der Arbeit. „Dein Bruder hat alle Hände voll zu tun, das kannst du mir glauben", fährt sie fort.

Koch Robert und Constanze sind Geschwister, und wenn sie ansonsten sehr unterschiedlich sind, so haben sie eine Eigenschaft gemeinsam: Sie zaubern aus Lebensmitteln Prachtgerichte. Robert kocht, Constanze bäckt, Lottes Gäste sind glücklich.

„Vor allem die Büros im Viertel rufen regelmäßig an. Die Leute haben sich wohl an ein gesundes, warmes Mittagessen gewöhnt an Stelle von Leberkässemmeln oder Bosner." Sie zuckt mit den Schultern und gestikuliert, als ob sie sich gegenüberstehen würden.

„Das leuchtet mir ein", stimmt Constanze zu.

Im Topf beginnt das Curry zu köcheln. Der Duft breitet sich im Raum aus. Lotte lächelt ins Telefon: „Jedenfalls nehmen die fast immer eine Nachspeise mit. Seit ich diese Vitrine in Betrieb habe, funktioniert der Spontanverkauf."

„Sehr gut. Das freut uns natürlich auch", lacht Constanze. „Ich werde Lena bitten, dir morgen Vormittag Nachschub zu liefern. Es wird eine Zitronentarte und Rhabarber-Streuselkuchen dabei sein. Passt dir das?", erkundigt sie sich.

„Auf jeden Fall. Bitte vergiss nicht deine Mürbeteigkekse und irgendetwas mit Schokolade." *Das geht immer.* Vorsichtig kostet sie das Curry. Es dampft so, dass sie Sorge hat, sich aus Gier die Zunge zu verbrennen.

Constanze schnaubt. Ob der Bestellung oder einer Tätigkeit, die sie parallel ausführt, kann Lotte nicht sagen. „Ich habe nur mehr ein Blech Brownies und morgen Früh wollte ich Muffins mit weißer und dunkler Schokolade machen. Aber das nächste Mal bekommst du wieder Sachertorte, okay?", erkundigt sich Constanze.

„Alles klar. Bitte auf die Monatsrechnung." Lotte rührt das Curry nochmals durch und macht sich gedanklich eine Notiz, Lilli einen Zettel für die Übersicht in der Buchhaltung hinzulegen.

„Wie immer, Lotte, das passt."

„Vielen lieben Dank Constanze. Ich gebe Lena morgen das Buch mit von dem wir kürzlich gesprochen haben."

„Stimmt, das hätte ich wieder vergessen. Übers nachhaltige Reisen. Danke dir!"

„Gern. Wenngleich du vermutlich ohnehin keine Zeit nehmen wirst für Urlaub, wie ich dich kenne." Wieder ein Schnauben am anderen Ende der Leitung.

Sie verabschieden sich und Lotte legt das Handy zur Seite. Sie kritzelt die Notiz auf den Block, auch, um morgen Früh die Kreidetafeln mit dem neuen Angebot richtig zu beschriften. Sie reißt den Zettel ab und pinnt ihn ans Memo Board. In der Zwischenzeit ist der Reis aufgequollen. Lieselotte genießt die warme Mahlzeit im Stehen in der glänzenden Gastroküche. Der grüne Salat schwimmt in Kernöl, genau wie sie es mag. Ihre Waden ziehen bereits, die Fußsohlen brennen von den vielen Schritten, die sie heute gegangen ist. Gerade wird ihr bewusst, dass es in der Küche gar keine richtige Sitzgelegenheit gibt. Eigenartig, Robert hat sich darüber noch nie beschwert. Sie überlegt, in die Wohnung zu gehen, ist jedoch trotz schmerzender Füße in diesem Moment zu faul sich zu bewegen. Erst einmal essen, dann in die Wohnung.

Nachdem alle Töpfe abgewaschen und verstaut sind, kommt eine müde Chefin kurz nach neunzehn Uhr in ihrer kleinen Wohnung im ersten Stock an. Lilli hat die Fenster gekippt, bevor sie nach Hause gegangen ist. Kühle Luft strömt durch die Räume und lässt sie frösteln. Nachdem Lieselotte alle Fenster verschlossen hat, lässt sie sich ein warmes Schaumbad ein, in das sie tief, bis zu ihrer Nasenspitze, eintaucht. Die Düfte liegen angenehm in der feucht-schweren Luft und ziehen aus dem kleinen Badezimmer hinaus bis ins Wohnzimmer. Eingehend betrachtet Lieselotte ihre Zehen und die, wie sie findet, viel zu breiten Füße, die am Ende der schmalen Wanne herausragen. Das Alter macht sich bemerkbar. Ihr Hallux formt einen unschönen Höcker an den Innenseiten.

Zwanzig Minuten später steigt sie entspannt aus der Wanne. Ihre Füße hinterlassen nasse Abdrücke auf dem blauen Badezimmerteppich. Der Körper dampft und ist stellenweise noch vom Badeschaum bedeckt. Sie dreht sich vor dem schweren Ganzkörperspiegel, der an der Wand lehnt. Wie ein verlässlicher Alltagsbegleiter zeigt er ihr täglich aufs Neue die nackte Wahrheit. Selbst durch die Verschleierung des durch den Dampf angeschlagenen Spiegels kann sie das

Alter des Körpers sehen. Die schweren Brüste, die erschlaffende Haut. Lieselotte wischt mit dem großen Badetuch eine Stelle frei, um ihr Gesicht näher zu betrachten. Reste der Wimperntusche und des Kajals sind unschön um die Augen verteilt. Die Haut ist fleckig gerötet. Sie schlingt das Badetuch um ihren Körper und zieht mit den Handflächen die Haut seitlich am Gesicht nach hinten. So wäre es viel besser. Glatt, jugendlich. Aber auch unecht und künstlich. Lieselotte streckt ihrem Spiegel-Ich die Zunge entgegen und lächelt gezwungen. Wer lächelt, so sagt man, ist automatisch glücklicher. *Eigentlich*, geht es ihr durch den Kopf, *bist du eine tolle Frau.* Klar hat sie Mist gebaut und Pech gehabt. Dennoch etwas daraus gemacht. Es gibt immer wieder Chancen und Gelegenheiten für einen Neuanfang. Für eine Korrektur. Das Leben darf nur nicht auf Autopilot laufen. Du musst aktiv eingreifen und die Richtung vorgeben. Dich selbst aus dem Dreck ziehen oder dir helfen lassen. Ein Kurswechsel, wenn notwendig, selbst wenn das Ziel noch unbekannt ist. Sie tänzelt ins Wohnzimmer, dreht Musik auf. Harte Bässe und Gitarrensound erklingen. Perfekt. Mit einem Glas Wein in der einen und dem Handy in der anderen Hand, lässt sie sich aufs Sofa fallen. Fast automatisch wählt Lieselotte die Nummer ihrer Freundin Nora.

„Hallo Süße. Ich habe ein Glas Wein und ein neues Lebensziel: Ich brauche dringend wieder mehr Freizeit und ein Sozialleben.“, überfällt sie ihre Freundin, bevor diese etwas sagen kann.

Ein leises, fast verzweifeltes Lachen erklingt am anderen Ende. „Wem sagst du das. Wann fangen wir an?“

Lotte überlegt, schwenkt ihr Weinglas, während sie ihre Füße betrachtet. „Ursprünglich wollte ich heute auf dem Sofa sitzen und Fernsehen. Aber wenn du Zeit hättest?“, schlägt sie vor und überrascht sich damit selbst, da ihre Abendplanung vor kurzer Zeit noch ganz anders ausgesehen hat. „Ich könnte in zwanzig Minuten ausgehfertig sein. Treffen wir uns in der Stadt?“, fährt sie fort.

„Ehrlich gesagt bin ich bereits etwas angeheitert. Ich hatte ein schwieriges Gespräch mit Christopher.“ Nora seufzt schwer ins Telefon. Ihre Stimme klingt belegt.

„Oh“, Lotte wird hellhörig. „Schwierig wie ‚ich muss unbedingt raus‘ oder schwierig wie ‚es passt gerade ganz schlecht‘?“

Nora schluchzt. „Ich bin alleine. Er ist spazieren gegangen, sagt, er muss den Kopf freibekommen.“

„Zieh dich an, Süße. Ich hol dich ab und wir torkeln gemeinsam. Hast du schon etwas gegessen?“ Ohne auf Zustimmung zu warten, schwingt Lotte die Beine vom Sofa, um in Richtung Kleiderschrank zu gehen.

„Nein.“ Nora räuspert sich um ihre Stimme zu festigen. „Zumindest nicht in den letzten Stunden.“

„Gut, ich lade dich ein. Das Gasthaus im „Alten Gewölbe“ hat Küche bis zweiundzwanzig Uhr“, stellt Lotte mit einer Stimme fest, die keine Widerrede duldet.

„Okay, damit hast du mich überzeugt. Ich mag sowieso nicht hier sitzen und warten. Dieses ewige Gedankenkarussell ist zermürbend.“

„Wie schlimm ist es denn bei euch?“, fragt Lotte direkt nach.

„Sehr schlimm“, kommt postwendend retour.

„Also nichts für ein schnelles Update am Telefon?“ Lotte versucht locker zu klingen, wenngleich sie überrascht und neugierig ist.

Nora seufzt ins Telefon. „Absolut nicht. Eher was für eine Flasche Rotwein."

Lotte seufzt zurück. „Bin gleich da."

Im Schnellverfahren greift Lotte zum notwendigsten Make-up, zieht eine lose Hose und die hübsche neue Bluse über. Der dünne Wildledermantel ist eines der letzten Stücke aus der alten Zeit. Er war einfach zu schön, um ihn wegzugeben.

Schneller als versprochen klingelt sie an Noras Tür. Ihre Freundin hat tatsächlich bereits einen gewissen Linksdrall, doch mit den Armen eingehakt schaffen sie es unversehrt bis in ihr Lieblingslokal mitten in der Altstadt. Nora spricht wenig, daher übernimmt Lotte die Führung und versucht, ein Gespräch zu beginnen.

„Eine Flasche Ihres besten Rotweines, eine Karaffe Wasser, Weißbrot und einen Käseteller bitte."

Nora bestellte sich noch zusätzlich einen Suppeneintopf laut Tagesangebot.

„Alles klar." Der Kellner nickt den beiden zu.

Lotte nimmt die Hand ihrer Freundin über dem Tisch. „Jetzt sag mir. Was ist los mit dir?"

Nora zieht sich unmerklich zurück. „Ich habe heute mehr über meine Probleme gesprochen als in den letzten Jahren", sagt sie patzig.

Lotte bemüht sich, nicht beleidigt zu sein. „Du musst es mir nicht erzählen, wenn du nicht willst", versucht sie möglichst neutral zu klingen.

Nora zieht die Augenbrauen zusammen. „Eigentlich will ich mir dir sprechen. Tut mir leid!", sagt sie in entschuldigendem Tonfall. „Ich bin etwas durcheinander, weißt du. Gerade aus der Spur."

Lotte verzieht sorgenvoll das Gesicht. „Was ist denn nur los?"

Nora seufzt: „Heute hatte ich eine Art Erkenntnis."

„Wie das?", erkundigt sich Lotte, die ihre Freundin immer noch nicht richtig einschätzen kann. Sie beugt sich etwas weiter nach vor, um ihr näher zu kommen.

„Ich war einkaufen und schlecht gelaunt", beginnt Nora zu erzählen. Nach einer Pause fragt Lotte nach: „Und?"

Nora nimmt den Faden wieder auf, nachdem sie sich umgesehen hat. „Ich bin in das kleine Café mit der Bäckerei an der Einkaufspromenade."

„Zimt und Zucker?", fragt Lotte nach.

Nora nickt bestätigend. „Genau das."

„Das kenn ich gut. Die Inhaberinnen sind Constanze und Lena. Die beliefern mich seit mehr als einem Jahr mit Kuchen, Torten und Gebäck."

Ein fragender Blick zeichnet Noras Mimik. „Klar! Wo bin ich nur mit meinen Gedanken, sorry."

Lotte lächelt. Wann ist ihre Freundin so fahrig geworden? „Kein Problem. Wir haben schon darüber gesprochen. Constanze ist eine wahre Konditorfee. Sie ist die Schwester von Robert."

„Deinem Küchenchef Robert?"

„Genau!", bestätigt Lotte.

„Jetzt klingelt doch etwas bei mir. Gott im Himmel." Nora lümmelt mit ihrem Kopf auf einem abgestützten Arm. „Mein Hirn ist wirklich zu nichts mehr zu gebrauchen. Jetzt merke ich mir nicht einmal mehr den alltäglichen Gossip." Schwer seufzend pustet sie sich eine Strähne aus dem Gesicht.

„Klingt stark nach Überforderung", setzt Lotte vorsichtig an. Sie fühlt sich im Gespräch etwas unsicher, da Nora im

Moment sehr schwer einzuschätzen ist.

„So stressig habe ich es nun auch wieder nicht", kommt retour.

Lotte wiegt den Kopf, kräuselt die Stirn. „Aber dein Gehirn offenbar schon. Zumindest hört es sich für mich so an."

Nora winkt ab und lässt sich erschöpft an die weich gepolsterte Lehne fallen, um dem Kellner Platz zu machen. Dieser stellt Gläser und Getränke hin und ein kleines Brotkörbchen. Von der Bar holt er die vorbereitete Käseplatte, zwei kleine Teller und Besteck. Elegant schenkt er Lotte einen Probeschluck ein und wartet.

„Vorzüglich", kommentiert diese. Er lässt die Damen mit zwei gefüllten Gläsern wieder für sich.

„Kennst du dich besser aus mit Wein?" Nora schwenkt das dunkelrote Getränk vorsichtig im Glas.

„Nicht wirklich. Ich kategorisiere nur nach ‚schmeckt' oder ‚schmeckt nicht'", stellt sie in gespielt überheblichem Tonfall fest.

Nora lacht und beugt sich interessiert vor. Sie spürt ein großes Loch in ihrem Magen. Sorgen und Trauer machen offenbar sehr hungrig.

„Ist das Feigensenf?", fragt sie, während sie das längliche Stück Bergkäse darin dippt. „Mh. Lecker."

Zwischen Weißbrotbissen und Käsehäppchen nimmt Nora den Faden wieder auf. Der Kellner serviert den Suppeneintopf, aber sie schafft es, auch während dem Essen zu sprechen. „Jedenfalls", geräuschvoll schleckt sie Senf von ihrem Finger, „habe ich dort Lena kennengelernt. Sie hat mich bedient und dann einfach angequatscht. Wir sind sofort ins Gespräch gekommen."

Lotte grinst. „Das kann ich mir vorstellen. Lena ist eine

enorm zugängliche Person, nicht wahr? Ich mag sie beide sehr, auch Constanze ist eine ganz tolle Frau."

„Na, da haben sich ja zwei gefunden."

„Allerdings. Was hat Lena denn gesagt?"

„Wozu genau?"

„Du sagtest, du hattest eine Art Erkenntnis? Aus dem Gespräch mit Lena? So sind wir nämlich auf das Thema gekommen."

„Ach ja, stimmt." Nora schluckt den Bissen im Mund hinunter, bevor sie erneut ansetzt. „Es ist weniger, was sie gesagt hat, sondern die Tatsache, dass ich mit ihr gesprochen habe. Einfach so, über alles, was mich derzeit beschäftigt und quält. Und die Erkenntnis ist: Erstens ist es gar nicht so schlimm, wenn ich es ausspreche, und zweitens, sie als Außenstehende findet meine verkorkste Situation gar nicht so dramatisch."

„Ist das nicht oft so, dass der größte Druckpunkt hier oben ist?" Lotte klopft sich mit dem Zeigefinger an den Kopf. „Ich bin ein bisschen beleidigt ob der Tatsache, dass eine für dich fremde Person vorher von deinen Problemen erfährt als deine Freundin." Gespielt beleidigt verschränkt sie die Arme vor der Brust.

„Lena ist jetzt auch meine Freundin, habe ich beschlossen.", grinst Nora.

„Schön für dich! Erzählst du es mir jetzt bitte?", fragt Lotte leicht entnervt. Warum muss sie ihre Freundin so auf die Folter spannen? Lotte hatte einen langen Tag und Geduld ist ohnehin nicht ihre größte Stärke.

„Ganz neu ist es dir ja nicht", beginnt Nora.

„Du bist unglücklich im Job. Sonst noch etwas?"

Mit beiden Händen deutet Nora, ihr etwas Zeit zu lassen.

„Langsam, ich erzähle ja schon. Ich bin nicht unglücklich, ich bin zutiefst frustrierst. Am allerliebsten würde ich nie wieder an meinen Schreibtisch zurückkehren."

„Aber dein Arbeitgeber ist doch super? Du magst deine Kollegen sehr, oder nicht?"

„Stimmt, daran liegt es nicht. Zum einen nervt mich die tägliche Pendelei. Abgesehen davon bin ich nicht mehr gut in meinem Job. Diese ganze Juristerei geht mir gelinde gesagt am Allerwertesten dabei. Ich hasse es."

„Okay."

„Außerdem, und das ist noch viel schlimmer, werden Christopher und ich uns trennen. Ich werde kinderlos, einsam und verbittert alt werden und irgendwann wird mein Leichnam in einer von Katzen verschissenen Wohnung gefunden werden. Im eigenen Saft schmorend."

„Wow. Nochmal zurück an den Anfang." Lottes dunkle Haare fallen bis auf die Tischplatte, als sie sich sichtlich schockiert darauf abstützt. „Das war mir jetzt zu viel Information auf einmal. Trennung? Ernsthaft? Als du am Telefon sagtest, es sei sehr schlimm, dachte ich, du hättest vergessen, den Urlaub zu buchen oder etwas in der Art."

Knapp zwei Stunden brauchen die Freundinnen, um alle Details zu besprechen, doch fühlt es sich für beide an, als könnten sie viele weitere hier sitzen, um die Situation ausreichend zu erfassen.

„Wir haben noch gar nicht von dir gesprochen, Lotte", stellt Nora entschuldigend fest. Sie beugt sich vor und nimmt die Hand ihrer Freundin, auch dankbar darüber, dass sie ihre Themen so gut loswerden konnte. Eine Geste, die Lotte versteht.

„Meine Probleme sind vernachlässigbar im Gegensatz zu deinen, meine Süße."

Nora legt den Kopf schief und verzieht den Mund. „Sag das nicht."

Lotte schenkt ihnen aus der bereits zweiten Flasche Wein nach. „Wie gehst du jetzt damit um?", lenkt sie das Gespräch zurück.

„Christopher hat mich gebeten, ihn zu seiner Therapeutin zu begleiten." Nora grunzt frustriert in ihr Glas. Sie fühlt sich bereits so benommen, dass sie ernsthaft überlegt, ob sie den Weg zur Toilette alleine schafft, ohne zu torkeln.

„Er ist in Therapie?", fragt Lotte nach.

Nora zuckt mit den Schultern. „Ja. Ich habe davon auch nichts gewusst. Anscheinend hat er sich Hilfe gesucht, als ihm bewusst wurde - naja, du weißt schon. Er meint das könnte uns helfen, die Situation gemeinsam aufzuarbeiten. Damit wir Freunde bleiben können." Ein freudloses Lachen kommt aus ihrem Mund.

Lotte nickt, da es dazu nicht viel zu sagen gibt. „Kannst du das?"

„Ich muss es können. Ich will ihn nicht ganz aus meinem Leben verlieren. Er war nicht nur einfach mein Mann, sondern mein bester Freund", seufzt Nora in ihr Weinglas. „Außerdem, was kann es mir schaden, wenn ich ihn begleite? Heutzutage ist sowieso jeder Zweite irgendwo in Therapie. Ist doch en vogue. Vielleicht werden wir einfach alle zunehmend verkorkster. Weil wir so ein gutes Leben führen, müssen wir unsere eigenen Probleme kreieren."

Lotte lacht. „Sehe ich auch so. Da ist was dran. Würde mir aber vielleicht nicht schaden, so eine Seelenkur. Ich bin wirklich gerade am Limit." Sie sammelt sich, denkt nach. „Die letzten Jahre waren grandios für mich, das gebe ich zu. Meine Scheidung war im Nachhinein betrachtet das Beste, was mir passieren konnte. Dennoch. Ich bin so müde. Manchmal habe ich das Gefühl, ich lebe nur für die Arbeit, wie in einem Hamsterrad."

Nora greift nach Lottes Hand. „Du bist wahnsinnig fleißig. Bei dir wirkt es immer, als würdest du alles mühelos im Vorbeigehen bewerkstelligen."

„Von außen mag das so wirken. Für die Gäste muss das so sein."

„Können dir deine Angestellten nicht mehr abnehmen?"

„Unmöglich. Robert und Lilli arbeiten schon auf Anschlag und machen sowieso viel mehr, als in ihrem Arbeitsvertrag vereinbart ist. Heute kann man seine Angestellten nicht mehr so ausbeuten, weißt du, sie haben ihre Rechte." Lieselotte zieht die Augenbrauen hoch. „Hat mir eine Arbeitsrechtjuristin einmal erklärt."

Nora grinst. „Sie mögen ihren Job und ihre Chefin offenbar."

„Gott sei es gedankt, sonst wäre ich aufgeschmissen. Ich brauche aber wirklich eine fleißige Person im Service. Außerdem muss ich mal zusperren. Urlaub machen. Seit der Eröffnung hatten wir noch nie geschlossen."

„Verstehe. Das klingt hart. Ich habe mindestens fünf Wochen Urlaub im Jahr plus Zeitausgleich."

„Davon kann ich als Unternehmerin nur träumen. Darüber hinaus, ich gebe es zu, sehnt sich mein Herz wieder nach einem Mann."

Nora wackelt belustigt mit den Augenbrauen. „Das ist nur zu verständlich, aber hast du denn überhaupt Zeit dafür?"

„Die sollte ich mir dringend schaffen. Wenn ich nicht bald

meine Libido neu entdecke, vertrockne ich möglicherweise wie eine Zwetschke im Dörrapparat."

„Das wollen wir auf keinen Fall!" Nora überlegt. „Wie lernt man denn heute überhaupt jemanden kennen?" Sie schaut sich im Lokal um. „Dürfte schwierig werden. Verdammt. Mir wird gerade bewusst, dass ich mir früher oder später vielleicht auch darüber Gedanken machen werde."

Lotte lacht und folgt Noras Blick. „Ich sehe niemand Passenden, muss ich zugeben. Aber heute bin ich nicht auf Pirsch, heute bin ich mit meiner Freundin unterwegs. Ein viel zu seltenes Ereignis", stellt Lotte mit wackelnden Augenbrauen fest.

„Stimmt. Steht auf meiner Liste. ‚Freundschaften pflegen'."

„Find ich gut!", kichert Lotte, die den Alkohol ebenfalls spürt. Er wärmt und lockert, doch morgen wird sie die zweite Flasche bitter bereuen, soviel steht aus ihrer Erfahrung fest.

Nora grinst. „Gibt es denn schon einen möglichen Kandidaten?" Wie eine Klatschkolumnistin beugt sie sich interessiert vor, um nichts zu überhören.

„Nicht wirklich. Ins Lokal kommt regelmäßig ein Mann, von dem ich dachte, er hätte Interesse an mir." Lotte blickt versonnen an einen imaginären Punkt.

„Und?", fragt Nora ungeduldig. Nun muss sie ihrer Freundin wohl alles aus der Nase ziehen.

„Nichts weiter. Er kommt regelmäßig zum Essen, ist sehr freundlich, mustert mich intensiv, aber sagt nichts weiter."

„Sieht er denn gut aus?", stochert Nora.

Lotte lacht. „Dasselbe Gespräch hatte ich heute Nachmittag schon mit Barbara. Wenn ich dir das erzähle, hältst du mich für verrückt."

Nora grinst. „So hässlich?"

„Nein, gar nicht hässlich. Süß. Aber alles andere als der klassische Adonis. Eher klein und schmächtig, schütteres Haar. Wunderschöne Augen, einladende Art. Seine Stimme ist wider Erwarten sehr maskulin und seine Art zu sprechen wirkt klug. Er dürfte überhaupt sehr gebildet sein. Ein Richter."

„Nein, hör auf!" Nora klatscht mit der Handfläche auf die Tischfläche, dass die Gläser nur so wackeln. „Das ist Ib!"

„Ib?", wiederholt Lotte irritiert.

„Ibrahim! Ich kenne ihn von der Studentenverbindung! Jugendrichter, trägt gerne karierte Hemden, wohnt in der Bahnhofszeile. Ich weiß, dass er gern in dein Lokal geht."

„Vermutlich ja. Ich bin ihm aber noch nie nach Hause gefolgt. Also weiß ich natürlich nicht, wo er wohnt", sagt Lotte, der ihr Geständnis plötzlich unangenehm ist. Dennoch ist sie auch interessiert, über ihre Freundin mehr von ihm zu erfahren.

„Ich halte es nicht aus!" Nora lacht und Lotte verzieht das Gesicht.

„Jetzt wäre es mir lieber, ich hätte nichts gesagt", gibt Lotte zu.

„Nein, das ist doch toll. Ib braucht unbedingt eine Frau wie dich." Nora wirkt überschwänglich.

„Wie meinst du das?"

„Eine, die ihn ein bisschen aus der Reserve lockt. Was mit ihm unternimmt. Von Ib kannst du alles haben und er macht auch fast alles mit. Von alleine kommt da nichts, das kann ich mir schon vorstellen. Er ist ein Beobachter. Wahnsinnig klug, aus einem sehr, sehr schrägen Elternhaus. Kann witzig sein, aber er würde niemals von sich aus das Wort ergreifen.

Er ist der Typ, den man erst ins Gespräch einladen muss, bevor er den Mund aufmacht." Nora lehnt sich äußerst zufrieden zurück und verschränkt die Arme. Sie seufzt. „Ihr zwei könntet euch wirklich guttun."

Lotte verdreht die Augen. „Es gäbe auch noch Parship oder Tinder. Hat mir Annabell empfohlen. Barbara nutzt das, wischt immer irgendwelche Typen nach links oder rechts und „‚ack', schon hat sie wieder ein Date. Heute ist ein gewisser Tobias dran. Sie hat mir das Foto gezeigt."

Nora winkt ab. „Vergiss es. Du bist kein Tinder-Mädchen."

„Sie lernt da viele Typen kennen", gibt Lotte widerspenstig zurück. Warum sollte sie nicht genauso tough sein können wie Barbara?

„Mag sein. Aber nachdem, was ich von deiner Freundin Barbara weiß, ist sie ein ganz anderes Kaliber in Sachen Männern als du"

„Na, schönen Dank!"

Nora muss laut lachen über Lottes beleidigte Miene. „Weil sie doch ein Vamp ist, der gerne von Bett zu Bett springt. Rein zum Vergnügen. Das bist du nicht, du suchst eine ernsthafte, liebevolle Partnerschaft. Habe ich Recht?"

„Ja, das stimmt", gibt Lotte zu. Sie ist soweit. Bereit für eine neue Chance.

„Eben. Probieren wir es mal im echten Leben und erst dann im Internet." Nora wirkt enthusiastisch. Ob vom Gespräch oder vom Wein bleibt offen. Vermutlich beides zu gleichen Teilen.

Lotte lehnt sich zurück, verschränkt die Arme. Ihr Kopf wird bereits schwer. „Oh Mann. Früher war das irgendwie leichter. Aufregender. Jetzt fühlt es sich wie eine schwere Prüfung an." Nora trippelt mit den Fingerkuppen auf der

Tischecke und grinst über das ganze Gesicht. Lotte ist froh, ihre Freundin heute doch noch zu etwas Fröhlichkeit geführt zu haben. Der Armen steht in nächster Zeit noch genug bevor. „Okay“, fährt sie fort. „Dann erzähle mir doch etwas mehr von deinem Studienfreund Ibrahim.“

10

FERDINAND

Meine Elisa hat mir fünf Kinder geboren. Eines ist kurz nach der Geburt gestorben. Er hieß Markus. Geborgen in Mutter Erde werden wir uns hoch oben wieder im Arm halten dürfen. Bald. Das weiß ich einfach. Es beruhigt meinen Geist. Darauf freue ich mich. Ich habe es bereits gesagt, wie das ist, mit dem Altwerden. An manchen Tagen wird mir das Leben zu lange, zu einsam. Wenn ein Mensch so lange lebt wie ich, sehnt man sich nach der Ruhe des ewigen Friedens.

An manchen Tagen trage ich die Sorge in mir, unserer Lieselotte ergeht es ähnlich. Kein Vater dieser Welt, kein Großvater, der ehrliche Liebe für seine Kinder spürt, möchte das. Lotte ist eine starke Frau. Unabhängig und zielstrebig. Sie hat Vorstellungsvermögen und ist nicht zu faul, diese Ideen anzupacken. Als wir meine Urenkeltochter zu Grabe trugen, war es nicht minder schrecklich. Es war wie damals bei Markus. Elisa und ich waren zu der Zeit eine wichtige Stütze für unsere Enkelin, wir wussten, wie es ihr erging. Josefina, Lottes Mutter, kümmerte sich um alles Organisatorische und um ihre Schwester Elvira, die mit Verlust sehr schwer umgehen kann. Lotte hat das alles gar nicht richtig mitbekommen. Kein Leid, wo nicht auch ein Nutzen. Tatsächlich, so grausam es im ersten Moment klingen mag. Dieses Begräbnis brachte unsere Familie wieder ein Stück weiter zusammen. Meine Kinder halten seit jener Zeit engeren Kontakt. Meine sieben Enkelkinder und die Schar an Cousinen und Cousins treffen sich regelmäßig. Ich konnte es sehen, fühlen, diesen Zusammenhalt, als wir meine Frau zu Grabe getragen haben. Die Zeit hat mir Urenkelkinder und bereits Ur-Urenkelkinder beschert. Um nicht den Überblick zu verlieren, habe ich mir einen Stammbaum gezeichnet. Es macht mein Herz froh und gleichzeitig schwer. So viele Seelen, viele Geschichten, so viele Möglichkeiten.

Als ich 1945 im Gefängnis war, sorgte Elisa alleine für unseren neugeborenen Jonathan. Erst sechs Jahre später fühlten wir uns wieder in der Lage, hatten Sehnsucht nach weiteren Kindern. Unsere Beziehung musste heilen, wir hatten als Paar, trotz aller Liebe, Mühe, zurück zu uns zu finden. Elvira wurde geboren, danach kam in kürzerem Abstand Josefina. Zwölf Monate später wurde Markus geboren. Vielleicht hatte ich Elisa zu viel zugemutet. Vielleicht hätten wir damals noch warten sollen, bis ihr Körper sich von den Strapazen der Mädchen erholt hatte. Doch wir waren im Taumel, dachten nicht nach. Das Leben verlief in dieser Zeit so unproblematisch und leicht. Als unser Jüngster zur Welt kam, waren die drei Geschwister schon der Kinderstube entwachsen. Kilian ist vogelfrei gediehen, in einer Umwelt voll umsorgender Menschen. Niemand konnte ihm einen Wunsch abschlagen. Ob es an seinen Augen, seinem Lachen lag, oder einfach daran, dass er der Jüngste in der Schar gewesen ist, kann ich nicht beurteilen. Mit hoher Wahrscheinlichkeit war es genau diese Mischung.

Kilian geht heute genauso durch die Welt, wie er es von uns gelernt hat, treibend. Zuversichtlich, alles um ihn herum wird sich richten. Wissen Sie, es ist tatsächlich so. Ganz egal was er anpackt, es geht ihm auf. Ganz egal wohin er geht, er findet eine helfende Hand. Er lächelt, die Welt lächelt zurück. Kilian ist das Sonnenkind, ganz nach seiner Mutter. Er lebt unter der Sommersonne Spaniens. Ich weiß nicht so genau, wie er sein Geld mit dieser Unternehmensberatung verdient, doch es scheint ihm gut zu gehen. Ist viel unterwegs. Hat vermutlich auch deshalb als Einziger meiner Kinder noch keine eigenen Kinder. Lebt sein Leben als Hagestolz.

Der Abstand zur Familie hat ihm dieses Mystische in den Augen der Enkelkinder verliehen. Für die Jüngeren ist er der Lieblingsonkel, für die Älteren wie ein weiterer Bruder. Kilian ist ja nicht viel älter als meine erstgeborene Enkeltochter Lieselotte. Wie das Leben eben spielt.

Die regelmäßigen Besuche im Kaffeehaus meiner Enkeltochter haben mir erneut Einblick in die Komplexität zwischenmenschlicher Beziehungen gewährt. Ein weiterer Stammgast, den ich immer wieder treffe, ist Ibrahim Kipinski. Er ging mit meinem Jüngsten, Kilian, zur Schule. Ein introvertierter Junge, aus dem ein hochintelligenter Mann geworden ist. Kilian mochte ihn damals sehr gerne, gerade wegen seiner etwas eigenwilligen Art.

Ib, wie er gemeinhin genannt wird, hatte besondere Eltern. Mir persönlich tat er immer etwas leid, denn diese Lebensumstände konnte ich nicht nachempfinden. Die Mutter eine erfolglose Künstlerin, der Vater ein verkopfter Entomologe. Dessen Insektensammlungen hingen laut Kilians Erzählungen vom Flur über die Wohnräumlichkeiten an den Wänden verteilt. Fein säuberlich aufgespießte Schmetterlinge, Käfer und anderes Getier.

Mein Sohn hat nach Besuchen bei Ib so bildhaft erzählt, dass er damit unsere gesamte Familie unterhielt. Ich meine, Ib brauchte etwas länger, um aus dieser Kindheit ohne

Struktur oder Führung zu sich selbst zu finden. Den Mann in ihm zu entwickeln.

Die Blicke zwischen Ibrahim und Lieselotte sind eindeutig von gegenseitigem Interesse geprägt. Jedoch scheinen beide keinerlei Sensorik dafür zu haben. Das ist sehr spannend für mich zu beobachten, da doch beide in ihren Berufen sehr eng und intensiv mit Menschen arbeiten. Wo sind die Augen ihrer Seele? Haben sie denn ausschließlich ein Paar in ihren Köpfen, um zu sehen, wo sie hintreten? Ich weiß zufälliger Weise von beiden sehr genau, dass sie auch gut darin sind. In ihrem Beruf. Doch gut zu sein, heißt wohl noch lange nicht, es auch für sich selbst anwenden zu können. Dabei wäre ich den Beiden ihr Glück vergönnt. Wahrhaftig, das wäre ich. Ich wünsche meiner Lotte einen Mann an die Seite, der sie zu schätzen weiß. Einen Mann ohne Vorstellung, seine Frau gestalten zu wollen, wie er es für richtig hält. Ich wünsche ihr eine Familie, eine stabile Partnerschaft auf Augenhöhe. Familien sind ein spannendes Konstrukt, keine gleicht der anderen. Es läuft eben nicht immer alles nur geradlinig. Das war schon früher so. Gerade in Kriegszeiten wurden viele Kinder in Familien abgegeben, die sie ernähren konnten. Viele Männer starben, viele Säuglinge wurden in reinen Frauenhaushalten groß. Andere bekamen ihre traumatisierten Väter zurück oder andere Männer, die zu ihren Vätern wurden.

Bitte entschuldigen Sie, wenn ich abschweife. Ich habe nicht mehr so oft Gelegenheit, wirklich lange und ausführlich Geschichten über unser Leben zu erzählen. Außerdem ist es mir wichtig, dass etwas bleibt von dem Wissen über all das, was ich gesehen habe. Wie ich diese Welt sehe, mit meinen Augen.

11

ESMA SAMAAN

Als die Tür des Cafés neun Wochen später aufgeht, um neue Gäste einzulassen, blühen in den Rabatten bereits bunte Blumen und die Kirschbäume tragen hellrot werdende Früchte. Eine junge Frau wuselt zwischen Tresen und Tischen herum, um zu bedienen. Lieselotte hat eine Aushilfe gefunden. Die Schülerin Esma ist ein Jahr vor ihrem Abschluss. Aus der Gruppe, die hier öfter mal in einer Mittagspause oder nach dem Unterricht vorbeikommt. Lotte nahm sie als sehr ruhige, aber höfliche Person wahr. Ein Mädchen, das mit stärkerem Akzent spricht, jedoch grammatikalisch völlig korrekt. Diese Tatsache war ihr schon bei den kurzen Konversationen aufgefallen, denn Lotte ist seit jeher beeindruckt von Menschen, die andere Sprachen beherrschen. Eine Kunst, die sie zu erlernen verabsäumt hat. Es kostete Esma tatsächlich einiges an Überwindung, aber an einem verregneten Dienstag Anfang Juni hat sie die Glastür aufgemacht, ist zielstrebig zum Tresen marschiert und hat sich vorgestellt. Manchmal löst das Leben die Bedürfnisse der Menschen wie von selbst.

„Esma, das ist meine Stieftochter Annabell. Annabell, das ist meine neue Hilfskraft, Esma“, stellt Lotte zu Beginn der zweiten Woche die beiden Frauen vor. Annabell geht zielstrebig einen Schritt auf Esma zu, umarmt sie kurz, aber herzlich. „Freut mich sehr!“, sagt sie mit fröhlichem Gesicht.

Die langen blonden Haare fallen ihr bis zur Körpermitte. Esma bewundert das Strahlen, das von jeder Zelle dieser Person auszugehen scheint.

„Oh, hallo“, antwortet Esma, die einen Moment lang von der überschwänglichen Begrüßung überfordert ist. „Freut mich ebenfalls, dich kennenzulernen. Lotte hat schon von dir und deinem Sohn Orlando erzählt“, zwinkert Esma dem blonden Engel zu, der fröhlich singt, während er seinem Stoffhund ein Ohr abkaut. Spätestens jetzt wäre Esma klar geworden, dass Lotte und Annabell nicht blutsverwandt sein können. Lotte ist so dunkelhaarig wie Esma selbst, beinahe wie eine echte Syrerin. Nur ihre Haut hat einen anderen Farbton. Annabell sieht so aus, wie Esma sich Menschen aus Schweden klassischerweise vorstellt. Orlando, der Esma interessiert beobachtet, lässt nun von seinem Spielzeug ab und streckt die Hände nach ihr aus.

„Sieht so aus, als ob Orlando dich vom Fleck weg mag“, lacht Annabell.

„Möchtest du zu mir Orlando?“, fragt Esma gerade heraus. Wenn es um Kinder geht, kann sie einfach nicht anders.

Er nickt. „Oh wie schön!“, meint Annabell hocherfreut. Esma setzt ihn an ihre Hüfte und beginnt ein Gespräch.

„Na so etwas“, staunt Lotte lachend, „Olli hat Esma gleich ins Herz geschlossen.“

Esma hält Orlando so, wie sie es kurz bei Annabell gesehen hat. „Wie fühlt sich das an?“, fragt Annabell. „Wenn er dir zu schwer ist, kannst du ihn gerne absetzen oder mir geben.“

„Schaut so aus für mich, als wüsste Esma was sie tut“, lächelt Lotte immer noch. Ihre Chefin Lotte ist ein Herz von einem Menschen. Sie bekommt gratis zu essen und Trinkgeld zum Lohn dazu. So gesehen hätte sie es schon nicht besser treffen können. Der kleine Olli steckt seine Finger in Esmas Haar und zieht dabei einige Strähnen aus dem Zopf. „Das stört mich nicht", hält Esma gleich fest, bevor Annabell noch etwas sagen kann. „Früher hatte ich sehr viele Kinder um mich."

„Jetzt nicht mehr?", fragt Annabell gerade heraus.

„Nein, leider", antwortet Esma. „Ich wohne seit vier Jahren in der sozialen Wohngemeinschaft Sonnenschein. Meine Familie ist nicht hier."

„Alles klar", sagt Annabell, obwohl ihr mehr als tausend Fragen durch den Kopf gehen. Das Bauchgefühl sagt jedoch, mit diesen noch zu warten bis oder falls sie sich besser kennenlernen würden. „Vielleicht sehen wir uns ja jetzt öfter", setzt sie noch dazu.

„Das wäre schön." Esma lächelt und gibt Orlando an Annabell zurück. „Ich muss jetzt wieder weiterarbeiten." Orlando quietscht unglücklich. Für Esma ist der Kleine das Ebenbild einer schöneren Version der Botticelli-Engel.

Der neue Job hat noch andere Vorteile für Esma. Sie kann beobachten und Kontakte knüpfen.

Die Tür geht erneut auf, neue Gäste kommen ins Café. Esma grüßt über ihre Schulter, während Sie an anderen Tischen leeres Geschirr abträgt. Keine kühle Brise, wie noch vor zwei Wochen, dringt durch den Eingangsbereich. Der Sommer hält spät aber doch seinen Einzug. In wenigen Tagen würden die Bäder gut gefüllt sein. Esma überlegt, dieses Jahr einen Schwimmkurs zu machen. Ein längst überfälliger Plan, den sie nun, mit ihrem Nebenverdienst, finanzieren könnte. Der Rest geht direkt in ihre Studienkasse. Esmas großer Traum ist es, nach dem Schulabschluss auf die Universität zu gehen. Doch das Leben ist teuer und trotz staatlicher Unterstützung fehlt ihr komplettes Familiennetzwerk. Sie ist alleine, muss daher sehr fokussiert an ihren Zielen arbeiten. Ihre Chefin Lotte geht auf die neuen Gäste zu, grüßt herzlich. Bekannte? Freunde? „Fräulein! Zahlen bitte!“, ruft ein Gast durchs Lokal.

Lottes Bekannte sitzen mit ihr zusammen an dem Tisch mit der Eckbank. Der einzige Mann in der Runde lehnt mit verschränkten Händen am Tisch und hört aufmerksam zu. Beinahe schüchtern wandert sein Blick zwischen seinen Begleiterinnen hin und her. Lieselotte, die ihm schräg gegenüber sitzt, kann er nur schwer in die Augen sehen.

Esma steckt die Geldbörse in die Hüfthalterung zurück und grüßt. „Was darf ich Ihnen bringen?“

Wenige Minuten später nippt sie hinter dem Tresen von ihrem lauwarmen Kräutertee, während der letzte doppelte Espresso aus der Kaffeemaschine sprudelt. Das Keramikgeschirr mit den goldenen Löffeln sowie je einer Schokoladenmandel hat Esma vorbereitet. Dazu eine Karaffe Wasser und vier Gläser. Der Mann, überlegt das Mädchen, dürfte überhaupt neu in der Runde sein. Allerdings hat die eine Frau ihn als Studienkollegen vorgestellt. Äußerst dubios diese Konstellation. Esma würde schon noch dahinterkommen. Sie interessiert sich für den kleinen, hageren Mann mit der hohen Stirn. Er kommt mehrmals die Woche in dieses Café, daher weiß Esma mittlerweile, dass er als Jugendrichter tätig ist. Die Rechtswissenschaften sind auch ihr präfiertes Fach, seit sie sich in der Schule näher mit dem Thema Menschenrechte beschäftigt haben. Vermutlich auch auf Grund ihrer eigenen Fluchtgeschichte war Esma völlig in dieser Idee aufgegangen.

Bislang hat sie genug mitbekommen, um sicher zu sein, dass sich nicht alle gut und lange kennen. In den Monaten der Flucht hatte Esma die Fähigkeit der intuitiven Einschätzung erworben. Vermutlich ist das einzige, das diese Personen um den Tisch auf den ersten Blick eint, die Individualität. Körper, Alter, Hautfarbe, Haarfarbe, Auftreten. Der Duft des frischen Kaffees steigt ihr einladend in die Nase, als Esma das Tablett mit der Bestellung an den Tisch trägt.

„Danke, Esma", sagt Lotte und zu ihren Freunden gewandt, „Esma ist meine neue Hilfskraft. Ich bin sehr froh, sie zu haben."

Diese lächelt schüchtern. „Danke."

„Mach doch eine kurze Pause, Esma, setz dich gerne zu uns, wenn du möchtest."

Sie ist sich nicht sicher, ob es angebracht ist, möchte die Einladung ihrer Chefin jedoch auch nicht ausschlagen. „Nur einen kurzen Augenblick", antwortet Esma daher freundlich. „Robert wird gleich mit der Bestellung für Tisch sieben fertig sein." Das Paar hatte den Sommersalat geordert. Sie mit gegrilltem Gemüse und Käse, er mit Rinderfiletstreifen. Während Esma sich setzt, greift die rothaarige Frau ihr bereits an die Haare. „Sieh‘ sich das einer an. So dicke Haare." Fasziniert drückt diese den starken Zopf, lässt ihn mehrmals über ihre Handfläche gleiten. „Entschuldige bitte, das musste ich jetzt einfach angreifen. Ich bin Barbara, eine langjährige Freundin von Lotte."

„Freut mich sehr, sie kennenzulernen", antwortet Esma höflich.

„Das ist Nora, auch eine Freundin von mir", stellt Lotte weiter vor, „und Ibrahim Kipinski, unseren Stammgast kennst du ja bereits." Esma nickt, obwohl sie seinen Namen heute zum ersten Mal hört. Die Frau, die ihre Chefin als Nora vorgestellt hat, wirkt müde. Jetzt, als die beiden sich direkt gegenübersitzen, bemerkt Esma, wie traurig diese wirkt.

„Ich kenne dich. Du bist mir schon einmal aufgefallen", unterbricht Ibrahim ihre Gedanken. Er zeigt mit dem Finger auf Esma. „Du bist auch früher schon des Öfteren mit deinen Freunden hier gewesen, nicht wahr?"

„Ja, das stimmt. Ich gehe hier ins Gymnasium, in die siebente Klasse. Wenn wir Freistunden haben, gehen wir gerne raus." Esma freut sich über diese Geste. Sie schätzt es, wenn Menschen aufmerksam sind.

„Ich war ebenfalls an dieser Schule", fährt Ibrahim fort und nickt bestätigend.

Nora schlürft vorsichtig an ihrem heißen Kaffee. „Ich auch. Allerdings unter Ibrahim. Im Studium waren wir dann in derselben Verbindung, daher kennen wir uns besser", zwinkert Nora Ibrahim zu. Dieser grinst, verkneift sich jedoch jeden Kommentar. „Ohne Ib", fährt Nora fort, „hätte ich das Studium nie geschafft. Er hat uns ein wenig an die Kandaren genommen, war unser gutes Vorbild und unser Nachhilfelehrer in einem." Mit einer raschen Kopfbewegung schüttelt sie ihren Pony, lockert ihn mit den Fingern etwas auf.

„Sie sind Richterin?" Esma beugt sich interessiert vor.

Nora lacht. „Gott bewahre, nein. Ich habe gleich nach dem Abschluss bei einem großen Unternehmen begonnen. Da bin ich heute noch", führt sie merklich lustlos fort. „Leider."

Irritiert nimmt Esma den Faden auf. Sie kann nicht richtig einschätzen, warum die Frau das sagt. „Wissen Sie, ich interessiere mich sehr für diese Ausbildung."

Ibrahim Kipinski nickt erfreut, Nora schnaubt. Barbara rührt Zucker in ihre Tasse. „Das finde ich ganz toll, Esma. Also, dass du so genau weißt, was du willst. Ich glaube, das kann ein Segen sein. Wie kommst du denn darauf? Über deine Eltern?"

Esma zuckt unmerklich zusammen. Nur Ibrahim dürfte es aufgefallen sein, denn er taxiert sie. Esma räuspert sich. Schluckt. Nach kurzem Überlegen entschließt sie sich für die Wahrheit. „Nein. Meine Mutter war Näherin und mein Vater arbeitete in einer Art öffentlichen Einrichtung. Im Büro."

Lieselotte legt schützend die Hand um ihre Hilfskraft, die sie in den wenigen Tagen schon liebgewonnen hat. „Esma ist vor sieben Jahren aus Syrien gekommen und wohnt jetzt in der Wohngemeinschaft Sonnenschein in der Bahnhofszeile. Sie ist ganz alleine hier."

„Oh, Esma." Berührt legt sich Nora die Hand aufs Herz.

„Ich bin nicht alleine! In meiner WG gibt es Leute, die sich um uns kümmern", verteidigt sie sich. Mitleid ist etwas, dass Esma gar nicht mag. „Mir geht es gut, keine Sorge. Natürlich vermisse ich die Familie, aber je älter ich werde, desto mehr wird mir klar, dass ich die alte Zeit romantisiert habe. Es hat schon seine Gründe, warum ich von ihnen getrennt lebe", führt sie enthusiastisch aus. Im nächsten Moment tut es ihr sofort leid. War sie zu weit gegangen? Laut geworden?

„Du klingst sehr erwachsen, Esma", bestätigt Ibrahim Esma in ihrem Verhalten. Diese lächelt vorsichtig. Auch die Frauen lächeln und Esma gewinnt neue Sicherheit.

„Bei dem, was sie erlebt hat, wären wir in dem Alter vielleicht ebenfalls ein bisschen reifer gewesen." Das Geräusch der Türe ist zu hören. Zeitgleich ertönt das Signal aus der Küche. Roberts Zeichen für *Essen ist fertig.*

Esma steht auf und deutet Lotte, die sich ebenfalls erheben will, mit der Hand. „Bleib sitzen, Chefin, ich kümmere mich." Während Esma bedient, sich um das Geschirr und Sauberkeit im Lokal kümmert, wird die Stimmung am Tisch ihrer Chefin deutlich lockerer. „Moment!", dringt Ibrahims Stimme an ihr Ohr. „Ich möchte an dieser Stelle festhalten, ich wohne in einer sehr schönen Wohnung. Lottes Küchenchef kocht einfach weit besser als ich."

Obwohl Esma alle Hände voll zu tun hat, lächelt sie. Sowohl über die schönen neuen Bekanntschaften, als auch über die neue Fröhlichkeit am Tisch ihrer Chefin. Lachen ist immer ansteckend. Vielleicht würde sie auch Annabell und ihren kleinen Sohn wiedersehen können. Orlando musste sie einfach sofort in ihr Herz schließen.

„Lass die Sonne in dein Leben, Esma", sagt ihre betreuende Sozialpädagogin oft. Olli ist jedenfalls ein Sonnenschein. Die Pädagogin in ihrer WG hat Esma bei so vielem geholfen. Zuletzt sogar, ihr Zimmer in einem zarten Gelbton zu streichen. Über ihrem Bett haben die beiden gemeinsam ein Bild mit weißem Holzrahmen montiert. Darauf ist ein Aquarellgemälde zu sehen, ein Blick aus einem Fenster, die Sonne scheint.

Esma liebt dieses Bild. Ob Olli auch ein eigenes Kinderzimmer in einer schönen Farbe hat? Bestimmt hat er das, überlegt sie. Mit vielen Spielsachen und Stofftieren.

Ihre Mitbewohnerin Zeynep hat ihr zum Geburtstag einen glitzernden Kristall geschenkt. So geschliffen, dass das Licht, wenn es richtig darauf fällt, in vielen Farben an die Wände geworfen wird. Diesen hat sie an einer zarten, durchsichtigen Angelschnur befestigt und an der Vorhangstange vor ihrem Zimmerfenster montiert. Ihr Zimmer ist nun

Esmas kleines Reich. Ein Rückzugsort ohne Gefahr, voller Möglichkeiten. Es ist wichtig, etwas Eigenes zu haben und zu schaffen. Sich selbst zu finden.

Als sie die zweite Runde Getränke an Lottes Tisch bringt, fragt Esma unvermittelt: „Warum mögen Sie denn ihre Arbeit nicht mehr?"

Die angesprochene Nora überlegt kurz und seufzt. „Ach Esma. Ehrlich gesagt, habe ich mir nie wirklich überlegt, was ich will. Barbara hatte vollkommen Recht mit dem, was sie vorhin gesagt hat. Es ist ein großes Glück, wenn man weiß, was man will, zumindest ungefähr! Für meine Eltern war immer klar, wir Kinder müssen studieren. Sie sind diesbezüglich ein bisschen konservativ." Nora dreht mit dem Zeigefinger Kreise um ihre Schläfen. „Wenn du verstehst, was ich meine."

„Ich verstehe", nickt Esma bestätigend. Eltern, die genaue Vorstellungen zum Leben ihrer Kinder haben, sind ihr nicht fremd.

„Jedenfalls", fährt Nora mit erneutem, tiefem Seufzer fort, „gab es für meine Eltern nur wenige angesehene Studienrichtungen wie Medizin, Wirtschaftswissenschaften oder eben die Rechtskunde. Ich habe das niemals in Frage gestellt und habe mich einfach für eines entschieden." Ihre Mimik verrät deutlich, was Nora heute davon hält.

„Also wollten Sie gar nicht Juristin werden?", fragt Esma nochmals nach, die Noras Unglück nicht verstehen kann. „Entschuldigen Sie bitte meine Neugierde, ich will nur wissen, wofür ich mich entscheide", sagt Esma umgehend, da sie plötzlich wieder das Gefühl hat, vielleicht unhöflich zu sein.

„So kann man das nicht sagen", überlegt Nora laut. „Mir hat die Vorstellung schon gefallen. Das Studium war dann doch mehr als mühselig. Irgendwann habe ich gemerkt, ich will einfach in einem Büro arbeiten. Am liebsten einen nine-to-five Job."

„Nine-to-five?"

„Um neun Uhr vormittags kommen und um siebzehn Uhr wieder gehen. Wenig Verantwortung, geregelte und übersichtliche Arbeit. Deshalb suchte ich ein Unternehmen im öffentlichen oder halböffentlichen Bereich." Nora zuckt mit den Schultern, offenbar selbst ratlos über ihr Dilemma.

„Und was wirst du jetzt machen?", schaltet sich Barbara ein.

„Gute Frage." Nora trinkt ihren Kaffee aus. „Noch keinen Plan. Vielleicht hast du eine Idee?" Sie zwinkert Esma aufmunternd zu.

„Ich?", fragt sie irritiert und merkt, wie ihr die Hitze ins Gesicht steigt.

„Ja. Nachdem ich mit Lotte, Barbara und Ib gesprochen habe, fehlt mir immer noch ein Plan. Vielleicht braucht es eine neue Perspektive."

Etwas überrumpelt reibt sich Esma das Daumengelenk. Eine alte Angewohnheit, wenn sie angestrengt nachzudenken hat. „Ich weiß nicht. Was machen Sie denn gerne?", erkundigt sich Esma.

„Essen, mit Leuten quatschen, einkaufen gehen." Nora lacht. „Nicht gerade sehr ergiebig muss ich zugeben."

„Also ich kann das total nachvollziehen", wirft Barbara ein.

„Vielleicht könnten Sie eine Vertreterin werden. Für Schmuck, Make-up oder so Zeug. Meine Mitbewohnerin Zeynep bessert sich so ihr Taschengeld auf. Sie sagt, das kann man auch hauptberuflich machen." Esma mag es nicht, wenn sie unsicher ist, doch gerade fühlt sie sich gar nicht wohl in ihrer Rolle.

„Seht ihr!“ Nora klatscht begeistert in die Hände. „So kommt man zu intelligenten Vorschlägen.“

Esma wird rot. Sie weiß nicht genau, ob das Lob ernst oder sarkastisch gemeint war.

„Wer kommt denn auch auf so etwas.“ Ibrahim schüttelt den Kopf. „Ich bestimmt nicht.“

„Na gut.“ Esma deutet an, weiter zu arbeiten.

„Ich denke über deinen Vorschlag nach“, nickt Nora ihr zu. „Du kannst übrigens gerne „Du“ zu uns sagen. Zu mir auf jeden Fall.“ Die Runde nickt zustimmend.

Ibrahim winkt Esma noch mal zurück. „Esma, wenn es irgendwann einmal passt, würde ich sehr gerne deine Geschichte hören. Vielleicht können wir auch über deine Zukunftspläne sprechen. Wir haben immer Praktika am Gericht zu vergeben.“

„Sehr gern.“ Jetzt wird Esma nochmals rot und ist froh, dass es unter ihrer gebräunten Haut nicht so auffällt.

12

FERDINAND

Sechzehn Jahre lang nannte man sie Esma Djamila Samaan. Ich finde, er passt zu ihr. Der Name ist ein kleines Stück Erinnerung an die Person, die sie als Kind war.

Ihr Name sollte das Mädchen stolz machen, denn er steht für sie selbst und das, was sie geschafft hat. Unabhängigkeit, Freiheit. Im Grunde, so hat sie mir erzählt, war der Wunsch nach Freiheit und Sicherheit auch das, was ihre Familie angetrieben hat. Was alle ihre Mitreisenden, die ihr Heimatland verlassen mussten, einen Fuß vor den anderen setzen ließ. Der Wunsch nach einem Leben, einer besseren Realität. War das nicht schon immer so? Der Mensch als Reisender, ewig Suchender? Die Interpretation davon, was Menschen „Leben" nennen, ist ein sehr individuelles Konstrukt. Überschattet von familiären und gesellschaftlichen Normen existieren wir in einem vorgefertigten Rahmen.

Was für die einen das Paradies auf Erden, ist für andere ein unvollkommener Zustand der optimiert gehört. Esma hat einen starken Drang danach, ihr Leben eigenständig zu steuern. Sie sieht gerne Filme und sie beobachtet. Die Menschen, so hat sie erkannt, nehmen sich oft viel zu wenig Zeit für Beobachtungen. Als sie mir das erzählte, wusste ich, wir verstehen uns. Trotz des großen Altersunterschiedes denken wir in vielen Angelegenheiten gleich. Menschen, die beobachten und verstehen können, fällt es leichter einzuordnen, wo die eigenen Bedürfnisse liegen. Esma kennt ihre eigenen sehr genau. Im Theater des Lebens hat sie nun wieder ihren festen Platz. Vor drei oder vier Tagen saßen wir nach Dienstschluss noch lange zusammen und haben geredet. Ich kann mich gar nicht erinnern, wann ich mich zuletzt so lange und gerne mit einem Menschen über Gott und die Welt unterhalten habe. Sie hat sich mir geöffnet.

Mir ist bewusst, welches Geschenk Esma mir damit gemacht hat. Vertrauen ist ein wahrhaftiges Geschenk, das von Herzen kommt. Vor drei Jahren hat das Mädchen ihren Niqab abgelegt, da war sie fünfzehn. Erst vor zwei Jahren konnte sie ihn verbrennen. Zur Sonnenwende hat ihre Mitbewohnerin eine Zeremonie für sie vorbreitet. Esma und Zeynep ließen das Feuer im Feuerkorb die halbe Nacht nicht ausgehen.

Das ungute Gefühl der Angst verflog mit den Funken im Nachthimmel, als Esma die letzte Auflehnung der Stofffetzen gegen die sengende Hitze sah, das Verschwinden riechen konnte. Scheit um Scheit folgte in den schmiedeeisernen Korb, um auch die letzten Funken der Vergangenheit in den Nachthimmel zu schicken. Ist das nicht eine wundervolle Geschichte? Ein Abschluss für einen Neuanfang?

Esma meinte, sie wird niemals die Schmerzen an den Fußsohlen vergessen können in der Zeit der Flucht. Ständig unterwegs. Nach der Angst war dies der erste körperliche Schmerz, den Esma auf ihrem Weg fühlte. Ein Brennen, als würde sie jeden weiteren Schritt barfuß in heiße Glassplitter setzen. Die Haut öffnete sich, ihr Fleisch war sichtbar. Doch sie und alle anderen Kinder wurden weitergeschleppt, Schritt für Schritt, an der Hand der weinenden Erwachsenen, ohne Ziel- oder Zeitvorstellung. Bei dieser Erzählung musste ich mich zusammenreißen, damit mir nicht die Tränen über das faltige Gesicht liefen.

Das Mädchen passt gut hier rein. Lotte geht großartig mit ihr um. Es macht mich stolz, wie herzlich meine Enkeltochter als Chefin agiert.

Ich bin zu Hause. Es ist bereits spät, im Fernsehen beginnen die Abendnachrichten und dennoch ist es draußen noch hell. Die Stimme des Nachrichtensprechers ist tief. Einschläfernd. Er erzählt von Unruhen, irgendwo auf der Welt. Nichts ändert sich.

Kriege verändern Menschen. Verluste verändern Menschen. Bedrohungen verändern Menschen. Ich habe es erfahren und Esma, viele Jahre nach mir, ebenfalls. Vermutlich ist die stete Veränderung das Einzige, das unseren Leben gewiss ist. Weder uns menschlichen Wesen, noch denen der Tierwelt, keiner Seele auf diesem Planeten ist die ewige Konstante geschenkt. Es wäre auch gegen unsere Natur. Sind wir Menschen zufrieden, sorglos, denken wir schon wieder weiter, ins nächste Sein. Wir sind nicht gemacht für das Jetzt, so scheint es, für die Gleichmäßigkeit. Lediglich Menschen mit herben Erfahrungen sehnen sich danach. Menschen mit Routinen wünschen sich etwas mehr Aufregung. In diesem steten Trudel aus Wünschen und Bedürfnissen ist es schwer, das Glück in seiner Brust zu halten. Es im Kopf und im Herzen zu spüren, anzuerkennen.

Wenn ich mich so umsehe, an meine Familie denke, bereitet mir das beinahe mehr Sorgen. Ich mache mir mehr Gedanken darüber, ob die Menschen glücklich sein können, als darüber, ob sie mit Hindernissen fertig werden. Letzteres können sie, das haben wir ausreichend bewiesen. Nicht immer so, wie wir es wünschen. Nicht immer so, wie es uns oder anderen dienlich ist. Wir sollten besonders auf jene schauen, die nicht nur überleben, sondern ein neues Leben für sich schaffen. Auf jene Menschen, die das Glück festhalten und ihr Gesicht in Richtung Sonne strecken. Jene, die ein echtes Lächeln wie schönen Schmuck tragen. Mit Wohlwollen und Zuversicht in die Welt gehen. Ich wünsche mir sehr, dass Esma eine dieser Personen ist. Sie ist mir ans Herz gewachsen, in der kurzen Zeit. Das Mädchen ist so freundlich. Wenn sie mit mir spricht, sieht sie mir in die Augen. Ich habe das Gefühl, sie ist ganz bei mir. Esma ist ein Mensch, der dir bis auf den Grund deiner Seele zu blicken vermag.

Meine Elisa war auch so eine besondere Seele. Ich vermisse sie so sehr. Sie war wie eine Sonnenblume. Ich habe ein paar Sonnenblumenkörner in die Schale auf ihrem Grab ausgesät. Wenn sie blühen, werde ich sie so noch einmal bewundern. Dann wird wohl die Zeit kommen, in der ich mich auch zur Ruhe legen kann. Hoffnungsvoll.

Mich interessiert, was Sie denken. Über die Menschen, von denen ich Ihnen erzählt habe. Vermutlich haben Sie sich umgehend ein Urteil gebildet, alles andere würde mich wundern. Aber verlieren Sie sich nicht darin, im Schubladisieren anderer. Nehmen Sie es rein als wertvollen Erfahrungsschatz für die eigene Psychohygiene. Es ist keine allzu rühmliche Eigenschaft, das gebe ich zu, aber wenn ich über Schicksale anderer nachdenke, kommen mir meine eigenen Sorgen oft nicht mehr so groß vor. Wenn meine eigenen Sorgen größer sind, tue ich mich leicht, die der anderen nicht zu meinen zu machen. Ich grenze mich ab.

Wie oft sind Sie in der letzten Woche dagesessen und haben Löcher in die Luft gestarrt? Die Vögel beobachtet, das Blau des Himmels, das Weiß der Zimmerdecke? Es kann so schön sein, dieses Weiß. Manchmal schließe ich die Augen, dann verschwimmen Traum und reale Gedankenwelt in ein endloses Geflecht an Möglichkeiten. Wer sich Zeit nimmt zu denken, findet zu neuer Kreativität. Die kommt wie aus dem Nichts, selbst aus der dunkelsten, letzten Ecke der unerforschtesten Besenkammer unseres Gehirns. Neue Möglichkeiten tun sich auf, eine neue Kraft entwickelt sich in uns. Mut fließt durch mich hindurch und ich freue mich wie ein Kind vor Weihnachten, wenn sich dieser in mir festigt.

Ich wünsche mir, dass meine Geschichte bewegt. Ich wünsche mir, dass Sie erkennen, was im Leben an Wert hat, welche Sorgen es wert sind, sich zu sorgen. Ich wünsche mir Glück für viele Menschen. Es ist meine Hoffnung auf den letzten Metern, mehr Gutes zu hinterlassen, als ich Schaden verursacht habe.

TEIL II

Fernsicht

Und allen wuchs die Kühnheit nicht gering;
denn leben hieß sich wehren

Johann Wolfgang von Goethe (Faust)

13

FERDINAND

Der Krieg verändert Menschen. Ferdinand wird Zeit seines Lebens nicht müde davon zu berichten. Es ist gut, wenn Zeitzeugen kein Blatt vor den Mund nehmen. Es ist gut, die Nachfahren an die Gefahr zu erinnern, die uns Menschen innewohnt. Wir sind großartige Individuen. So vollkommen unvollkommen. Wir schaffen unsere eigenen Wirklichkeiten, gestalten unsere Welt. In der Gemeinschaft wachsen wir über uns hinaus. Doch wir sind vor allem eines: Unberechenbar.

Selbst wenn wir vom Glück verfolgt werden und zufrieden in Geborgenheit leben, können wir uns nicht darauf verlassen. Nicht einmal auf uns selbst. Auch Ferdinand, der sich so sicher in seinem Glück wog, wurde Opfer seiner eigenen Menschlichkeit. Er fand seine Elisa in einer schwierigen Zeit seines Lebens. Ihre Liebe hätte scheitern können. Doch das Gegenteil trat ein. Ihr Band wurde enger. Das Gefühl der Wärme begleitete beide, unabhängig, wie weit sie getrennt waren. Als Elisa 1965 erneut schwanger wurde, fielen sie beide aus allen Wolken. Kilian war das Geschenk mit dem niemand mehr gerechnet hatte. Als er geboren wurde, steckten Fini und Elvira mitten in der Pubertät und entwickelten sich zu zwei gestandenen Frauen mit starkem Willen.

Kilian löste etwas in ihnen aus, das Ferdinand nur begrüßte. Er machte die beiden etwas ruhiger, weicher, zog sie nach Hause zurück. Auch Jonathan, der bereits drauf und dran war, sich sein eigenes Leben aufzubauen, fand durch seinen kleinen Bruder erneut Anschluss an die Familie. Kilian knüpfte ein unsichtbares Band, das sie als Familie einte. Sie waren glücklich.

Dennoch. Als Ferdinand eines frühen Morgens halb wach lag, mehr im Traum verhaftet als in der Realität angekommen, kam eine Sehnsucht auf. In dieser schier endlos wirkenden Phase der absoluten Ruhe wuchs ein Wunsch nach Stille, Abstand, selbstgewählter Einsamkeit, Träume. Sein Verstand verfing sich in surrealen Fantasien von Orten, an denen er nie zuvor gewesen war. Bedürfnisse taten sich plötzlich auf, die er so nicht kannte, nicht einmal klar benennen konnte. Diese Idee von einer weiten Ferne setzte sich fest. Wurde mit den Tagen präsenter und formte sich. Die Mischung aus dem, was er von seiner Heimat kannte, gepaart mit dem, was so weit weg zu liegen erschien, wurde zu einem Wort: Kanada. Rückblickend ist für Ferdinand schwer einzuschätzen, wie er gerade auf dieses Land kam. Wenn man ihn heute fragt, dann antwortet er, es sei wohl eine Mischung aus Erzählungen, Bildern und Hirngespinsten, die ihn damals geleitet haben. Jedenfalls war es damals so, dass er ab dem Beginn dieses Halbschlafes an besagtem Morgen immer abwesender, ja auch abweisender wurde. Was seine Frau zu Beginn als schlechte Laune mit einem Lächeln abtat, machte ihr zunehmend Sorgen. Wohl reagierte er auf ihre Zärtlichkeiten, schenkte ihr ein Lächeln oder einen Kuss.

Dennoch schien Ferdinands Geist fortwährend davonzuschweben. Elisa wäre nicht Elisa gewesen, stellte sie ihren Mann nicht mutig zu Rede. Zu Beginn neckend, was er denn eigentlich habe, wo er mit seinen Gedanken sei. Später fordernder, er möge doch endlich sagen, was ihm nicht passe, ob er etwa eine Affäre hätte? So lange gab Elisa nicht auf, bis er hochkochte. Er brauche Abstand, schleuderte er ihr emotional aufgeladen entgegen. Er brauche endlich seine Ruhe, Frieden. Müsse raus aus dieser Enge. Im nächsten Moment drückte Ferdinand Elisa, umarmte sie fest, als müsse er sich aus Angst zu ertrinken an sie klammern.

Zwei Wochen später war er fort. Unterwegs in der Maschine mit dem ersten Langstreckenflug der Austrian Airlines von Wien nach New York. Von dort aus fuhr er mit dem Zug, relativ planlos, nach Kanada. Als er die dortige Grenze passierte, atmete er tief ein und aus. Obwohl er wusste, wie irrsinnig der Vergleich war, versuchte er sich, in die Menschen hineinzuversetzen, die damals im Krieg nach Übersee geflohen waren. Wie es sich wohl angefühlt hatte, als sie sich endlich in Sicherheit wogen?

Ein neues Leben in einem neuen Land. Ferdinand wusste, er war nicht auf der Flucht, nur im Urlaub. Er hatte seiner Elisa und den Kindern in die Augen gesehen, sie geküsst. Sie hatten ihm zugewunken, als er in das Flughafentaxi stieg, wünschten ihm eine gute Reise.

Elisa verlor kein böses Wort, obwohl sein Vorhaben unklar war und einen guten Teil ihrer Ersparnisse auffraß. Sie hatte ein starkes Herz und eine kluge Seele. Konnte zur rechten Zeit loslassen in der Zuversicht, er käme zu ihr zurück. In ihren Augen konnte er den Glanz der Traurigkeit durchaus erkennen. Als Ferdinand im Zug die kanadische Grenze passierte, waren seine Wangen von stillen Tränen benetzt. Weder wusste er, warum er weinte, noch, zu welchem Zweck. Wann hatte Ferdinand zuletzt geweint? Der Gedanke an Elisas Augen ließen seine wohl überquellen. Still wischte er sich mit dem Ärmel seines Hemdes über die Wangen.

Eine Zeit lang reiste er herum, besuchte Touristenattraktionen, bereiste Städte. Seine Planlosigkeit kostete nicht nur sein Reisebudget, er verlor auch jegliches Raum- und Zeitgefühl. Kanada war riesig. Zu riesig für einen Österreicher. Dieses Land könnte beinahe so groß sein wie ganz Europa. Ein Gedanke, der Ferdinand noch kleiner erscheinen ließ. Wer meinte er zu sein? Was kannte er von dieser Welt? Mit welchem Recht fällte er sich ein Urteil über das Sein, wenn er doch nur einen Bruchteil der Erde kannte? Die Menschen begegneten ihm freundlich. Ihm, einem völlig Fremden aus dem blutrünstigen Europa. Ihm, der zahllose Menschen auf dem Gewissen hatte. Niemand fragte ihn nach seiner Vergangenheit, aber auch nicht nach seinem Jetzt. Er war einfach einer von vielen, durfte atmen und existieren.

Nach einigen Wochen machte Ferdinand große Fortschritte mit seinem Sprachgebrauch, vor allem im Englischen, da er in einer Bar anheuerte. Manchmal wurde er auch mit Französisch konfrontiert, was ihm wesentlich schwerer viel. Wieder einige Wochen später fuhr er mit einem Trucker bis nach Minnedosa. Die Kleinstadt gefiel ihm, es fühlte sich heimelig an. Zu der Zeit hatte er nur noch einen Seesack mit den wichtigsten Dingen bei sich und hielt keinen Kontakt zur Heimat. Er war vollkommen losgelöst von allem aus seiner alten Welt. In Minnedosa angekommen marschierte Ferdinand in das erste und einzige Café und kam mit einer Unterkunft und einem neuen Job wieder raus. Trotz Mitte vierzig war er von der Arbeit im Sägewerk stählern geblieben, für die Waldarbeit wie gemacht.

Mit einem Trupp Arbeiter zog er von da an los, um Forstarbeiten zu verrichten. Wenn es eines genug gab in dieser Gegend, dann waren es Bäume. Die harte körperliche Arbeit tat ihm gut. Er schlägerte, fällte, riss, zog, säbelte und hämmerte von früh bis spät wie eine gut geölte Maschine. Doch Minnedosa war auch deshalb so heimelig, weil es ihm familiär schien. Hier lebten die Menschen zusammen, waren glücklich und gingen sonntags zu Kirche. Ferdinand beobachtete die Männer und Frauen, Hand in Hand. Wie sie sich anlächelten und ihre Kinder auf den Armen trugen. Sein Herz zog sich vehement in seiner Brust zusammen, wenn er diese Bilder sah.

An einem dieser Sonntage saß er auf einer Bank unter einem großen Baum, als ihn ein Mann ansprach, den er von der Waldarbeit kannte. „Hallo Ferdi", sagte er. Ferdinand freute sich, war dennoch überrascht, denn zuvor hatten sie nie viele Worte gewechselt. Sie arbeiteten in stummem Einvernehmen sehr gut zusammen. „Nathan", antwortete Ferdinand mit freundlichem Lächeln und Kopfnicken.

„Das ist meine Frau Mira." Sie gaben sich die Hand, grüßten sich. „Wir wollten gerade ins Café. Möchtest du auf ein Stück Torte und eine späte Vormittagstasse Kaffee mitkommen?"

Ferdinand nickte: „Es ist doch immer die richtige Zeit für Kaffee, oder nicht?"

Zu dieser Zeit befanden sich die USA im Krieg. Von 1955 bis 1975 tobte der Vietnamkrieg, der den Kontinent noch viele Jahre später prägte. Nathan war Amerikaner, der gedient hatte. Ein Bauchschuss sollte den sicheren Tod bedeuten, doch er überlebte. Schwerfällig kämpfte er sich ins Leben zurück, verliebte sich in eine Krankenschwester, heiratete sie und ging mit ihr in ihre Heimat, nach Kanada.

Lange unterhielten sich die Männer bei mehreren Tassen Kaffee über ihre Erfahrungen, teilten Stück für Stück mehr an Erinnerungen. Mira hörte ruhig zu, stellte ab und an Fragen, um die Hintergründe zu erfassen.

„Wie gehst du damit um?“, erkundigte sich Ferdinand.

„Die Frage ist eher, wie geht das alles mit mir um“, philosophierte Nathan und tippte sich dabei an Stirn und Herz. „Aber ich habe meinen Anker gefunden.“

Mira lächelte ihn an und er nahm die Hand seiner Frau.

„Du hast keine Familie?“, fragte Mira offen.

„Doch“, sagte Ferdinand. „Eine Frau und vier Kinder.“

„Oh“, war alles was Mira dazu sagte. Sie konnte sich keinen Reim darauf machen, was er denn hier machte, und Ferdinand war froh, dass sie nicht nachgefragt hatte. Er hätte es ihr nicht erklären können.

Als sie und Nathan ihn musterten, rutschte er unruhig auf seinem Stuhl hin und her, lehnte sich schließlich zurück und verschränkte die Arme. „Ich hatte einfach Sehnsucht nach der Ferne.“

Nathan beugte sich zu ihm nach vorne. „Was sie uns rausgeschossen haben, mein Freund“, er tippte sich wieder ans Herz, „das finden wir nirgends auf der Welt. Nicht daheim und nicht in der Ferne.“ Nathan spielte auf die Traumata ihrer Kriegsjahre an und Ferdinand verstand. „Das kannst du nur mit viel Liebe kitten.“ Zufrieden mit sich und seiner Welt trank Nathan seine Tasse leer. „Alkohol geht auch für kurze Zeit“, lacht er um die Stimmung wieder zu lockern.

Mira lächelte betroffen. „C’est la vie“, murmelte sie leise. *So ist das Leben.*

La Vie. Im Französischen klang alles leicht. Selbst die Härte der Realität. Ferdinand wusste plötzlich genau, er hatte einen Fehler gemacht. Da begann er, Briefe zu schreiben. An Elisa, an die Kinder. An jedes einzelne seiner Kinder. Er fragte Jonathan, was die Arbeit mache und ob er noch seine Freundin hätte. Ob er die Wohnung, die er mieten wollte, schon bezogen hatte. Schrieb Elvira von den schönen Wäldern und schier unendlichen Weiten, die ihr besonders gefallen würden. Fragte Josefina, seine Fini, ob sie zum Landjungendball gehen durfte und ob sie auch die Jungs fernhalten konnte. Seinem Kilian schickte er eine Bleistiftzeichnung von der Hütte, in der er wohnte, mit vielen Bäumen und einem Hirsch, der aus dem Wald blinzelte. Elisa schickte er ebenfalls eine Zeichnung. Darauf waren ineinander verschlungene Hände zu sehen, mit ihren Ringen. Ferdinand benötigte unzählige Versuche bis er einen Entwurf hinbrachte, der seinen Ansprüchen genüge tat. Darunter schrieb er in schön geschwungener Schrift drei Worte: *Ich liebe dich.*

Drei Wochen später kamen zwei Briefe zurück. Es dauerte zweiundzwanzig Stunden bis er endlich den Mut fand, den ersten zu öffnen. Seine Hände schwitzten, das Herz pochte. Ferdinand war fahrig, voller Selbstzweifel wie auch Hass. Stunden tigerte er im Wohnzimmer auf und ab, nachts fiel er nur in einen unruhigen Schlaf. Irgendwann am nächsten Morgen setzte er sich, nahm ein Buttermesser, um das Kuvert vorsichtig aufzumachen. Heraus flatterten mehrere Zettel mit verschiedenen Handschriften. Er nahm wahllos einen davon.

Lieber Vati,

deine Schilderungen hören sich traumhaft an. Es erinnert mich beinahe an das Gebiet rund um die Burgruine Dürnstein. Ich weiß jedoch nicht, ob es dort, wo du bist, auch diesen wundervollen Ausblick auf einen Fluss gibt, wie hier auf die Donau. Natürlich sind bei uns die Bäume nicht so hoch und so dick wie du es beschreibst. Das gäbe eine Menge Feuerholz für den Küchenherd. Es würde genügen einen Baum zu schlagen, damit wir den ganzen langen Winter genug Vorrat hätten. Das wäre doch toll, oder?

Ich hoffe, du kannst mir mehr erzählen, wenn du bald wieder zu Hause bist. Meine Freunde finden es zwar alle sehr cool, dass mein Vati eine Zeit lang auf Reisen ist und in Kanada arbeitet, aber mir wäre es lieber, du würdest wieder im Sägewerk sein und jeden Tag nach Hause kommen. Mir geht es gut. Ich bin in letzter Zeit sehr oft müde und gehe früh schlafen. Ich halte mich an die Empfehlungen der Ärzte, wie ich es in der Klinik gelernt habe, damit ich nicht wieder so krank werde.

Mach dir bitte keine Sorgen, alle hier geben sehr auf mich acht. Fini hat übrigens auch schon eine Stelle, aber ich glaube, sie ist nicht sehr glücklich damit. Insofern bin ich froh, gleich etwas Passendes gefunden zu haben.

In Liebe,
Elvira

Er spürte Freude in sich. Diese geschriebenen Zeilen waren eine Verbindung zu seiner Familie, die Positives bewirkte. Plötzlich wollte er mehr, alles in sich aufsaugen. Schnell griff er zum nächsten Blatt.

Das folgende, welches Ferdinand von seinem Schoß aufnahm, zeigte ein Gekritzel in grün, blau und violett. Mit viel Fantasie ließen sich eine große und eine kleine Person erahnen sowie Herzen. Für die Herzen hatte Kilian offenbar Unterstützung seiner Mutter oder einem der Geschwister erhalten. Sie waren scharf und klar umrissen, jedoch wild ausgemalt. Mit krakeliger Schrift hat er fehlerhaft, aber klar erkennbar seinen Namen in die Mitte des Bildes platziert. Auf der Rückseite stand mit schön geschwungener Handschrift: „*Kilian sagt, er vermisst dich wie Lebkuchen.*“ Ferdinand lächelt. Ihm ist klar, dass es sich dabei um eine große Liebeserklärung in einfachen Worten handelt. Das nächste Blatt ist von seinem anderen Sohn.

Liebster Vater,

ich sende dir schöne Grüße aus Österreich. Mir geht es gut. Ich passe auf die Familie auf. Freue mich auf ein Wiedersehen.

Beste Grüße,
Jonathan

Er kannte seinen Sohn lange genug, um zu wissen, dass er sich glücklich schätzen konnte, überhaupt ein geschriebenes Wort erhalten zu haben. Jonathan ist ein wahnsinnig kluger Kopf, hat jedoch absolut keine Liebe für Literatur, Poesie, Schreibkunst oder irgendeine Form schriftlicher Kommunikation. Wenn, dann zweckmäßig. Für seinen Beruf in der Museumsverwaltung ist sein Wissen und seine Kreativität anders gefragt.

Lieber Vati,

ich muss dir leider sagen, dass ich mich verliebt habe. Er heißt Robert und ist dreiundzwanzig Jahre alt. Mama habe ich ihn bereits vorge-

stellt, deshalb will ich, dass du es auch weißt. Ich hoffe, du bist nicht traurig oder böse. Nachdem ich jetzt achtzehn bin und Elvira schon viel früher einen Freund hatte, glaube ich das nicht, aber ich bin mir nicht sicher.

Ich hoffe sehr, du bist nicht böse und freust dich für mich. Wenn doch, dann hoffe ich, du beruhigst dich bis du wieder zu Hause eintriffst. Du wirst ihn ganz bestimmt mögen. Robert hat eine Lehre als Installateur gemacht und arbeitet bei seinem Onkel in der Firma. Du sagst ja immer, ein handwerklicher Beruf ist Gold wert. Ich bin sehr glücklich! Mama und Elvira mögen ihn. Jonathan ist sogar mit ihm befreundet, so habe ich ihn kennengelernt. Mit Kilian kommt er auch super zurecht, aber Kilian mag sowieso jeden, also zählt das vielleicht nicht so viel? Aber dass Robert gut mit kleinen Kindern umgehen kann, ist ein gutes Zeichen, nicht wahr?

Ich merke gerade, ich erzähle nur von mir. Bitte verzeih mir. Ich bin nur gerade so aufgeregt deshalb. Wie geht es dir? Was hast du schon alles erlebt und wo ist dieser Ort, „Minnedosa", wo du gerade arbeitest denn genau? Ich habe ihn im Atlas nicht gefunden. Wie bist du überhaupt dort gelandet? Fragen über Fragen. Ich verstehe ja, dass du Arbeitserfahrung sammeln musst, Mama hat uns das erklärt, aber mir wäre es viel lieber, du wärst hier. Ich stelle mir das noch viel gefährlicher vor als im Sägewerk. Bitte komme bald und wohlbehalten zurück. Wir vermissen dich wirklich alle sehr. Kilian redet ständig von dir, das nervt. Die Nachbarn fragen auch und Mama mag schon gar nicht mehr einkaufen gehen, weil sich alle möglichen Leute erkundigen, wann du denn wieder nach Hause kommst. Mama lächelt immerzu, ich glaube jedoch, sie macht sich auch Sorgen.

Müssen wir uns denn Sorgen machen? Du wirst doch nicht einfach nicht mehr nach Hause kommen wie der leibliche Vater von meiner Freundin Rosa? Sie kennt ihn nicht einmal. Entschuldige die Frage! Jetzt wo ich es niedergeschrieben habe, ist mir klar geworden, dass du uns nie verlassen würdest. Du bist ein supertoller Papa. Ein Vati, wie ein Vati sein soll. Jedenfalls, vermisse ich dich sehr. Bitte, bitte, bitte komme bald heim.

Vielleicht bringst du uns auch etwas mit?

Dickes Bussi von deiner
Fini

PS: Das habe ich ganz vergessen: Ich habe die Schule gut abgeschlossen und arbeite im Altenheim im Büro. Ich will immer noch studieren! Mama sagt, wir besprechen das, wenn du zu Hause bist. Bitte Papa! Ich weiß, es ist wirklich teuer, aber wenn ich jetzt ein bisschen verdiene und wenn Elvira und Jonathan arbeiten gehen, darf ich dann bitte nächstes Jahr an die Universität? Bitte! Robert würde mich auch unterstützen.

Josefinas Brief lässt Ferdinand laut lachen. Er spiegelt ihr lebhaftes Temperament in jeder Zeile wider. Sie ist erwachsen geworden und dennoch ein Kind geblieben. Wie ein Wirbelwind.

Mit zitternden Händen greift er nach dem noch ungeöffneten Brief mit der Handschrift seiner Frau. Langsam öffnet er ihn und zieht das gefaltete Blatt Papier heraus. Ferdinand atmet zweimal tief ein und aus, bevor er das Blatt öffnet und aufgeregt wie ängstlich zu lesen beginnt.

Mein lieber Schatz,

unsere Obstbäume sind über und über mit schweren Birnen und Äpfeln behangen. Du hättest deine Freude daran, wenn du das jetzt sehen könntest. Ich blicke aus dem Fenster, während ich schreibe. Bald werde ich die Körbe aufstellen, um das Obst zu ernten. Werde ich dir bald wieder frische Apfelstrudel backen können? Ich hoffe es, denn ich will ihn mit dir gemeinsam bei einer Tasse Kaffee unter der Laube genießen. Ich will meine Hand ausstrecken und auf deine legen. Oder auf deinen Schenkel. Deine Wärme spüren und diese Sicherheit, die du ausstrahlst.

Diese Zuversicht in uns, von der ich dachte, dass du sie niemals verlieren könntest. Ich bin stark. Noch stärker fühle ich mich mit dir. Wir schaffen das Leben hier gut ohne dich, doch besser fühlt es sich mit dir an meiner, an unserer Seite an. Die Kinder vermissen dich so wie ich. Lass dir Zeit auf deiner Reise. Komm nur irgendwann gesund zu mir zurück. Bring bitte deine Zuversicht wieder mit, die ich so sehr an dir liebe.

Das Leben ist da, um gelebt zu werden. Mir ist schon klar, dass das Leben so viel mehr ist, als das, was rund um uns ist. Für mich ist es genug. Ich bete, dass es nach deiner Reise auch für dich noch genug ist. Ich genug bin.

Ich liebe dich sehr!
Für immer,
Deine Elisa

In diesem Moment fühlte er wieder diese nassen Wangen. Tränen, die er gar nicht fließend wahrgenommen hatte. Es zerriss ihm das Herz, seiner geliebten Elisa das Gefühl vermittelt zu haben, sie könnte ihm nicht mehr genügen.

Das Gefühl am nächsten Morgen war erneut von Sehnsucht geprägt, so wie er es schon einmal vernommen hatte. Doch dieses Mal zog sie ihn nach Hause. Er verabschiedete sich von seinen Bekannten, löste die Bande, die er hier geknüpft hatte, und machte sich nach wenigen Tagen auf in Richtung Heimat. Eine strapaziöse Rückreise lag vor ihm. Wenigsten hatte er Geld in der Tasche, um umgehend an Tickets zu kommen.

Fast viereinhalb Monate nach seinem als zweiwöchige Reise angekündigten Urlaub kam Ferdinand vor seinem Gartentor an. Mit dem Seesack über der Schulter dachte er zurück an seinen kleinen Bruder. An den Moment, als er ihn durch das Küchenfenster sah, zurück von der Front, kurz bevor er selbst wieder losziehen musste. Als Ferdinand den Kopf hob, blickte er in die Augen seines jüngsten Sohnes, der mit lachenden Augen und ausgestreckten Armen auf ihn zu rannte. An der Tür standen die Älteren. Er hob den vierjährigen hoch drückte ihn fest an sich, küsste ihn. Sog diesen typischen Geruch auf, der ihm so gefehlt hatte, ohne dass er es wirklich benennen hätte können. *Familie.*

Da Kilian seinen Vater nicht loslassen wollte, trug er ihn mit den Weg entlang und die wenigen Stufen hoch. Er umarmte ein Kind nach dem anderen, Tränen flossen. Sie standen Minutenlang da, ineinander verflochten. Ferdinand beteuerte, wie sehr er sie vermisst hatte und wie leid es ihm tat, dass er viel länger als gedacht weggewesen war. Ein Gefühl beschlich ihn jedoch. Etwas stimmte nicht. „Wo ist denn eure Mama?"

Nachdem er Tasche und Jacke abgelegt hatte und auf der Eckbank in der Küche saß, erzählten sie ihm, was passiert war. Immer mit einem schützenden Auge auf Kilian. Kurz nachdem Ferdinand auf Abenteuerreise ging, so nannten es seine Kinder, wurde Mama krank. Sie hatte so einen Knoten in der Brust, der weh tat und außen blau war. Als ob sie sich gestoßen hätte. Doch sie hatte sich nicht gestoßen. Es war ein Tumor, wie der Arzt relativ rasch diagnostizierte. Brustkrebs. Er konnte sie nicht begrüßen, sie küssen, weil sie im Krankenhaus war. Die Gefühle überschlugen sich in Kopf und Brust. Selbst Jonathan, sein Ältester, war wieder zu Hause, um gemeinsam mit seinen Schwestern auf seinen kleinen Bruder achtzugeben. Ferdinand drückte seine Kinder an sich. Versuchte die Tränen zurückzudrängen. Der Hals wurde ihm eng. Fini hatte sofort das Gefühl, sich gegenüber ihrem Vater rechtfertigen zu müssen. „Wir durften dir nichts davon schreiben. Mama wollte es so." Die anderen Kinder nickten.

Ferdinand sah seine Kinder ab diesem Zeitpunkt mit anderen Augen. Erkannte, wie schnell sie erwachsen geworden waren. Machte sich genau deshalb Vorwürfe, weil sie seine Kinder waren. Er sollte sie beschützen, nicht umgekehrt. Ferdinand hatte nie gänzlich herausgefunden, wie es Elisa geschafft hatte, die Kinder bei Laune zu halten. Was sie ihnen erzählt hatte. Doch keiner der Vier hatte ihm je Vorwürfe ob seiner langen, ungeplanten Abwesenheit gemacht.

So schnell er konnte, machte er sich auf den Weg. Als er im Krankenhaus eintraf, fand er sie im Bett, auf dicken Kissen gebettet, halbsitzend vor. Das Weiß ihrer Haut war kaum zu unterscheiden vom Weiß der Laken um sie herum. Ganz neue Gefühle brachen in Ferdinand los. Ein unbändiger Beschützerinstinkt wuchs in ihm bei gleichzeitiger Ohnmacht.

Diesen Feind konnte er nicht bekämpfen. Trotz ihrer Blässe wirkte sie auf ihn stark, sanftmütig, erhaben wie eine Königin. Elisa lächelte, zog ihn mit äußerster Vorsicht, aber bestimmt an sich. „Endlich!", rief sie. Er küsste die Lippen seiner Frau so vorsichtig wie damals, bei den allersten Versuchen. Mit der Angst, dieses Glück nur zu träumen, vielleicht zurückgestoßen zu werden. Doch es kam anders. Sie weinte vor Freude. „Ich liebe dich", schluchzte Elisa in seinen Nacken.

Sie brauchte Erholung, Ferdinand kümmerte sich intensiv um die Beziehung zu seinen Kindern, den Haushalt. Fand zurück in sein altes Leben. Zeit seines Lebens hatte er nicht so viel gebetet wie um das Leben seiner Frau. Mit ihr gemeinsam hatte er Seite an Seite um ein verstorbenes Kind getrauert. Nun war er ganz alleine mit seiner Angst vor dem Tod. Für die Familie musste er stark sein. Lächeln, Optimismus zeigen, den Alltag bestreiten. In diesen Stunden, Wochen, Monaten lernte er, Buße zu tun. Lernte, was und wer sein Leben lebenswert machte. Es fühlte sich an wie ein zweiter Krieg.

Elisa bekämpfte den Krebs. Sie überlebte mit zwei großen Narben auf der Brust. Für Ferdinand war sie schöner als je zuvor.

14

LIESELOTTE & IBRAHIM

Das Leben ist manchmal wie eine große Patchworkdecke. Fleck um Fleck gibt es neue Muster, Nahtstellen, oft genug schleichen sich kleine Fehler ein. Sie machen das Werk lebendig. Blickt man zurück, auf zehn, fünf oder auch nur ein Jahr, erkennt der Betrachter erstaunt, welche Wendungen sich ergeben haben. Die Frauen Nora, Lieselotte und Barbara wuchsen in behütetem Umfeld ähnlicher sozialer Strukturen heran.

Dennoch hat sich jede Persönlichkeit völlig individuell entwickelt, geprägt von Menschen, Erfahrungen und Zufällen, die das Leben mit sich gebracht hat. Eine harte Kindheit muss nicht zwangsläufig Maßstab für das restliche Leben sein. Dennoch wird sich jede Seele glücklich schätzen, die einen harten Kokon von sich streifen kann, um wie ein Schmetterling in die Freiheit zu entfliehen.

Seit dem Nachmittag im Café, an dem die Freundinnen Esma kennengelernt haben, hat sich das eine oder andere Alltagsproblem in ein etwas anderes Licht gerückt. Sie sprechen jetzt viel mehr als früher, treffen sich regelmäßig, unternehmen etwas zusammen. Vielleicht, so scheint es beinahe, reiben die rauen Phasen des Lebens manche Seelen weich. Machen sie empfänglicher und einfühlsamer für das Glück und den Frieden, für welchen jeder selbst mitverantwortlich ist.

Ibrahim stöhnt. Eine kühle Brise dringt aus der Klimaanlage und verteilt sich langsam im Raum. Der junge Mann mit den sehnigen Muskeln hebt abwechselnd Hanteln zum Bizeps, während er die Wölbung seiner Arme im Spiegel betrachtet. Mit Steigerung der Wiederholungen nimmt auch das Geräusch seiner Atmung zu. Genervt sieht Ib zur anderen Seite, hin zum flackernden Bildschirm des veralteten Monitors. Irgendeine Sitcom läuft, doch ohne Kopfhörer im Fitnessgerät bleibt es nur ein stummes Bild.

Ein kurzer Schmerz lässt ihn zucken, er sollte langsamer laufen. Vollkommen auf seinen eigenen Rhythmus konzentriert nimmt er die Frau nicht wahr, die den Fitnessraum betritt.

„Hallo Ibrahim!“, hört er Lottes überraschte Stimme.

Ein Blick zur Seite bringt Ib aus dem Gleichgewicht, er verliert den Rhythmus und schlägt sich das Knie an einer der Führungsstangen.

„Lotte?!“ Ib klingt schockierter als ihm das selbst lieb ist.

„Ich freue mich sehr, dich zu treffen. Nora hat mir das Studio empfohlen“, meint Lotte augenzwinkernd.

„Du trainierst jetzt auch hier?“, fragt Ibrahim, anstatt auf ihre Worte näher einzugehen.

Irritiert über sein eigenwilliges Verhalten steigt Lotte auf den Stepper neben seinem Laufband. „Ähm, ja. Fühlst du dich gestört?“

„Nein, nein. Oh Gott nein. Natürlich nicht. Bleib nur. Es ist nur, ich war nicht darauf vorbereitet, jemanden wie dich zu treffen“, druckst Ibrahim stotternd herum.

„Jemanden wie mich?“ Lotte merkt langsam, wie nervös Ib ist, und grinst innerlich. *Wie süß!*

„Ich meine dich. Ich war nicht vorbereitet, dich zu treffen.

Entschuldige. Schön dich zu sehen", sagt er schließlich mit einem abschließenden leisen stöhnen.

„Wie geht es deinem Rücken?", versucht Lotte es mit einem unverfänglichen Thema, während sie ein leichtes Programm zum warm werden auswählt.

„Viel besser seit der Physio und dem regelmäßigen Training. Muss ich leidvoll zugeben." Ibrahim freut sich über Lottes schönes Lachen.

„Ich bin leider ebenfalls nicht die große Sportskanone. Aber irgendwann rächt sich das."

„Wem sagst du das", kommt stoßweise zurück.

Eine Weile bewegen sie sich nebeneinander. Ib wäre es auch nicht möglich, eine weitere Konversation aufrechtzuerhalten. Er muss sich zu sehr auf seine Atmung konzentrieren, um nicht wie ein altes Walross im Brunfttrieb zu schnaufen.

Nach zehn Minuten schaltet Lottes Aufwärmprogramm automatisch ab und Ibrahim, der bereits lange fertig hätte sein können, steigt zeitgleich mit ihr von seinem Gerät. Entweder der Raum dreht sich leicht oder aber Ibs Kopf. Der Muskeljunge grinst ihm über das Spiegelbild zu. *Lach du nur. Ib bemüht sich, nicht umzufallen.* Sie holen sich Tücher und den Desinfektionsspray, um die wichtigsten Stellen der Trainingsmaschinen zu reinigen.

„Find ich toll, dass du das mit dem Training so durchziehst", lobt Lotte währenddessen.

Sein Kreislauf hat sich beruhigt, Ibrahim lacht. „Meine Sekretärin Monika wird plötzlich munter und agil, wenn es darum geht, Auswärtstermine im Fitnesscenter zu buchen. Ich bin noch nicht sicher, was ich davon halten soll." Ihr kehliges Lachen flutet den Raum und sein Herz macht einen kleinen Sprung.

„Ibrahim, ich habe eine Frage", setzt Lotte langsam an.

„Ja?" *Was kommt jetzt?* Sie macht eine kleine Pause und seine Gedanken überschlagen sich.

„Also, ich dachte, na ja, ich dachte, wir könnten vielleicht einmal etwas zusammen unternehmen?" Ihr Blick streift seinen zwar kurz, doch sie blickt sofort wieder konzentriert auf die Wischbewegung des Tuches.

„Ja", kommt wie aus der Pistole geschossen.

„Weil wir uns ja schon so lange kennen und eigentlich irgendwie doch nicht so richtig, da dachte ich …", fährt Lotte merklich nervös fort. Ibrahim, plötzlich bestärkt von ihrer Aufregung und ihrem Mut, unterbricht sie. „Lotte, es wäre mir eine große Freude, etwas mit dir zu unternehmen."

Lotte nickt. Eine Geruchswolke aus Schweiß und Desinfektionsmittel hängt zwischen ihnen. „Dann freue ich mich darauf."

„Kommenden Freitag?", setzt er nach.

Lotte überlegt. „Ja, das passt gut bei mir. Ich war seit Jahren auf keinem Date. Was machen wir?"

„Das ist ein richtiges Rendezvous?" Im selben Moment in dem Ibrahim es ausgesprochen hat, hätte er sich am liebsten auf die Zunge gebissen. „Ich meine, natürlich. Selbstverständlich. Ich wusste nur nicht genau, ob du vielleicht, so, na ja, mich nur als Freund treffen willst."

Verlegen lächelt Lotte, weiß jedoch nicht so Recht, was sie sagen soll. In Situationen wie diesen ist sie nicht geübt und Ibrahim ist ohnehin ein untypischer Mann. Sie ist froh, als er erneut das Wort ergreift.

„Darf ich dich vielleicht zum Italiener ausführen und danach, sofern wir möchten, noch in eine Bar?" Ibrahims Herz klopft immer noch unruhig, dennoch schafft er es, halbwegs ruhige Sätze zu formulieren.

„Das klingt doch nett“, freut sich Lotte.

„Hast du am Freitag geschlossen?“

„Ja“, bestätigt sie.

Ibrahim überlegt. „Ich könnte mittags das Büro verlassen. Vielleicht treffen wir uns schon nachmittags und unternehmen etwas?“

„Sehr gerne!“ Lotte strahlt. „Was schlägst du vor?“

Betreten steigt Ib von einem Bein auf das andere. *Verdammt! Was macht man Freitagnachmittag mit seiner angebeteten Göttin?* Ibrahim erledigt da im Normalfall seine Einkäufe. Er hat tatsächlich keinen blassen Schimmer, wie er eine Frau unterhalten könnte. „Spazieren?“, wagt er einen ersten Vorschlag.

Lotte wiegt den Kopf hin und her. In der Arbeit läuft sie wochentags eigentlich genug. „An der Donau ist es schon recht nett“, überlegt Lieselotte.

Von hinten mischt sich der muskulöse Halbwüchsige ein, der ohne jegliche Scham nicht nur sich selbst im Spiegel, sondern auch die beiden bei ihren unbeholfenen Flirtversuchen beobachtet.

„Da ist so ein Kulturfestival im Stadtpark. Das könnte doch was für euch sein.“

Ibrahim und Lieselotte sehen den Jungen an, dann tauschen sie Blicke aus.

„Warum nicht?“, sagt Lotte.

„Ja, warum nicht“, bestätigt Ibrahim.

Als sich Lotte umdreht, schenkt Ib dem Jungen ein Lächeln mit einem stummen Danke. „Kein Ding, Mann“, schickt dieser laut zurück.

Den Rest des Workouts erledigt Ibrahim wie auf Wolken mit einem kleinen Lächeln im Gesicht.

Die Tage vergehen nur langsam. Eine Sehnsucht mischt sich unter die Aufregung. Als es endlich Freitag wird, steht Ibrahim bereits am späten Vormittag in dunkelblau-karierten, schmal anliegenden Boxershorts unschlüssig vor dem Kleiderschrank und überlegt, ob es Lieselotte ähnlich ergeht. Eine glückliche Fügung wollte es so, dass er bereits um halb elf das Büro verlassen konnte.

Tausend Gewandfetzen und nichts anzuziehen. Wie ist das nur möglich? Ein Problem dieser Art war ihm bis zum heutigen Tage gänzlich unbekannt.

Widerwillig schiebt er die Kleiderstangen von links nach rechts und wieder retour. Jogginganzug ist zu leger, Anzug übertrieben. Irgendetwas in der Mitte müsste doch zu finden sein.

Schließlich entscheidet er sich für eine beige Stoffhose und das dunkelblaue Polo-Shirt mit dem Querstreifen auf der Brust. Im besten Fall lässt ihn diese optische Täuschung breiter erscheinen, als er tatsächlich ist. Den feingestrickten Pullover hängt er sich lässig über die Schultern, wie er es damals bei den Studienkollegen beobachten konnte. Strahlt etwas von Aristokratie oder unverschämtem Reichtum aus.

Ungefähr zur selben Zeit läuft Lotte wie ein verrücktes Huhn vom Bad ins Schlafzimmer und wieder retour. Nach drei Telefonaten mit Nora, Barbara und dann wieder Nora hat sie sich soweit beruhigt, dass sie zumindest einen fehlerfreien Lidstrich auftragen kann.

Bis auf ihren Schritt hat Lotte ihren Körper von Kopf bis zu den Zehen enthaart und eingecremt. Ihre Intimzone wurde getrimmt, nicht mehr.

Es käme ihr obszön vor, ihre Vagina zu frisieren wie die eines zehnjährigen Mädchens, gänzlich kahl. Nach Abschluss der umfassenden Körperpflege, kommen ihr erneut diese verdammten Zweifel an ihrem Vorhaben.

Was will ich nur von einem Mann wie Ib? Klein, schmächtig.

Er ist kein Draufgänger! Er ist ehrlich und authentisch. Klug, gebildet, arbeitet mit Jugendlichen.

Spinnerin. Er buchtet sie ein, wenn sie Scheiße gebaut haben.

Aber er ist irgendwie süß.

Ihr Bewusstsein ist seit Stunden in stetem Geschwätz zwischen gutem und bösem Teufelchen. Am Ende atmet sie dreimal tief ein und aus, trinkt einen Schluck Averna auf Eis und schreitet so elegant wie möglich zur Türe. Es hat geklingelt. Nun ist es sowieso zu spät. Einfach einen netten Nachmittag mit einem Freund verbringen und wenn es nicht passt, düst sie nach dem Abendessen auf dem schnellsten Weg nach Hause. Als Lotte die Tür öffnet und in Ibs freundliche Augen blickt, sind die Sorgen vergessen. Es ist Ib, ein Freund. Lieselotte hätte vermutlich die ebenso große Nervosität ihres Gegenübers bemerkt, wäre sie nicht so auf sich selbst fokussiert.

Fahrig vergräbt Lotte eine Hand in der Tasche ihres Umhangs, mit dem anderen Arm hakt sie sich unter. Er soll sie nur nicht zittern spüren. Die Blätterkronen der hohen Bäume rascheln leise im Wind. Musik hängt in der warmen Sommerluft und schmiegt sich um die Ohren wie eine kuschelige Wolke. Lotte schließt die Augen, atmet tief ein und aus. *Besser.* Ibrahim wird hellhörig, als er Kinderlachen wahrnimmt. Gelockert führt er Lotte über den schmalen Kiesweg. Ihre Schritte knirschen kaum mehr hörbar am Kies.

Leute sitzen auf Decken, reichen sich Getränke und Fingerfood. Zahlreiche Marktstände sind an unterschiedlichen Plätzen positioniert. Mehrmals heben sie ihre Hände, grüßen. Als sie gerade mit einem Gläschen Grünen Veltliner Federspiel anstoßen, ein Weißwein ganz nach Lottes Geschmack, winkt der Mann vom Trommelstand.

„Den kenn' ich nicht", kommentiert Lotte.

Ibrahim runzelt die Stirn. „Doch, jetzt fällt es mir ein. Ein ehemaliger Klient!" Ib hebt die Hand.

„Passiert dir das oft?", erkundigt sie sich interessiert.

„Doch schon, öfter, als du vielleicht glaubst." Er lacht als er Lottes Gesichtsspiel beobachtet. „Was geht dir durch den Kopf?", fragt er nach. Stundenlang könnte er einfach nur ihr Gesicht studieren. Wie sie ihre Umgebung aufnimmt, lacht, sich unterhält, ihn berührt.

„Ich bin froh, dass ich bei meinen Gästen nicht immer die genauen Hintergründe kenne", zwinkert Lotte. „Was hat dieser Mann zum Beispiel … ach vergiss es", unterbricht sie sich selbst. „Besser, ich weiß es nicht."

So verbringen die beiden unterhaltsame Stunden im Melker Stadtpark, vergessen, dass sie eigentlich ein Date haben. Lieselotte, die sich als weit musikaffiner präsentiert als Ibrahim, kann ihm sogar einige Bewegungen aus der Hüfte entlocken. Als sie gerade auf einer Decke Platz nehmen, um eine Urban-Dance-Performance anzusehen, kommt Esma winkend auf sie zu.

„Hallo Lotte. Hallo Ibrahim. Schön, euch zu sehen!" Esma strahlt über das ganze Gesicht. Sie wirkt so unbeschwert und fröhlich. Ihr sonnengelbes Shirt zu dem hellblau-weiß gestreiften Hosenrock unterstreichen ihre Ausgelassenheit noch mehr. Sie ist auch ein wenig um die Augen geschminkt. Lotte fällt auf, wie gekonnt die Striche gesetzt sind. *Schön.*

„Esma! Setz dich doch zu uns." Ibrahim zeigt auf den freien Platz. „Die Decke ist groß genug."

„Danke. Kurz setze ich mich zu euch, um die Performance zu sehen. Meine Mitbewohnerin Zeynep tanzt mit. Schaut!" Esma deutet auf die junge Frau rechts außen, die gerade mit ihrer Truppe die Bühne betritt. „Das ist sie. Die sind toll, ihr werdet sehen."

Tatsächlich legen die Frauen eine überwältigende Leistung an den Tag. Ibrahim, der nichts Vergleichbares je zuvor gesehen hat, ist tief beeindruckt von der Flexibilität und Ausdrucksstärke der Körper. Alle applaudieren, als sich die Künstlerinnen tief verbeugen.

„Die Vertonung hat auch Zeynep gemacht", ruft ihnen Esma über den Lärm hinweg zu.

„Scheint eine sehr talentierte Dame zu sein!", ruft Lotte zurück.

„Okay dann, ich muss zu ihr, umziehen und schminken helfen für den nächsten Act", kommentiert Esma, während sie in einer fließenden Bewegung aufsteht.

„Schönen Abend, Esma", rufen sie ihr zu, „Auf Wiedersehen!"

Esma winkt, während sie davon hüpft.

Lotte beugt sich zu Ibrahim. Sie genießt die Berührungen, die sich ergeben, wenn sie ihm etwas ins Ohr sprechen möchte. „Unglaublich, wie verändert sie heute wirkt. Wie eine junge Frau. Nicht so geläutert wie sonst." Ibrahim nickt. Er weiß auch ohne weitere Nachfrage, was Lieselotte meint. Ibrahim hofft, dass sie diese Bilder im Kopf, die ihre Seele so schmerzen, eines Tages hinter sich lassen kann. Aufmerksam legt Ibrahim Lotte ihre Jacke um die Schultern. „Es wird kühl. Sollen wir langsam aufbrechen und zum Italiener gehen?"

„Gute Idee. Ich bin schon hungrig." Lotte nimmt den ihr

gebotenen Arm danken an. „Was meinst du, Ib? Das war doch einmal eine nette Abwechslung zu unserem sonstigen Alltag."

„Ich bin immer noch gefesselt. Wer hätte gedacht, wieviel Kunst zwischen Blasmusik und Elektronik liegt. Die Tänzerinnen haben mich schwer beeindruckt. Diese Körperbeherrschung. Mir war nicht bewusst, wie stark und dynamisch moderner Tanz ist", beseelt nimmt er Lotte wieder am Arm und lächelt. Sie fühlt sich warm und weich an.

„Ja, zeitgleich so voll Gefühl", lächelt sie ihm zu.

„Vollkommen richtig!" Ibrahim gerät ins Schwärmen.

Die Tische beim Italiener sind mit blütenweißen Tischdecken und langen Kerzen geschmückt.

„Was darf ich den Herrschaften bringen?", fragt ein elegant gekleideter Kellner in einschlägig italienischem Akzent.

Ibrahim übernimmt die Führung und bestellt, wie sie es eben besprochen haben: „Wir nehmen bitte eine Vorspeisenplatte für zwei mit Bruschetta, Prosciutto, Oliven, Kapernbeeren und Weißbrot. Dazu ein je ein Glas Chardonnay."

Der Kellner nickt freundlich, entzündet die Kerze am Tisch und verschwindet mit der Bestellung hinter dem Tresen. Im Kerzenschein verstärkt sich das aufsteigende warme Gefühl im Magen und an den Wangen.

„Erzähl mir doch ein bisschen von dir", sagt Lotte und schaut Ib tief in die Augen. Aus einer Eingebung heraus beugt sie sich näher zu ihm über den Tisch. Ibrahims Reaktion darauf, vielleicht auch gelockert vom Alkohol, ist eine Berührung seiner Hand auf der ihren. Während sich ihre Blicke ineinander verhaken, unterhalten sie sich über die Arbeit, ihre Schulzeit, ihre gemeinsamen Bekannten und Freunde. Kurz erwähnt Lotte ein paar Anekdoten aus ihrem Eheleben, belässt das Thema dann wieder, um die Stimmung nicht zu vermiesen. Während sie Pizza und Pasta genießen erzählt Ibrahim von der Arbeit und Monika, seiner Sekretärin. Mit zunehmendem Alkoholspiegel entpuppt Ibrahim sich als lustiger Unterhalter. Lotte lacht Tränen, als Ib beginnt, diverse Situationen aus seinem Arbeitsalltag nachzuspielen.

„Hör auf! Mir verrinnt noch die Wimperntusche, wenn ich weiter so viel lachen muss", meint Lotte kichernd.

„Du hast ja auch gut lachen, deine Angestellten sind ja verlässliche Personen", konsterniert er gespielt empört.

„Weißt du, Ib." Unter abklingendem Lachen druckst Lotte ein wenig herum, unsicher, wie weit sie sich öffnen soll. „Ich habe im Gegensatz zu deiner Sekretärin gar keine Ausbildung. Keinen Schulabschluss."

„Und?", fragt er mit gehobenen Augenbrauen.

Lotte nestelt an ihrer Stoffserviette herum. Sie räuspert sich. „Nun, ich habe etwas Sorge, dass ich dir nicht klug genug bin."

Ibrahim greift über den Tisch und legt seine warme Hand um Lottes Finger.

„Du bist eine starke, unabhängige Frau. Ich beobachte dich schon eine sehr lange Zeit bei der Arbeit und glaube mir, ich habe gelernt, mir ein Bild zu machen. Du bist ganz wunderbar, wie du bist. Schön, selbstbewusst, freundlich. Das Schönste an dir ist dein Herz, danach kommt aber gleich dein weiblicher Körper. Niemand, der wirklich dumm ist, schafft es, sich aus dem Nichts ein eigenes Lokal aufzubauen. Genau genommen bist du mir in vielen Bereichen des Lebens haushoch überlegen.

So gesehen muss ich mich fragen, warum du überhaupt mit mir ausgehen wolltest."

In dieser Nacht knutschen Lotte und Ibrahim auf dem Nachhauseweg wie Teenager in einer fremden Hauseinfahrt. Eng umschlungen finden sie viel später in Ibs Wohnung. Enthemmt und ohne jede Scham streifen sie ihre Kleider vom Leibe, um gemeinsam in das große Bett zu fallen. Ibrahim, dessen sexuelle Erfahrungen an einer Hand abzuzählen sind, hofft inständig, die ihm aus Büchern und Filmen bekannten Praktiken finden Lottes Gefallen. Ib entspannt sich zunehmend, als Lotte ihm gesteht, wie lange sie schon mit keinem Mann mehr zusammen war.

Nun muss er Stärke beweisen, die Führung übernehmen. Er, der schmächtige Philosoph, der ewig denkende Jurist, der soziale Richter, hält den größten Schatz seines Lebens in Händen. Ihm gerät das Blut in ohrenbetäubende Wallungen, als er hört, spürt, wie offen sich Lotte ihm hingibt. *Das ist Liebe.* Ibrahim hält den Gedanken fest. Denn mit Liebe im Herzen können seine Hände nicht viel falsch machen.

Lieselotte, eine Frau mit wesentlich weniger Romantik im Kopf, weiß natürlich, dass dies so nicht stimmt. Doch ihr erfahrener Körper weiß, was er braucht, und so führt sie ihren Partner im Liebespiel ohne großen Aufwand.

15

BARBARA & NORA

Unter zwei Kilometer Luftlinie entfernt liegen auch Barbara und Tobias aufeinander. Nach dem bereits dritten Liebesakt an diesem Tag fällt ihr Kopf erschöpft auf seine Brust. „Morgen legen wir eine Pause ein. Es brennt schon." Barbara deutet in ihren Schritt.

„Das tut mir leid", murmelt Tobias lachend in ihr Haar.

„Ich fühle mich wieder wie fünfundzwanzig. Ich sollte mich waschen und eincremen", nuschelt Barbara in einen Kuss hinein.

Tobias nickt. „Mach das. Bring mir bitte ein Glas Wasser mit, wenn du zurückkommst."

„Willst du nicht duschen?", erkundigt sie sich in der Hoffnung, er verneint. Eine kurze Auszeit alleine würde ihr nun guttun.

„Doch, aber ich glaube nicht, dass ich aufstehen kann."

Lachend trottet Barbara in ihr Bad. Auf dem Handwaschbecken abgestützt blickt sie sich im großen Wandspiegel an. Ganz gleich, wie sehr sie sich bemüht, das Lächeln kommt sofort auf ihr Gesicht zurück. *Das muss Glück sein.* Sie fühlt sich schön. Ihre Haut wirkt beinahe jugendlich, mit diesem neuen Glanz, das Haar fällt wild und frei. Ein neuer Zeitabschnitt in ihrem Leben hat begonnen. Barbara spürt es, wie das Leben in ihr hochkriecht, jede Pore füllt. Irgendwann wird sie Tobias von ihrer unrühmlichen Vergangenheit erzählen müssen. Doch nicht jetzt. Nicht zu früh. Ihr Gehirn funktioniert objektiv genug, um zu verstehen, dass dies eine angstmotivierte Entscheidung ist. Aufschub aus Sorge vor der Konsequenz. Wenn er sich von ihr abwendet, könnte sie das sogar verstehen. Schließlich war sie lange genug eine tickende Zeitbombe. Andere Menschen mussten sehr leiden, nur ihretwegen und ihres Verhaltens. Barbara wäscht ihre Hände und das Gesicht mit kaltem Wasser, um die aufkommenden trüben Gedanken zu vertreiben. *Kommt Zeit, kommt Rat.*

Nachdem sie sich eine kurze Dusche gegönnt und ihre intimsten Stellen versorgt hat, kuschelt sie sich wieder an ihren Freund. Sein Wasserglas hat Barbara ihm auf den Nachttisch gestellt, doch davon bekommt Tobias nichts mit. Er schläft tief, lässt sich von ihren leisen Geräuschen und ihrer Umarmung nicht stören. Barbaras Wecker zeigt kurz nach dreiundzwanzig Uhr an. Sie überlegt, ihrer Freundin Lotte noch eine Nachricht zu schreiben. Das Handy liegt irgendwo im Wohnzimmer. *Morgen*, denkt sie. *Ib wird das schon irgendwie machen.*

Ibrahim wäre ihr niemals für Lotte in den Sinn gekommen. Dennoch scheint es, als ob beide wirklich aneinander interessiert sind. Bleibt nur noch zu hoffen, dass sie ein bisschen aus sich herauskommen, sonst wird nicht einmal Freundschaft plus daraus. *Wo die Liebe eben hinfällt.* Barbara lächelt in sich hinein.

Sie hätte auch nicht gedacht, sich jemals wieder länger als eine Nacht auf jemanden einzulassen. Manches ist im Leben einfach nicht zu planen. So wie die Menschen, die dich so unerwartet aus der Bahn werfen. Deine gedachten Bedürfnisse völlig ungefragt neu sortieren.

Am nächsten Morgen spürt sich Barbara noch bevor sie die Augen aufschlägt. Ein hämmernder Kopfschmerz pocht an die Innenseite ihres Schädelknochens. Sie greift zum Nachttisch, drückt eine Schmerztablette aus dem Blister, um diese umgehend mit einem Schluck Wasser in den Körper zu befördern. *Ein paar Minuten bis es wirkt.* Barbara dreht sich um und schmiegt sich an Tobias, der neben ihr im Bett liegt. Gegen all ihre selbst auferlegten Regeln hat sie nun, wie es aussieht, eine feste Beziehung. Tobias hat ihr Herz im Sturm erobert. Sie drückt ihre Nase fest an seinen Körper, um diesen unvergleichlichen Duft einzuatmen. Tobias greift nach ihrem Arm, um diesen über seinen Körper an sein Herz zu ziehen. Eng umschlungen liegen sie da. *Lotte hatte Recht. Die Liebe kann mir guttun. Sieh es als Chance, als neuen Lebensabschnitt.* Barbara lächelt still, die Kopfschmerzen werden gleich nachlassen. *Ich habe auch ein Recht auf mein Glück im Leben.*

Am anderen Ende der Stadt, nur etwas später am Morgen, schlägt auch Nora ihre Augen auf. Ein pelziger Geschmack im Mund ist das Erste, was Nora wahrnimmt. Es dauert ein paar Sekunden, bis sie auch den Rest ihres Körpers spürt. Ihr Kopf pocht, dem Himmel sei Dank, nur ganz wenig. Dafür die Blase umso mehr, weshalb sie sich rasch aus dem Bett quält und barfuß in Richtung Toilette tapst. Die Bettseite neben ihr ist aufgeschlagen. Kaffeegeruch strömt durch die Wohnung. Geräusche dringen aus der Küche in ihren müden Kopf. Sie setzt sich auf die Klobrille und stützt ihren schweren Kopf in die Hände. Das ist er also. Der erste Tag von ihrem neuen Leben. Sie spült und wäscht sich die Hände. Ungehemmt wie immer führt sie ihr Weg nackt in die Küche, um sich ein Glas Wasser zu holen. Nachdem sie es in einem Zug geleert hat, sieht sie zu Christopher, der sie ebenfalls grinsend über den Rand seiner Zeitung mustert. „Verkatert?"

Ein kehliges Brummen ist der einzige Kommentar, den sie schafft. Sein dunkelblondes Haar steht leicht strubbelig vom Kopf ab. Selbst das sieht gewollt aus. Ihr Blick wird abfällig, als ihr bewusst wird, wie perfekt er aussieht. Ein Körper wie ein Adonis, männliches Gesicht, Sunnyboy Frisur. Blaue Augen, makellose Zähne, sonniges Gemüt. *Frechheit.*

Unentspannt geht Nora in Richtung Bad, wohl wissend, dass ihr Po bei jedem Schritt mitwackelt. *Was soll's.* Statt einer schnellen Dusche wählt sie die Badewanne. Nora putzt die Zähne, reinigt das Gesicht und legt eine Feuchtigkeitsmaske auf. Wohlig lässt sie sich wenige Minuten später samt Gesichtspackung ins warme Wasser gleiten. *So kann ein Samstag beginnen.*

Nora hatte vor einigen Wochen mit ihrer Chefin vereinbart, dass sie ihre Stunden von Montag bis Donnerstag leistet und in diesem Zeitraum einen Tag im Homeoffice arbeiten darf. Das entspannt das tägliche Pendeln von Melk nach Wien ungemein, Nora fühlt sich damit weit besser. Das Wochenende ist mit dieser Regelung richtig erholsam. Darüber hinaus ist ihr Kopf so voll, seit Christopher und sie beschlossen haben, sich zu trennen, dass sie die freie Zeit dringend notwendig hat. Nora wollte heute Lebensmittel einkaufen, das Rad vom Service holen, ins Fitnessstudio gehen, tausend Dinge erledigen, die ihr jetzt gar nicht mehr so geläufig sind.

Vielleicht wird sie später noch in der Bäckerei vorbeifahren und ihrer neuen Freundin Lena ein paar Köstlichkeiten abkaufen. Christopher kommt mit zwei Tassen Kaffee ins Badezimmer. Er setzt sich an den Wannenrand und hält ihr eine davon hin. „Ich dachte, die könntest du gebrauchen."

Eine Weile beobachten die beiden still nebeneinander die Silhouette des Stift Melk, welches vom Badezimmerfenster aus gut zu sehen ist. Das viele Glas an der Ostseite, mit Blick auf das Stift war ein Grund, warum sie sich damals sofort in diese Wohnung verliebt hatten.

„Ich frage mich, wie ich ohne dich leben soll", sagt Nora unvermittelt und nippt von ihrem Kaffee.

„Ach komm." Er spritzt ihr mit den Fingern Wasser ins Gesicht.

Mehr hast du nicht zu sagen? „Wann kommen denn die Umzugsleute?", erkundigt sie sich schroff.

„In zwei Stunden", sagt er in einem Tonfall, als ob es sich um den Aufbruch in einen ersehnten Urlaub handelt.

Nora taucht unters Wasser und mit nassen Haaren wieder auf. „Da werde ich schon weg sein. Danke, dass ich nicht dabei sein muss, wenn du ausziehst."

„Kein Thema."

Da er kein bisschen auf ihr Laune eingeht, mischt sich automatisch Traurigkeit in ihre ruppige Stimmlage: „Ich frag mich, wie mein Leben ohne dich wird. Du bist immer so lieb und fürsorglich. Du bist wie ein allerbester Freund und bist ein grandioser Liebhaber gewesen. Außerdem, schau dich bitte einmal an. Wie soll ich jemals wieder einen Mann wie dich finden? Ich werde nur wabbelig und runzelig."

„Deine innere Schönheit bleibt", neckt Christopher sie offensichtlich.

„Idiot!" Nora muss trotz ihrer Anspannung lachen. „Innen werde ich auch hässlich. Es fängt schon an."

Christopher steht auf, um sich zu strecken. „Erstens: In meinen Augen bist du wunderschön. Du schaust bei mir nie auf Makel, nur bei dir. Das solltest du dir echt abgewöhnen. Das macht dich noch ganz verrückt." Er legt sich einen Zeigefinger auf die Lippen, als sie mit einer Reaktion ansetzen will. „Zweitens: Ich bin und bleibe dein Freund, für immer und ewig und darüber hinaus. Versprochen. Ich liebe dich!"

„Ich liebe dich auch", antwortet Nora mit einem dicken Kloß im Hals. *Du Idiot!*

„Drittens: Du bist auch eine grandiose Liebhaberin. Mögen sich noch viele daran erfreuen."

Nora setzt sich auf und trinkt ihren Kaffee aus. Langsam kehren ihre Lebensgeister zurück. „Ich will nur sicher gehen. Haben wir es gestern Nacht im Rausch miteinander getrieben oder nicht?"

„Ich würde sagen, wir haben Liebe gemacht", säuselt Christopher.

Nora schnaubt. „Wie das klingt."

„Wie klingt es denn?", erkundigt er sich.

„Romantisch", bellt Nora beinahe wie ein beleidigter Kettenhund.

„Für mich war es das", schmunzelt Christopher auf seinen Zehenspitzen wippend. „Ein Akt der Zweisamkeit zum Abschluss einer wundervollen Paarbeziehung."

Nora schüttelt den Kopf. „Also haben wir es wirklich."

Christopher zieht die Augenbrauen hoch. „Ja, ich hoffe doch sehr, du kannst dich daran erinnern."

Nora grinst schelmisch. „Dann kann es so schlimm nicht um mich stehen. Wenn sogar mein schwuler Freund noch einmal schwach wird."

„Idiotin." Christopher lacht sein tiefes kehliges Lachen. Auch darin hatte sie sich damals verliebt. „Sieh es als Abschiedsgeschenk."

Sie streckt ihm die Zunge raus. „Verschwinde aus meinem Bad."

Christopher lacht weiter, tut ihr aber den Gefallen.

16

FERDINAND

Der Fernseher flimmert. Irgendeine Nachrichtensendung, doch Ferdinand sieht nur unter halb geöffneten Augen zu. Er gähnt. Die Berichterstattung wurde von Jahr zu Jahr besser, prägender, plastischer.

Er sitzt im rechten der zwei weichen, gepolsterten Ohrenstühle, die er und seine Frau zur goldenen Hochzeit geschenkt bekommen haben. Vor fünf Jahren wurden sie neu bezogen. Der eine ist ockerfarben mit bronzefarbenen Knopfapplikationen. Das war der seiner Frau. Der andere ist im selben Kord-Stoff gehalten, jedoch jadegrün. Darauf sitzt Ferdinand, wenn er in den Fernseher schaut, um das Geschehen auf der Welt zu verfolgen. Es sind Menschen, da in dem Fernsehgerät, Menschen auf der Flucht. Männer, Frauen, Kinder. Für die Gestalten dort im bewegten Bild ist es die Realität. Ferdinand ist zerrissen. Er möchte, dass ihnen geholfen wird, und zeitgleich, dass sie fernbleiben. Sie sollen den Krieg nicht hierher zurückbringen. Mögen doch bitte woanders hin flüchten, nur nicht zu uns. Sofort schämt er sich, wenn er so denkt. Es sind Gedanken der Angst.

Der verdammte Krieg ist ohnehin schon hier. Er klopft an unsere Grenzen, vor allem ist er in unseren Herzen. Schaut doch nur mit offenem Herzen hin.

Esma ist so ein liebes Mädchen. Gescheite Augen. Aufrechter Gang. Seit einer Woche bete ich wieder. Nicht für mich, sondern für Esma.

Ich hoffe und bete um ihr Leben, es möge glücklich und ohne Leid sein. Stellvertretend bete ich für die junge Esma, aber es gilt all den jungen Menschen, die Krieg erleben müssen. Ob mich jemand hört oder nicht, wird sich zeigen. Ein Leben lang haben mich die Kriegsjahre begleitet. Uns alle. Was wir getan haben, was wir zugelassen haben, hat sogar unsere Kinder und Kindeskinder beeinflusst. Eine lange Zeit musste vergehen, bis diese Wunden zu heilen beginnen konnten. Doch ich hoffe, es bleibt eine sichtbare Narbe, die an uns erinnert. Jemand muss sich immer erinnern können und anderen davon erzählen. Für mich ist es an der Zeit zu gehen. Ich schließe die Augen, bin müde.

Plötzlich stehe ich am Rand des stillen Sees und schaue auf das Wasser. Ohne jegliche Trübung blicke ich hinunter bis auf den Grund. Sehe jede Bodenhöhe, jede Mulde. Zwischen den bunten Steinen und feinen Gräsern formt sich ein Gesicht. Elisa. Ich lächle und lasse mich fallen. Das Wasser umschlingt mich wie eine liebevolle Umarmung. Kein Nass berührt meine Hand, nur Wohlgefühl. Mein Körper wird schwer, sinkt hinab. Elisa streckt mir die Hand entgegen, so wie ich ihr. Unsere Fingerspitzen berühren sich, die Finger greifen ineinander. Fest, faltenlos. „Ich habe dich schon erwartet", flüstert sie mir ins Ohr. Ich bin jetzt bei ihr.

17

ESMA & ANNABELL

„Wie lange seid ihr denn bereits zusammen?“, fragt Esma, als die Tür des Cafés hinter dem letzten Gast ins Schloss fällt. Annabell schließt ab. „Noch nicht lange. Aber es fühlt sich wie eine Ewigkeit an.“ Ihre Augen haben dieses besondere Funkeln.

Mit flinken Bewegungen wischt Esma den Tresen. „Ist das gut oder schlecht?“

„Gut“, grinst Annabell. „Auf der einen Seite ist alles so neu, aufregend. Andererseits kennen wir uns schon ewig.“ Sie rutscht vom Barhocker und kommt zu Esma. „Gib mir ein Geschirrtuch, ich polier die Gläser.“

Ohne viele Worte zu wechseln, sorgen sie für Ordnung.

„Lotte ist viel entspannter, seit du hier bist“, stellt Annabell fest.

Esma lächelt still. „Das freut mich sehr. Ich arbeite gerne hier.“

„Ja?“, fragt Annabell interessiert nach. Sie selbst wollte auch gerne öfter aushelfen. Neben der Arbeit und mit Orlando ist das so gut wie unmöglich. Das Bedienen hat seinen Reiz, weil sie diesen ungezwungenen Kontakt zu den Leuten mag. *Wenn man nicht davon abhängig ist, eigentlich ein cooler Job.*

„Mhm. Ja. Es macht mir Spaß. Außerdem ist Lotte wirklich lieb. Sie ist eine gute Chefin. Die erste, die ich habe, also fehlen mir die Vergleiche, aber ich glaube, ich hätte es wirklich schlechter treffen können.“ Esma lehnt sich an den Tresen und stützt die Hände in die Hüfte.

Annabell lacht herzlich und nickt Esma bestätigend zu. „Das schätzt du vermutlich ganz richtig ein.“

Orlando spielt mit seinen Fahrzeugen auf dem Boden. Ein Polizeiauto, ein roter Traktor und ein Moped sind zusammengekracht. Gerade lässt er das Feuerwehrauto mit der Drehleiter anrücken, um einen imaginären Brand zu löschen. Mit lauten Geräuschen untermalt er sein Spiel.

„Du hast so ein Glück!“ Esma atmet aus und lehnt sich über den Tresen, um Orlando besser beobachten zu können.

Annabell grunzt etwas vor sich her, dass Esma nicht verstehen kann. „Wie bitte?“, fragt sie nach.

„Ach nichts“, seufzt Annabell, geht um die Bar herum, um vor ihrem Sohn in die Hocke zu gehen. Sie stellt ein Auto auf die Räder, Olli protestiert. „Orlando ist wirklich ein Engel, das stimmt schon“, sagt sie unter einem kurzen Gähnen, „aber es ist auch wirklich saumäßig anstrengend, Mama zu sein.“ Sie hebt kurz die Schultern, als ob sie sich still für ihre Aussage entschuldigen müsste.

„Haltet ihr in der Familie eng zusammen?“, erkundigt sich Esma.

Annabell schüttelt den Kopf. „Meine Mutter ist kalt. Hier drinnen.“ Sie reibt sich mit der Hand die Stelle über dem Herzen. „Keine Ahnung, was ihr im Leben widerfahren ist, ob es vielleicht an der Scheidung lag, sie ist völlig stumpf. Mein Vater ist nett, aber zu sehr mit sich selbst beschäftigt. Ich habe Halbgeschwister, die sind alle toll, jedoch haben die auch ihr eigenes Leben.“ Annabell reibt sich die Augen. „Lotte ist da, so oft es geht, aber du siehst ja selbst, wie es sie umtreibt.“

Esma nickt, beobachtet den kleinen Racker bei seinem Spiel. „Ich verstehe“, sagt Esma nachdenklich. Sie legt den Kopf schief als sie Annabell ansieht und lächelt. *Erzähl weiter.*

„Orlando geht jetzt in die Kleinkindergruppe, dann direkt in den Kindergarten. Seither ist mein Leben leichter geworden. Ich habe wieder ein bisschen Zeit für mich. Meine Karenz ist eigentlich schon aus, ich muss bald wieder offiziell arbeiten gehen.“

Esma runzelt die Stirn. „Was bedeutet offiziell?“

„Ich helfe jetzt schon tageweise aus“, erklärt Annabell.

Esma hätte Annabell noch gerne zu ihrer Beziehung gefragt. Sie findet es spannend, sich mit einem Mann zu verbinden, eine Partnerschaft einzugehen. Irgendetwas an diesem Philipp kommt ihr eigenartig vor. Es lässt sich schwer in Worte fassen, denn er ist ausgesprochen freundlich. Es ist mehr so ein Gefühl. Esma wischt die Gedanken beiseite.

„Du kannst mich gerne anrufen, wenn du mal spontan Hilfe brauchst.“

Annabell strahlt Esma an. „Wirklich?“

„Na klar. Ich liebe Kinder und ich bin noch Schülerin. Hoffentlich bald Studentin. So oder so, ich habe immer wieder Zeit“, nickt Esma bestätigend. *Außerdem genieße ich deine Freundschaft.*

Der Gedanke mit dem Gefühl der Sehnsucht überrascht sie selbst.

„Esma, das ist so lieb von dir! Danke für dein Angebot. Du musst doch sicher auch viel lernen, oder? Ich finde es schon cool, dass du es schaffst, nebenbei zu arbeiten.“ Annabell lacht.

„Ich lerne sehr leicht“, Esma zuckt mit den Schultern.

„Das dachte ich mir. Du sprichst fast akzentfrei, bist noch

gar nicht so lange in Österreich und schließt dennoch bald das Gymnasium ab. Mich beeindruckt das ungemein."

„Danke!" Dieses Kompliment macht Esma richtig stolz. „Ich möchte den letzten Funken Akzent auch noch rausbekommen. Dann wage ich mich vielleicht an den Dialekt heran."

Annabell lacht. „Viel Spaß! Die österreichischen Dialekte wechseln von Bundesland zu Bundesland und von Tal zu Tal. Nicht einmal ich verstehe die vom Westen, wenn sie es nicht wollen. Aber wir können gerne zusammen lernen", neckt sie Esma. „Wahrscheinlich gibst du mir dann bald Nachhilfe. Ich war eine schrecklich schlechte Schülerin."

Esma nickt verständnisvoll. „Meine Familie war recht gebildet, vor allem sprachlich. Ich habe vor der Flucht schon eine Schule besucht und in den Monaten der Reise haben mich meine Brüder unterrichtet. Ich glaube, wir brauchten das alle irgendwie. Die Kinder haben sich zusammengerottet, die Erwachsenen waren auch abwechselnd beschäftigt." Bevor Annabell nachfragen kann, zeigt Esma auf Orlando „Da, wo ich geboren bin, ist immer die ganze Sippe rund um die Kinder. Man hilft sich innerhalb der Familie, aber vor allem auch in der Nachbarschaft, wo man wohnt. Das gehört dazu. Die Kinder sind sozusagen im Dorf daheim, nicht nur in einem Haus."

„Tut mir leid Esma. Ich bin so ein Holzkopf." Annabell fasst sich bestürzt an die Stirn. „Ich jammere und erzähle von meinen Alltagsproblemchen mit meinem Sohn und vergesse komplett zu fragen, wie es dir geht."

Esma lacht. „Wie geht es mir denn?"

„Ich meine, weil du ja ganz alleine bist. Du hast deine Familie verloren und stehst auf gänzlich eigenen Beinen." Annabell hätte gerne gewusst, warum Esma alleine ist, traut sich jedoch nicht nachzufragen.

„Keine Sorge. Mir geht es hier so gut." Ihre Stimme klingt aufrichtig. Annabell steht auf, legt das Geschirrtuch beiseite, geht auf Esma zu und nimmt sie fest in ihre Arme. Esma, die mit dieser Geste nicht gerechnet hat, weiß zuerst gar nicht, wohin mit ihren Händen. Doch dann erwidert sie die Berührungen und genießt die menschliche Wärme. Als Annabell ihr einen Kuss auf die Wange gibt, wird Esma rot.

„Ich bewundere dich ehrlich. Weißt du was, wir beide helfen uns gegenseitig. Ab heute sind wir Freundinnen." Annabell nimmt Esmas Hand und hakt als Zeichen ihrer Verbundenheit die kleinen Finger ineinander. „Okay?"

„Okay", zittert Esmas Stimme.

„Manchmal jammere ich. Ich versuche es zu reduzieren."

Esma hat sich soweit wieder gefangen. „Auf keinen Fall. Du jammerst nicht, du redest mit mir. Nur weil es nicht so supertoll läuft, ist es noch lange keine Jammerei."

„Danke, dass du das sagst." Ihre Hand berührt ihr Herz und sie legt den Kopf schief.

Olli verlangt nach seiner Mama, diese geht um den Tresen, hebt ihn hoch und setzt ihn seitlich an die Hüfte. Sofort schmiegt er sich an Annabells Brust und steckt den Daumen in den Mund. Sie küsst ihn auf den zarten Kopf und lächelt. „Immer wenn es viel wird und ich hektisch oder böse werde, denke ich mir, mein Alltag ist seine Kindheit. Ich will, dass er sich einmal positiv daran zurückerinnert. Mich lieb hat, auch wenn er schon dreißig ist."

Als die beiden eine halbe Stunde später mit Orlando im Buggy die Straße in Richtung Park gehen, sieht Annabell sich suchend um. Esma tut es ihr gleich, und auch Orlando schaut, wie er es bei den Großen sieht.

„Was suchst du?“, fragt Esma.

„Lieselottes Großvater. Oft sitzt er um die Zeit hier draußen, auf einer der Bänke unter den Bäumen.“

„Ich kenne ihn“, sagt Esma. „Er kommt ins Café, redet gerne mit mir über den Krieg.“ Kein Lufthauch belebt heute die Gasse, dafür schützen große Sonnenbrillen die Augen der beiden neuen Freundinnen.

Annabell lacht freudlos. „Ja, das ist sein prägendes Thema. Lotte sagt, in den letzten zehn Jahren ist er vermehrt in der Vergangenheit.“

„Für mich ist das sehr interessant. Irgendwie sind wir ja beide Veteranen, wenn mit verschiedenen Erlebnissen. Krieg bleibt doch irgendwie Krieg“, stellt Esma in völlig neutralem Erzählton fest.

„Natürlich“, bestätigt Annabell, obwohl sie keine Ahnung davon hat. „Er ist steinalt, fast Hundert glaube ich. Irgendwie gehört er zu diesen dubiosen Figuren einer kleinen Stadt. Du weißt schon, so Menschen, die jeder kennt, persönlich oder zumindest vom Sehen. Die jeder zumindest von der Ferne grüßt. Jedenfalls dachte ich früher immer, der Mann ist irgendwie komisch. Aber seit ich Lotte als Ersatzmama auserkoren habe, ist er mir ans Herz gewachsen.“ Annabell bleibt stehen, um sich nochmals um die eigene Achse zu drehen. Ihre Hand liegt wie ein Schirm über Augen und Sonnenbrille. Orlando streckt seinen Arm nach seiner Mama aus.

„Ich dachte zu Beginn, er hat niemanden mehr“, kommentiert Esma.

„Na toll, danke Esma. Jetzt habe ich ein schlechtes Gewissen.“ Annabell lacht. „Ich sollte ihn wieder besuchen. Er mag Orlando so gerne. Die beiden lachen sich immer an, als ob sie sich blind verstehen würden. So süß.“ Annabell wischt über ihr Handy. „Ich habe da so ein tolles Foto“, erklärt sie. „Warte, hier.“

Esma nimmt das Handy in die Hand, um besser sehen zu können.

„Wow. Das ist wirklich toll.“ Sie schaut sich die beiden Hände an. Eine alte runzelige und darin eine kleine zarte. Im Hintergrund sieht man Orlando und den alten Mann nur schemenhaft verschwommen.

„Eine Glücksaufnahme. Die will ich ihm schenken“, freut sich Annabell und steckt das Handy zurück in die Gesäßtasche.

„Da wird er sich bestimmt freuen. Eine schöne Erinnerung.“

Viel später am Abend liegt Esma auf ihrem Bett. Sie greift nach dem schmalen Heft auf dem Nachttisch, sieht es lange an. Dann endlich zieht sie den Stift aus der Halterung, schlägt es auf und schreibt den ersten Tagebucheintrag seit langer Zeit.

Liebes Tagebuch!

Es sind viele Monate vergangen. Was schreibe ich? Jahre! Heute ist etwas passiert, mein Herz wurde auf vielfältige Weise so intensiv berührt. Das Kind, eine neue Freundin, ein alter Mann. Ferdinand hat mir die Augen geöffnet. Plötzlich ist mir klar, dass unsere Geschichte nicht verloren gehen darf. Ihm zu Ehren möchte ich wieder schreiben. Aufschreiben, was ich erlebt habe. Um später dann meinen Kindern und Enkelkindern von meiner Heimat und meiner Flucht, dem Neubeginn erzählen zu können. Das fühlt sich gut an. Ich fange einfach einmal an …

Syrien ist seit dem ersten Weltkrieg etwa halb so groß wie Deutschland und grenzt im Westen an das Mittelmeer. Es ist ein wundervolles Land, reich an Schätzen von Mutter Erde beschenkt. Wasser, Wüste, Berge. Die Syrer kennen Sommer wie Winter. Für mich als Kind war der Schnee ein weißes Wunder, auf welches ich mich viele Wochen vor dem ersten Niederschlag schon gefreut habe. Die Flucht hat mir die schönen Erinnerungen an diese kalte Wintertage Stück für Stück zerstört. Eisige Temperaturen in behelfsmäßigen Zeltanlagen machten die Menschen krank, ließen sie frieren. Einem alten Mann wurden unter Schmerzensschreien die ledernen Schuhe von den Füßen gezogen. Einige Zehenglieder blieben im engen Schaft stecken. Schwache starben. Tote konnten nicht vergraben werden, die Erde war steinhart gefroren. Leichen lagen auf Bergen und in Straßengräben.

Darüber habe ich noch nicht oft gesprochen. Ich lüge natürlich nicht, wenn mich jemand fragt, doch ich habe gelernt zu selektieren. Menschen können sehr unterschiedlich mit harten Lebensgeschichten umgehen.

Was ich nicht brauche, sind überschwängliches Mitleid und aufopfernde Hilfsbereitschaft, noch Verständnislosigkeit und dumme Kommentare. Vielleicht schreibe ich ja irgendwann ein Buch, Geschichtsstoff gibt es jedenfalls genug. Nicht nur über Krieg und Flucht, sondern über das ganze Zwischenmenschliche, das sich dabei abgespielt hat. Vermutlich ginge sich eine ganze Reihe aus, nicht nur ein Roman. Auf der Flucht wurden meine Wurzeln aus der Heimaterde gezogen. So kann ich das wohl am besten beschreiben. Als ob eine Pflanze mitsamt ihren Wurzeln aus der Erde gezogen wird. Ich bin in dieser kleinen Stadt gelandet. Melk ist in Reichweite zu Wien und Linz, wo viele andere Flüchtlinge untergekommen sind. Ehrlich gesagt habe ich die Kontakte schleifen gelassen, mich schon lange gar nicht mehr gemeldet. Ich fühle mich gut hier. Habe meine Klassenkollegen, meine Freundin Zeynep, Annabell. Ich glaube, ich schlage einfach neue Wurzeln.

Ich bin jetzt müde. Morgen schreibe ich wieder.

Esma.

18

PHILIPP

Während die beiden Frauen mit Orlando in den Park gehen, um dort zu spielen und etwas Zeit draußen zu genießen, ist Philipp ins Büro gefahren. Er braucht Zeit, um an seinen Plänen zu feilen. Sowohl beruflich als auch privat. Die angehende Beziehung mit Annabell verläuft exakt nach seinen Wünschen. Sie ist die perfekte Frau an seiner Seite, das ist ihm klar. Es fühlt sich richtig an, vertraut, liebevoll. Annabell ist klug, hübsch. Trotz ihrer Hauterkrankung findet Philipp sie erotisch. Sexy. Ihr Köper ist für ihn aufregend weiblich. Zu seinem großen Glück bringt sie bereits ein Vorzeigekind mit. Kinder sind wichtig für den gesellschaftlichen Status. Man wird erst richtig zum Mann, wenn Frau und Kind das Bild nach außen zieren. Ihm ist egal, ob Orlando von ihm ist oder nicht. Einen störenden anderen Mann gibt es ohnehin nicht in ihrem Leben. Annabell passt in seine Lebensplanung wie ein fehlendes Puzzleteil.

Bereits im Alter von dreizehn Jahren hat er gewusst, welche Ansprüche er an sein Leben stellt. Finanzieller Erfolg, Status, Macht. Vor allem die Macht, die Gesellschaft nach den eigenen Wünschen zu beugen. Einige Jahre hat er sich zurückgehalten, im Schatten seines Vaters gelernt und beobachtet. Nun ist es an der Zeit, dass er Platz macht. Der Alte widert Philipp richtig an. Wie er sich aufspielt als großer Macher. Das Geschäft wurde mit ihm groß, diesen Erfolg kann der Sohn dem Vater gewähren. Doch hat er sein Leben nicht im Griff. Nicht im Geringsten. Er ist die Witzfigur hinter vorgehaltener Hand. Schaffte es nicht, seine Triebe unter Kontrolle zu halten, mit Hilfe seines Status die Gesellschaft nach seinen Bedürfnissen zu steuern. Er ist kein Puppenspieler, kein Führer. Sein Vater hatte einfach nur Glück und eine große Klappe. Alles was er aufgebaut hatte, wäre vor seinen Augen in die Brüche gegangen, wenn seine Mutter nicht gewesen wäre. Eine starke Frau ist daher wichtig. Doch Philipp lenkt sie. Er hat keinen Sinn dafür, Annabell die Führung zu überlassen. Vielleicht wird sie ihm noch ein oder zwei Kinder gebären. Natürlich darf sie leben, arbeiten, ihn lieben.

Sie wird ihm körperliche und seelische Zufriedenheit schenken. Diesen Anspruch stellt er natürlich an sich selbst. Es soll ihr an nichts fehlen. Glücksgefühl ist einer der wichtigsten Parameter, um andere nach dem eigenen Willen führen zu können. Die Hormone vernebeln den Sinn für die Realität. Davon lässt er sich nicht in die Irre führen. Nein, dafür ist er viel zu klug, zu objektiv und realistisch. Philipp hat seine Welt genauestens im Blick. Er kennt seine Bedürfnisse und er weiß sein Leben zu gestalten, um diese ausleben zu können. Niemand wird je von seinen Affären erfahren, von seinen sexuellen Abenteuern. Vielleicht würde er eines Tages sogar eine andere Partnerschaft im Ausland führen. Der Gedanke an dieses Abenteuer gefällt ihm durchaus. Sein Beruf offeriert unzählige Möglichkeiten.

Seelig lächelnd lehnt Philipp sich in seinem komfortablen Stuhl zurück. Alles wird, wie es soll. Annabell ist vermutlich früher soweit, als er dachte. Wahrscheinlich würde er schon nächstes Jahr verheiratet sein. Der Gedanke an den Ring an seinem Finger gefällt ihm. Weißgold oder Gelbgold? Er schwankt noch. Eine Tür fällt ins Schloss und sein Vater betritt den Raum. Mit ihm der klassische Geruch seines Duftwassers. Für Philipp ist es eine Zumutung, Menschen bereits am Geruch erkennen zu müssen. Doch es steht ihm nicht der Sinn nach Streit, dafür ist er viel zu gut gelaunt.

„Hallo Vater."

„Philipp?", fragt dieser, mehr als er es sagt. Die Ausdrucksweise *Vater* sowie der Tonfall seines Sohnes irritieren ihn. Grundsätzlich wird er Papa genannt.

„Setz dich zu mir." Philipp deutet auf den Stuhl gegenüber. Als er Platz genommen hat, schiebt er ihm das Handy hinüber. Mit freudig klopfendem Herzen beobachtet er die Gesichtsentgleisung seines Vaters. Die Farbe der Wangen wechseln von rot auf weiß. Ein beinahe ungesunder gelblichgrüner Sticht mischt sich darunter. Stotternd, mit weiten Augen, blickt er nach viel zu langen Sekunden auf. „Was soll das sein?"

„Das fragst du mich?" Philipp atmet theatralisch aus. Er hat diese Szene von langer Hand geplant und geübt.

„Ich weiß nicht, was das soll." Wütend steht Philipps Vater auf. „Was willst du mit diesem Foto?"

Lachend schüttelt Philipp den Kopf, beinahe tadelnd. Sein alter Herr ist so lächerlich wie ein Wurm am Haken. „Meiner Ansicht nach zeigt das Foto dich, wie du gerade in den Puff gehst."

„Lächerlich!" Die Stimme seines Vaters wird laut.

Philipp lacht gekünstelt und tadelnd. „Was genau? Du oder das Foto?"

„Ich hatte geschäftlich dort zu tun. Wie kommst du überhaupt zu einem Foto von mir? Wer will mir da schon wieder etwas anhängen?"

„Niemand." Philipp zieht in aller Seelenruhe mit Heftklammern fixierte Papiere aus der obersten Lade seiner Tischkommode. „Hier."

„Was ist das jetzt wieder?", fragt er misstrauisch. Was ist nur mit seinem Sohn los?

Philipp räuspert sich mit weltmännischem Gehabe. „Das, liebster Papa, ist ein Geschäftsführungsvertrag."

„Spinnst du?", ist der einzige Kommentar, der retour kommt. Fassungslos starrt er auf das Papier, versucht die Situation zu begreifen.

„Ich weiß sowohl von deinen ständigen Bordellbesuchen als auch von deiner Vorliebe für dunkelhäutige Frauen. Diese Amazone mit dem kunstvollen Namen Esmeralda hat es dir wohl besonders angetan. Sie hat mir ausführlich davon berichtet, wie sehr du ihren Arsch vergötterst und wie abfällig du über Mutters Körper sprichst. Du bist ein dummer, alter Mann." Philipp schüttelt den Kopf und legt eine gekonnte Pause ein „Und du redest zu viel."

Das Gesicht seines Vaters hat eine besorgniserregend rote Farbe angenommen. Beinahe so, als ob er kurz vor einem Herzinfarkt stünde. „Philipp, ich kann dir das erklären."

Mit plötzlich aufkeimender Wut im Bauch springt Philipp so ruckartig von seinem Stuhl auf, dass sein Vater zusammenzuckt wie ein verängstigtes Tier. „Die Zeit für Erklärungen ist vorbei. Du übergibst mir die Geschäfte und ziehst dich zurück. Anderenfalls wirst du die Konsequenzen ziehen."

„Aber Philipp", stottert er.

„Kein Aber", schneidet der Sohn seinem Vater das Wort ab. „Deine privaten Intermezzos interessieren mich nicht. Tu, was du willst. Du überlässt mir das Geschäft und ziehst dich vollständig zurück. Künftig bin ich der Chef in diesem Laden. Ist das klar? Mutter zuliebe werden wir die Geschichte natürlich schön verkaufen. Aber wage es nicht, mir in die Suppe zu spucken." Zufrieden mit sich schlendert Philipp gemächlich um den Tisch. Im Vorbeigehen schiebt er seine markante rote Hornbrille zurück auf die Nasenwurzel. „Ich habe noch auswärts zu tun. Ein schönes Wochenende, Papa."

19

NORA & CHRISTOPHER

Christopher hält Noras Hand. „Danke, dass du mitgekommen bist."

„Selbstverständlich. Ich möchte auch bei ihm sein." Es ist nicht die Wahrheit. Sie möchte Christopher beistehen, dem sie sich nach wie vor verbunden fühlt. Ihren eigensinnigen Schwiegervater beim Sterben zu begleiten ist hingegen nicht, was Nora möchte. Unabhängig davon, wer er ist oder wie er aktiv im Leben stehend war, löst diese eigenartige Atmosphäre im Zimmer ein beklemmendes Gefühlt aus. Es ist, als ob man den Tod spüren könne. Eine Anwesenheit von Schwere in der Luft.

Es ist eigenartig, denn das Gefühl legt sich auf die Brust, nimmt einem beinahe den Atem und dennoch ist da auch dieser leichte Zauber. Ein Flirren, Energie. Nora verwirrt dieses Gefühl, sie konzentriert sich voll und ganz auf die Haptik um sie herum. Hält sich an ihrer Tasche fest, an der Stuhllehne oder an Christopher.

Das Pflegepersonal schwirrt fast lautlos herum, kommt regelmäßig ins Zimmer des Sterbenden, um nach dem Rechten zu sehen.

„Er ist schon so lange krank und trotzdem kann ich es nicht glauben, dass es jetzt zu Ende geht." Christopher wirkt fassungslos.

Nora drückt ihren Ex-Mann fest an sich. Sie wischt sich

selbst eine Träne aus den Augenwinkeln. „Ich weiß, was du meinst.“

Eine junge Mitarbeiterin betritt das Zimmer und lächelt die beiden freundlich und verstehend an.

„Kann uns mein Vater hören?“, fragt Christopher.

Die Pflegerin zögert. „Ich habe das Gefühl, er träumt. Manchmal öffnet er die Augen. Nur für wenige Augenblicke. So genau kann ich Ihnen das nicht sagen, aber ich meine, er vermischt Realität mit Traum.“ Sie zuckt mit den Schultern. „Wie gesagt, es ist eine Vermutung.“ Die Frau stellt sich neben das Bett und fühlt seine Körpertemperatur. „Momentan ist er sehr ruhig. Reden Sie mit ihm. Niemand von uns weiß, was in einem Sterbenden vorgeht.“

„Wir sind wieder im Nebel“, stellt er fest. Graue Augen mustern den Mann verstehend, beinahe liebevoll. Es ist kein kalter, grauer Nebel wie an einem Novembertag, der in jede Pore des Körpers dringt, um dich vor dem drohenden Winter erzittern zu lassen. Dieses Grau hat die wohlige Wärme eines Wollmantels, der sich um den Körper schmiegt. Die Nähe der Frau stört ihn nicht. Er mag ihren Geruch, ist sogar beinahe versucht, sich an sie zu schmiegen. Die Frau ist ihm fremd und doch so vertraut. Ihre Feinfühligkeit hat er zu schätzen gelernt. Sie hält vertraut seine Hand. Vertrauen ist ein wertvolles Geschenk. Er ist nicht sicher, ob diese grauen Augen es verdienen oder ob das Leben ihm keine Wahl mehr lässt. Seine Seele hat das Bedürfnis nach Frieden.

Der Vernebler, eine Maschine, die feuchte Luft ausströmt, um dem Mann die Atemwege zu befeuchten, zieht schleichende Fäden in dem kleinen Zimmer. Die Pflegerin schiebt die karierten Vorhänge zur Seite und öffnet das Fenster zum Garten. Ihr dunkles Haar flattert mit der Bewegung der

Luftströme um ihr müdes Gesicht. Die grauen Augen sind dumpf von der Müdigkeit, die ihr ständiger Begleiter geworden ist. Abermals fordert sie sich Konzentration ab. „Reiß dich zusammen, Helena“, spricht sie zu sich selbst.

„Wie bitte?“ Christophers Nachfrage holt die Pflegerin aus ihren Gedanken.

„Entschuldigung bitte, manchmal spreche ich mit mir selbst. Ich bin heute etwas müde“, lächelt sie über die Schulter hinweg.

„Sagten Sie Helena?“, fragt er nach.

Die Frau dreht sich ihm zu, kommt etwas näher. „Ja. So heiße ich.“

„Schöner Name. Meine Schwester hieß auch so.“

Sie nickt. „Ich weiß. Ihr Vater hat oft von ihr gesprochen, als er noch bei Bewusstsein war.“ Der Mann war bereits hier in Pflege, bevor er auf die Hospizstation kam, da weiß man mit der Zeit so einiges von den Menschen.

Seine ewig kalten Hände und Zehen sind schön warm. Die Sonne scheint und ein zarter Wind weht ihm um die Nase. Eine schwere Feuchtigkeit liegt in der Luft. Vielleicht kommt das vom See, den er in der Ferne erahnen kann. Er spürt den Dunst, kann das Wasser riechen. Die Haut an seinen Händen ist fest, ebenso wie seine Fingernägel. Jedoch liegen die Äderchen tiefer, scheinen kaum merklich durch die helle Haut. Trotz aller Irritation fühlt er sich keineswegs eigenartig. Im Kopf war er immerzu jung geblieben. Das Mädchen legt die kleine Hand auffordernd in die Seine. Er streichelt ihr sanft über das lockige Haar. Meine Helena. Heute sieht er sie wieder sehr klar. Er sitzt auf einer niedrigen Bank vor einem Blockhaus. Eine Tasse Kräutertee dampft neben ihm. Das Mädchen reißt sich los, um durch den Garten zu toben. In diesem Moment ist er sehr glücklich. Angenehm schläfrig ist er geworden.

Gerade will die Pflegerin den Raum verlassen, als das geplagte Stöhnen wieder beginnt. Schmerz und Trauer zeichnen das Gesicht des kranken Mannes. Krampfartig zuckt sein Körper, seine Fäuste arbeiten und seine Laute sind wirr. Unverständlich.

Unerwartet legt sich ein herbes Gewicht auf seine Brust. Er ist versucht, die Augen zu schließen. Wie ein Dolchstoß fährt ihm die Angst der Erkenntnis plötzlich durch den gesamten Körper. Sein Magen krampft sich zusammen, die Atmung wird flach. Hektisch springt er auf, doch seine Beine versagen den Dienst. Seine Tochter! Er hat seine Tochter aus den Augen verloren. Wo ist sie? Er kann sich nicht fangen, fällt. Sein Körper rollt auf den Rücken, starr und hilflos muss er ausharren. Jeder Schrei, den er ausstoßen möchte, bleibt in der Kehle stecken. Verebbt, versandet in der Weite seines Nichts. Der Nebel fällt wieder über ihn. Dicht und erbarmungslos. Er ist allein, hört kein Geräusch. Eine angstvolle Leere breitet sich aus, nimmt Besitz von seinem Körper und seinem Verstand.

Die Pflegerin ruft die diensthabende Ärztin an. Christopher steht am Fuße des Bettes, die Arme fest um seinen eigenen Körper geschlungen. Nora steht hinter ihm, sieht aus dem Fenster. Schwere der Vergangenheit zeichnet das Gesicht des Sohnes. Trauer über den Verlust der Schwester Helena, deren Tod die Familie nie aufarbeiten konnte. Die Pflegerin kennt die Geschichten. Doch Mitleid kann sie sich nur mehr wohl dosiert leisten. Sie wünscht sich im Stillen, dass der Tod das werden kann, was er ist und die Menschen dadurch anleitet. Anleitet zu leben. Mit Lust, Freude und aufrichtiger Liebe für sich selbst.

Die Ärztin kommt und verabreicht dem Patienten ein Beruhigungsmittel. Von all den Menschen im Raum bekommt der Mann nichts mit. Er liegt im Nebel und fällt endlich in einen tiefen, schwarzen Schlaf.

Zwei Stunden später verlassen Christopher und Nora das Hospiz. Sie halten sich wie selbstverständlich an den Händen. Obwohl es für August ein kühler Tag ist, trägt ein warmer Windhauch den Duft von schwerer Sommerluft mit sich. Ihre Augen sind verquollen.

„Ich hoffe, er hatte keine Schmerzen", sagt Nora unter leisem Schluchzen. Sie putzt sich die Nase in ein weißes Papiertaschentuch. Zuzusehen, wie der Tod die Seele aus dem Körper trägt, war schwerer als gedacht. Es ist die reine Endgültigkeit, wie sie Nora noch nie zuvor erlebt hat.

Christopher zuckt ratlos mit den Schultern. „Am Ende denke ich nicht. Ich glaube, der seelische Schmerz war weit größer in den letzten Wochen. Alles ist irgendwie wieder hochgekommen."

Nora nickt. „Kann ich dich irgendwie unterstützen? Bei der Organisation des Begräbnisses oder so?" Sie würde alles für ihn tun, immer noch, doch inständig hofft Nora, er lehnt ihr Angebot ab.

„Ich weiß nicht", seufzt er mit einem Blick in die Ferne.

Auf Nora wirkt er in dem Moment wie ein kleiner Junge. „Okay. Melde dich bei mir, wenn du irgendetwas brauchst."

Ein Nicken folgt als stumme Antwort. „Was machst du jetzt? Ist jemand bei dir?", fragt Nora mitfühlend. „Du kannst sonst auch mit zu mir kommen und ein bisschen auf der Dachterrasse in der Sonne liegen."

Er schaut sie an. „Das würde ich gerne. Danke. Ich fahre aber vorher noch auf den Friedhof." Christopher räuspert sich. „Zu Helena und Mama.“ Seine Stimme klingt müde.

„Okay, dann bis gleich. Ich warte auf dich und stelle mal Tee zu.“ Auf halben Weg dreht sich Nora nochmals um. „Eine Sache noch.“

„Ja?“, fragt er ohne Nora anzusehen.

Frag einfach. „Läuft da was zwischen dir und dem Pfleger oder habe ich da etwas falsch an den Blicken interpretiert?“

Christopher sieht überrauscht auf, lächelt und zwinkert ihr zu. „Das erzähle ich dir später.“

Ihr Bauch zieht sich unter diesen verworrenen Gefühlen zusammen.

Die beiden gehen zu ihren Autos. Während bei ihrem Schwiegervater das Herz aufgehört hat zu schlagen, beginnt tief geschützt in Noras Bauch ein Neues pulsieren. Wie so vieles im Leben, das ganz leise und unaufgeregt von statten geht, merkt auch davon niemand etwas.

Das ehemalige Ehepaar Nora und Christopher sitzt auf der Dachterrasse, als ihr Telefon klingelt. Dicke Decken liegen auf ihrem Schoß. Ein kurzer Blick zu Christopher, mit dem Nora gerade Erinnerungen gewälzt hat.

„Geh ruhig ran“, sagt er gelöst. Statt Tee gönnt er sich bereits das dritte Glas Cognac.

„Es ist Lotte. Wird nicht lange dauern.“ Nora krabbelt unter der flauschigen Fleecedecke vor, steht auf, um im Wohnzimmer ungestört zu telefonieren.

„Hallo Lotte.“ Als sich ihre Freundin nicht gleich meldet, überprüft Nora nochmals die Verbindung mit einem Blick auf das Display.

„Hallo?“ Ein leises Schluchzen ertönt am anderen Ende.

„Lotte? Weinst du etwa? Was ist denn passiert?“

Beunruhigt geht Nora auf und ab. „Sag doch bitte etwas!"

„Entschuldige bitte. Ich wollte einfach mit jemanden reden. Mein Opa ist gestorben", flüstert Lotte weinerlich.

Nora legt sich die Hand ans Herz. „Oh, nein, Lotte. Das tut mir leid." Sofort schießen ihr wieder die Tränen in die Augen.

„Danke. Ich weiß, er war schon sehr alt, aber es tut trotzdem weh." Ein lautes Schluchzen gefolgt von einem Geräusch, das nach Taschentuch klingt, dringt an Noras Ohr.

„Selbstverständlich. Auch wenn wir wissen, dass das Ende kommt, nimmt es nichts vom Schrecken, wenn es da ist", versucht Nora etwas halbwegs Vernünftiges zu ihrer Freundin zu sagen.

Trost spenden ist wirklich schwerer als sich mit jemanden freuen.

„Das ist wahr. Das ist wahr." Lotte spricht leise. „Na gut, tut mir leid, dass ich jammere deshalb. Ich hatte einfach das Bedürfnis, mit dir zu sprechen."

Nora verzieht das Gesicht. „Du kannst mich jederzeit anrufen. Jederzeit, das weißt du doch." Gestikulierend weist sie ihre Freundin zurecht.

„Ja, ich weiß. Danke, meine Beste."

„Was machst du jetzt?", erkundigt sich Nora.

„Wir halten später Familienrat bei meiner Mutter. Zwecks Organisation des Begräbnisses und so. Esma, Annabell und Orlando sind auch bei mir. Ich denke, ich nehme sie mit." Lotte stöhnt am anderen Ende der Leitung.

„Scheiße. Das Wichtigste habe ich ausgelassen."

„Was denn?", fragt Nora neugierig.

„Die drei waren gemeinsam unterwegs. Sie haben ihn gefunden."

„Fuck." Nora hält sich die Hand vor den Mund ob ihrer Ausdrucksweise.

„Ja, das trifft es wohl ziemlich genau. Sie wollten ihn zu Hause besuchen und sind über den Garten rein. Annabell kennt ja den Hausbrauch. Sie haben ihn im Wohnzimmer gefunden. Er ist beim Fernsehen auf dem Sessel eingeschlafen", sagt Lotte, als ob sie einen Film nacherzählen würde.

Heftig. Nora pfeift leise. „Oh nein. Wie geht es ihnen jetzt?"

„Esma ist sehr ruhig. Annabell weint viel", fasst Lotte zusammen.

„Kann ich nachvollziehen. Unerwartet einen Toten zu finden, ist sicher kein Spaß. Mir hat der Abschied heute schon gereicht." Nora atmet hörbar aus. „Christophers Vater ist ebenfalls gestorben. Das Hospiz hat uns verständigt, weil es ihm schlechter gegangen ist und wir waren dann dabei, als er eingeschlafen ist."

Lieselotte schnieft am anderen Ende der Leitung. „Wie geht es Christopher? Und dir?"

„Den Umständen entsprechend gut. Wir haben ehrlich gesagt schon gehofft, dass er bald sterben darf. Es war nur mehr ein ewiges Dahinleiden." Irritierenderweise empfindet Nora fast nichts dabei. Der Tod ihres Schwiegervaters hat sie weit weniger erschüttert als der von Lottes Großvater.

„Der Tod ist wohl gerade auf Besuch bei uns", stellt Lotte fest. „Ich will nicht pietätlos sein, aber ich freue mich für meinen Großvater, dass er ohne Krankheit einschlafen konnte. Ohne diese Schmerzen." Das leichte Schaudern in ihrer Stimme überträgt sich durchs Telefon. „Das wünsche ich uns ebenfalls, wenn es einmal so weit ist."

Nora schnaubt. „Wir sollten nur die Alten verabschieden. Also gönn uns noch ein paar Jahre."

Die beiden Freundinnen können nun doch ein bisschen gemeinsam lachen, bevor sie sich verabschieden. Nora legt das Telefon auf den kleinen Tisch und erzählt Christopher, was passiert ist. Er schüttelt den Kopf, legt die Hand über den Mund. Was soll man viel dazu sagen, mit frischem Schmerz im Herzen? Der Tod macht Menschen sprachlos. Machtlos. Obwohl er ein so fester Bestandteil des Lebens ist, vorgezeichnet ab dem ersten Atemzug, haben wir verlernt, damit umzugehen. Ihn als das anzunehmen, was er ist. Der Sinn unseres Lebens. Jeder gelebte Moment ist Vergangenheit. Jede Sekunde so kostbar süß wie sonnengereifte Himbeeren. Es ist gut zu realisieren, dass das einzige Geschenk, welches jedes Lebewesen hier erhält, der sichere Tod ist. Wir sind nur kurz zu Gast auf diesem Planeten. Nicht mehr, nicht weniger.

Christopher schwelgt in seinen Gedanken, als er plötzlich schief grinst. „Das Leben ist zu kurz, um es nicht zu leben, stimmt‘s?“

„Ja.“ Nora schaut unschlüssig, kann nicht genau einordnen wohin das Gespräch führt.

Seine buschigen Augenbrauen wackeln. Er lehnt sich leicht nach vor. „Ich habe mich verliebt“, haucht er und Nora kann seine Cognacfahne riechen.

Nora spürt Stiche in der Brust. Wie durch kleine Elektroschocks zieht sich die Muskulatur zusammen und ihr wird übel. Sie kennt das Gefühl, es ist Eifersucht. Obwohl sie sich getrennt haben und sie es schon kommen gesehen hat, tut es weh. Ja, beide sind in Freundschaft auseinander gegangen. Es gab ein unausweichliches Schicksal, wenn man es so nennen mag. Eine Weggabelung, an der sie sich verabschieden mussten, in der Hoffnung, ihre Pfade verlaufen viele Jahre parallel. Dieses Bedürfnis ist auf beiden Seiten echt und ehrlich. Denn ihre Liebe war echt und ehrlich. Früher.

Nora räuspert sich. „Der Pfleger?", fragt sie kokett und kräuselt die Lippen. Streng versuchend, ihren Frust so gut es geht zu überspielen. Er lacht, fährt sich mit der Hand durch das Haar. Aus der großen Flasche läuft braune Flüssigkeit in das bauchige Glas. Sanft schwenkend führt er es an den Mund. Nora reibt nervös ihre Hände ineinander. Sie wird sich damit abfinden müssen, dass er, im Gegensatz zu ihr, tatsächlich einen dicken Schlussstrich gezogen hat.

Später, als sie alleine im Bett unter ihrer Daunendecke liegt, laufen die Tränen leise aus den Augenwinkeln. Die kleinen Rinnsale fließen über Wange und Hals bis auf ihr Kissen. Nora weint um ihre Liebe, das Leben, das sie gemeinsam geführt hatten. Am heutigen Nachmittag wurde ihr plötzlich bewusst, wie sich ein Abschied anfühlt. Sie kommen angekündigt oder unvermittelt. So oder so gehören diese Gefühle wohl zum Leben dazu.

Eine Woche später werden die beiden verstorbenen Männer von ihren Familien zu ihrer letzten Ruhestätte begleitet. Nora besucht beide Begräbnisse, freitags das von ihrem Schwiegervater, samstags das von Lieselottes Großvater. Die beiden Männer kannten sich, denn Christophers Vater war ein Freund von Ferdinands ältestem Sohn gewesen. Jonathan war vor fünf Jahren an einem Herzinfarkt gestorben. Ein Jammer, wenn der Segen des Alters bedeutet, dass die Kinder vor einem gehen müssen. So sollte es niemals sein. Nora hatte Christophers Vater nie besonders ins Herz schließen können. Er war kalt und herzlos zu seinem Sohn, obwohl sich dieser nie darüber beklagte. Auch jetzt verliert er kein schlechtes Wort über ihn. Nora konnte diese Familiendynamik nie richtig nachvollziehen. Sie fühlt darüber einen leichten Frohsinn in der Brust. Nicht, dass sie sich über den Tod ihres Ex-Schwiegervaters freuen würde, das natürlich nicht. Es ist ein Frohsinn darüber, dass dieser Ballast, dieses emotionale Erbe sie nun nicht mehr tangiert. Dieses Familienschicksal mit dem Tod von Christophers kleinen Schwester Helena in Kindestagen hing die ganze Zeit wie ein Damoklesschwert über dieser Familie. Zerstörte die Mutter, die Ehe, letztendlich auch den Vater. Christopher war und bleibt die einzige gesunde Konstante in dieser Tragödie.

Zwei Begräbnisse in so kurzer Zeit, das zehrt an Noras Nervenkostüm. Mit ungutem Bauchgefühl bringt sie die erste Verabschiedung hinter sich. Die kleine Kapelle am Gelände des Pflegeheimes hätte noch gut Platz. Unter den wenigen Gästen, die Christophers Vater die letzte Ehre erweisen, sind einige Angestellte. Noras Lippen sind zu schmalen Streifen gepresst. Ihre Hände hält sich fest vor sich verschränkt. Außenstehende könnten meinen, es sei eine traurige Demutshaltung, doch die Realität sieht anders an. Sie ist eifersüchtig. Er, der eine Pfleger, ist auch da. Innerlich windet sie sich, versucht, die Enge in ihrer Brust zu vertreiben. Die Männer werfen sich immer wieder Blicke zu. Neben ihrem Ex-Mann wirkt er schmächtig und klein. Beinahe zart.

Nora fokussiert das Blumengesteck neben dem Foto des Verstorbenen. Eine Schleife hängt daran. *In liebevoller Erinnerung,* steht darauf geschrieben. „Ts“, kommentiert sie laut ihre eigenen Gedanken. Die Frau neben wirft ihr einen fragenden Blick zu. Nora lächelt entschuldigend. *Dieser*

Tyrann hätte ihm die Hölle heiß gemacht. Mit geschlossenen Augen lauscht sie Christophers Stimme. Er liest ein Gedicht. Der Duft von Lilien hängt so schwer in der Luft, dass es Nora Übelkeit bereitet. Nach einer gefühlten Ewigkeit kann sie nach draußen treten. Es fällt in dieser Szenerie nicht auf, als Nora sich ein Taschentuch fest um Mund und Nase presst. Der Menthol-Geruch vertreibt die Süße der Blumen. Als der schlichte Sarg im Rumpf des dunklen Autos verschwindet, atmet sie erleichtert auf. Es fühlt sich unerwartet gut an. Wie ein Abschluss.

Das Begräbnis von Lieselottes Großvater hingegen ist wie ein Staatsaufgebot. Einen Tag später tritt Nora staunend aus der Melker Stadtkirche. Menschen, wohin das Auge blickt. Dunkle Gewänder, betroffene Gesichter und viele Taschentücher.

„Mein Großvater hat gelebt", ist ihr Lottes Satz in Gedanken hängen geblieben. Die Rede war wunderschön. Ehrlich, aber menschlich, mit Witz und Esprit. Worte zur Erinnerung an viele schöne Tage und Jahre eines geliebten Menschen. *Er hat gelebt*, geht ihr durch den Kopf. *Das will ich auch. Ich will auch wieder leben.*

Bewundernswert wie still eine Menschenmasse sein kann. Der gesamte Tross setzt sich hinter dem Sarg in Richtung Friedhof in Bewegung. In stillem Einvernehmen trottet Nora neben Barbara her. "Ich glaube, das Aufgebot könnte nicht größer sein, wenn da vorne der Bundespräsident in der Kiste liegen würde", flüstert sie ihr leise zu. Nora schmunzelt. Neben der an sich schon großen Familie ist die halbe Stadt gekommen, um Abschied zu nehmen. Nora sah Kränze vom Musikverein, Kameradschaftsbund, Eisstockschützenverein, Kirchenverein und noch viele andere, deren Banner sie nicht lesen konnte. Pfarrer und Diakon führten gemeinsam durch eine mit Gefühl gestaltete Verabschiedung. Der Chor sang so wundervoll, jede Note schwang mit Herzblut durch das Kirchenschiff, um die letzte Seele in der hintersten Reihe zu berühren. Er war ein großartiger Mensch. Nora ist sich sicher, dass niemand nur einen Funken Frohsinn über seinen Verlust fühlen kann. Höchstens ehrlich gemeinte Hoffnung, dass die Seele Frieden findet, wohin auch immer sie weiterreist. Von diesem Mann wird viele Jahre etwas bestehen bleiben, selbst wenn er gegangen ist. Nachfahren werden selbst zu alten Männern und Frauen, sterben, und so geht das immer weiter. Doch viele Jahre wird er noch in der Mitte dieser Menschen Platz finden. Sie werden über ihn sprechen und über seine Geschichten.

Nora fühlt sich nicht wohl. Sie spürt dieses Gefühl, eine Mischung aus Hoffnung und Frustration. *Ich will wieder leben*, kommt ihr erneut in den Sinn. *Ich möchte auch etwas hinterlassen in dieser Welt. Wer wird sich an mich erinnern? An meine Geschichten, mein Leben? Wird mich irgendjemand einfach in die kalte Erde legen und froh sein, wenn es zu Ende ist?*

Ein Anflug von schlechtem Gewissen brandet auf, als Nora an ihren Schwiegervater denkt. Sie wischt es bei Seite. Er war kein guter Mensch, das ändert auch sein Tod nicht. Nora möchte einen Platz im Leben finden. Wünscht sich nach Hause, in den Schutz ihrer heimeligen vier Wände, auf ihre beige Couch mit der dicken Decke, die ihre Mutter für sie gestrickt hat. Auf der Innenseite ist ein warmer, kuscheliger Stoff angenäht. Nora liebt es, wie sich die Decke um die Haut schmiegt. Sie liegt am liebsten fest eingewickelt wie in einem Kokon, nur ein schmaler Streifen frei, wo die Hand die Fernsehbedienung erreichen kann, um ein anderes

Programm zu suchen. Nora lenkt ihre Gedanken weg von ihren eigenen Bedürfnissen, um sich den anderen zu widmen. Wenn sie einen Platz in der Gemeinschaft dieser Welt möchte, dann ist ihr beiges Sofa dafür nicht der richtige Ort.

Der engere Kern an Familie und Freunden sitzt nach der Zehrung in Lottes Café. Es gibt den Rotweinkuchen, den Ferdinand so gerne mochte.

Nora beobachtet, wie Esma Kaffee brüht und Annabell Kuchen serviert. Ihr Herz mag sich nicht vorstellen, wie die beiden den Großvater gefunden haben. Natürlich, er war alt, hatte sein Leben gelebt. Dennoch, plötzlich mit dem Tod konfrontiert zu werden, ist nicht üblich, wir Menschen sind nicht daran gewohnt, schieben wir den Gedanken vom Ende doch immer weit von uns. Das Sterben selbst ist von einem natürlichen Vorgang zu einem hospitalisierten Prozess geworden, der hinter verschlossenen Türen von statten geht. Während Annabells zartes Gesicht verschwollen und die Augen gerötet sind, ist Esma keine merkliche Veränderung abzulesen. Die beiden sind wie Tag und Nacht. Stehen dennoch mit beiden Beinen fest im Leben, trotz ihres jungen Alters. *Würde mir auch nicht schaden, etwas mehr dieser „Toughness“.*

Annabell legt ihre Hand auf Noras, nachdem sie ihr den Kuchen hingestellt hat. „Alles okay?“

Nora wird es ganz warm ums Herz. Nicht wegen der Geste, sondern dem ehrlichen, offenen und mitfühlenden Blick. Sie macht sich Gedanken, andere aber auch um sie.

„Danke meine Liebe, alles soweit in Ordnung.“ Sie hebt ihre Hand, um Annabells zu umschließen, und drückt diese sanft. „Ich hadere nur mit Abschieden“, gibt Nora offen zu.

Annabell legt den Kopf schief. „Die Sterbefälle oder die Trennung?“, fragt sie unverblümt.

Nora lacht ob dieser treffenden Frage. Sehr direkt, das mag sie. „Irgendwie fühlt es sich ganz ähnlich an. Christopher war mein Anker, mein zweites Ich, meine Zukunft. Unsere Liebe hat sich verändert, die Trennung ist objektiv gesehen in Ordnung. Aber das Herz, das Herz." Sie klopft sich an die Brust, die Augen rollend schmunzelnd Nora über sich selbst.

Annabell nickt. „Mir tut es ehrlich leid um eure Beziehung. Als ich angefangen habe, mich für Männer zu interessieren, für Bindungen im Allgemeinen, seid ihr beide mein Traumpaar gewesen. Das wollte ich auch erreichen."

„Das wusste ich nicht. Oh nein, jetzt habe ich auch noch deine Mädchenträume zerstört. Offensichtlich ist nicht alles Gold was glänzt", amüsiert sich Nora theatralisch.

Annabell schüttelt vehement den Kopf. „Nein. So sehe ich das nicht. Für mich sind die Mädchenträume zu Frauenträumen geworden. Realistischer. Aus meiner Perspektive hast du saumäßiges Glück, überhaupt für so viele Jahre eine Partnerschaft wie diese gehabt zu haben, und …", Annabell legt eine künstlerische Atempause ein. „Und du hast trotz Trennung einen Freund fürs Leben, der dich kennt wie kein anderer."

Perplex blickt Nora Annabell an. Auch wenn es ihr eigener Kopf schon ebenso gedacht hat, hört es sich so direkt und unverblümt aus einem anderen Mund viel eindrücklicher an. „Alles dreht sich weiter. Wir machen das schon", sagt sie beinahe staatsmännisch.

„Wir?", fragt Nora belustigt.

„Ja. Wir Frauen!" Annabell umarmt Esma, die gerade dazu kommt, und zieht sie eng an sich. „Wir Frauen rocken doch die Welt. Egal was kommt."

Barbara, die von gegenüber mitgelauscht hat, beugt sich

mit ausgestrecktem Arm über den Tisch. „Dafür gibt's ein High Five für die Jugend!" Lachend klatschen sie der Reihe nach ab. „Da können wir noch lernen, was?" Barbara schaut zu Lotte und Nora, die ihr zunicken. Nora nimmt ihr Weißweinglas in die Hand und lehnt sich entspannt zurück. Sie blickt in die Runde, dieser Haufen aus alten und neuen Bekannten, die zu Freunden geworden sind. Ihre Konstante Bindung zu Lotte und ihrer Stieftochter Annabell, Ibrahim ihrem Studienfreund, die neue Freundschaft zu Barbara und Esma.

Tobias, Barbaras Freund, sitzt mit gesenktem Kopf und gefalteten Händen daneben. *Wie ein Statist.* Nora will irgendetwas tun, weiß jedoch nicht was. Er wirkt fremd, fehl am Platz. Sein Blick gleitet durch das Fenster in die Ferne. *So fühlt er sich vermutlich. Alles wird gut werden,* denkt Nora.

Annabells neue Liebe Philipp ist mit Orlando zu seinen Eltern gefahren. Nora wertet dies als positives Signal für Annabell. *Sie hat recht. Wir werden das alles schon irgendwie regeln, egal was kommt.*

Esma fragt laut in die Runde: „Wie war er denn so, Ferdinand? Erzählt mir ein bisschen mehr von ihm." Ihre Trauer ist nicht sichtbar, gut verschlossen hinter ihrem Pokerface. Der verstärkte Akzent zeigt, wie schwer es ihr fällt, sich auf die Sprache zu konzentrieren. Auch in ihrem eigenen Kopf rasen die Gedanken.

Lieselotte holt tief Luft und beginnt zu erzählen. Von ihrer Mutter Elvira, ihrer Tante Fini und den Onkeln Jonathan und Kilian. Von Großmutter Elisa und Onkel Markus, der als Baby gestorben war. Von den Urlauben, zu denen sie die Großeltern begleiten durfte, und von Opa Ferdinands Zeit in Kanada. Von seinem Freund Nathan, mit dem er fünfundzwanzig Jahre Brieffreundschaft geführt hat. Es sind Familiengeschichten, die sie nicht alle selbst erlebt hat und die dennoch so präsent sind, als wäre es anders. Sie erzählt von der Laube im Garten der Großeltern, wo Finis Enkelkinder nun einen Pool aufgestellt haben. Spricht über all die Geschichten, die er ihnen erzählt hat, vom Krieg und von der Liebe.

Annabell wirkt noch blasser als sonst. Beinahe ehrfürchtig flüstert sie: „Was haltet ihr davon, wenn wir zu Opas Gedenken eine dieser Führungen machen?“

„Im ehemaligen KZ?“, fragt Lotte nach.

Esma nickt aufgeregt. „Oh ja, das fände ich sehr interessant.“

So vereinbarten sie, zu Großvater Ferdinands Gedenken eine Führung durch die Baracken des ehemaligen Konzentrationslagers zu machen. Das Museum ist heute in die Kaserne eingebettet und mit Termin zu besuchen. Vielleicht haben sie Glück und können auch eine der seltenen Besichtigungen der eingefallenen Stollenanlagen ergattern. Die Mythen ranken sich heute darum, dass Hitler dort mit schwerem Wasser experimentiert hätte. Doch der Großvater hat niemals darüber gesprochen. Nur von den Menschen, deren Gesichter er bis ins hohe Alter nicht vergessen konnte.

20

FAMILIE

Am nächsten Tag ist ein Großteil der Familie, gemeinsam mit Esma und Ibrahim, in der Wohnung, um sich einen Überblick zu verschaffen. Das Haus hatten die Eltern bereits vor vielen Jahren Josefina übergeben, weil sie selbst in eine kleinere Wohnung mit Garten mitten in der Stadt gezogen sind. Hier konnten Elisa und Ferdinand fußläufig alles wichtige erreichen. Herbstblätter bedecken das lange Gras nach der Holzveranda. Planlos stehen sie in Küche und Wohnzimmer verteilt. Ein herber Geruch füllt den Raum. Es ist schwer zu sagen, ob es sich um die Reste des Todes handelt, der noch an den Wänden zu haften scheint. Kilian öffnet den Kühlschrank. Zwei Flaschen Bier, eine geöffnete Flasche Weißwein. Ein halbes Glas Kapern, schwarze Oliven entkernt. Er drückt auf den Knopf, um die Stromversorgung abzuschalten, und holt den Mistkübel unter der Spüle raus. Das Stück Käse mit dem dunkelgelben Rand und in Papier verpackte Wurst, zumindest nimmt er an, es handelt sich um solche, wirft er direkt hinein. Auf der Anrichte entdeckt er hart gewordenes Brot, jedoch schimmelfrei. Als er das Backrohr öffnet, hält er sich die Hand vor den Mund. „Jesus, Maria."

„Was ist?" Lotte schaut ihm über die Schulter. „Ah. Die letzte Portion von Essen auf Rädern."

„Was könnte das sein?"

„Schwer zu sagen unter all dem Schimmel. Vielleicht Lasagne?“

Das alte Ehepaar, in den letzten Monaten nur mehr Ferdinand, hatten eine wöchentliche Haushaltshilfe sowie Mittagessen vom Roten Kreuz. Dreimal die Woche kam eine mobile Einsatzorganisation vorbei, um bei umfänglicher Körperpflege zu unterstützen. Wenngleich sich die Töchter beide kümmerten, trug Josefina ohne Frage die Hauptlast. Die zarte, ebenfalls bereits alte Frau schlendert wie ein Gespenst zwischen den Menschen herum. Ein zerriebenes Taschentuch wechselt von einer Hand in die andere. Ab und an tupft sie sich die Augen trocken. Elvira rollt mit den Augen in Richtung ihrer Tochter Lotte, als ihre Schwester Fini sich gerade abwendet.

Lotte lächelt schief. Bei manchen Marotten ist es schwer, sich zu entscheiden, ob Belustigung und Ärger angebracht sind. Laut stöhnend lässt Fini sich im Ohrensessel nieder.

„Alles gut, Tante Fini?“, fragt Lotte laut.

„Muss es wohl. Muss es wohl“, murmelt sie. „Hier ist er also gestorben?“

„Ja“, sagt Esma.

Josefina sieht das Mädchen kurz an und nickt. „Ich kann ihn förmlich spüren. Er ist hier, ganz bestimmt.“

„Also ich weiß sicher bessere Orte, wenn ich mal drüben bin“, murmelt Kilian Lotte zu und zwinkert. Kilian holt tief Luft. Mit angehaltenem Atem zieht er das Tablett inklusive Schimmelberg aus dem Backrohr, um es direkt in den Eimer plumpsen zu lassen.

„Das wäre erledigt.“ Mit einem Ruck zieht er das Band des Müllbeutels zu und stellt ihn draußen auf die Veranda.

„Aus den Augen“, beginnt er den Satz.

„Aus dem Sinn“, beendet Lotte.

„Okay Leute.“ Kilian macht sich groß und klatscht zwei Mal kräftig in die Hände. Das laute Geräusch lässt sogar die sinnierende Fini aufhorchen.

„Wir brauchen ein System. Folgender Vorschlag: Lotte, Ibrahim, Esma und ich kümmern uns um Wohnzimmer und Esszimmer. Fini, du gehst mit Elvira ins Schlafzimmer. Ihr beide werdet die Kleider durchforsten. Hebt auf, was ihr aufheben wollt, aber das nehmt ihr dann auch mit nach Hause. Der Rest kommt in zwei große Säcke. Einen für die Altkleidersammlung. Einen für die Mülldeponie. Wenn ihr mehr Säcke brauchen solltet, die liegen im Flur. Persönliche Habseligkeiten und Wertsachen kommen in die große Kiste. Das sichten wir dann gemeinsam. Hier im Wohnzimmer machen wir es ähnlich. Müll von Wertsachen trennen. Den Müll natürlich ebenfalls trennen. Papier, Plastik und so weiter.“

Ohne Murren machen sie sich ans Werk. Esma arbeitet sich durch die Familienfotos, trennt Rahmen und Bilder. Es wurde ihr von Kilian aufgetragen, diese ganzen „geschmacklosen Rahmenkreaturen“, wie er die reichlich verzierten Andenken nennt, allesamt zu entsorgen. Vorsichtig mustert sie ihn immer wieder von der Seite. Obwohl er viel älter ist als sie selbst, findet sie ihn ungeheuer attraktiv.

Kilian lächelt Esma an. „Was ist?“

Esma fühlt sich ertappt und wird rot. „Ich frage mich nur“, antwortet sie langsam, während sie fieberhaft nach einer sinnvollen Frage sucht. „Ich frage mich nur, warum du weggezogen bist.“

Er zuckt mit den Schultern. Legt den Kopf schief und zieht die Augen zusammen. „Angefangen hat es vermutlich mit dem Studium. Da hatte ich die Möglichkeit, ins Ausland zu gehen und habe die Sprache gelernt. Dann war ich bei einer internationalen Firma, war ständig unterwegs. Irgendwann war ich lieber fort als daheim. Ich mag die Sommersonne und das Meer.“ Er zwinkert ihr zu. „Und ich hatte mich verliebt. Na ja, das war es im Großen und Ganzen. Ich habe bei einer Regionalstelle der Firma angeheuert und bin geblieben.“

Esma spürt einen leichten Stich an Eifersucht. „Wie schön“, sagt sie dennoch lächelnd. „Ich habe gar nicht mitbekommen, dass du verheiratet bist.“

„Bin ich nicht. Hat dir denn Lotte nichts erzählt?“, fragt er vorsichtig nach.

„Natürlich nicht“, mischt sich Lotte ein. „Fast niemand weiß es. Wie du es wolltest, du Spinner.“

Esma blickt irritiert hin und her.

„Ich bin schwul“, klärt Kilian sie auf. „Ah …“, setzt er fort. „Ich sehe genau, dass Ib es schon wusste.“

„Bitte Kilian. Ich schlafe mit diesem Mann“, beschwert sich Lotte. „Was erwartest du?“

Kilian lacht. „Ich weiß. Immer noch unglaublich“, er zwinkert Ib zu.

„Ich darf doch sehr bitten“, mischt Ibrahim sich ein. „Untergrabe meinen Status nicht.“

„Klar.“ Entschuldigend hebt Kilian die Hände. „Du bist ein klasse Typ, Mann.“ Wieder zu Esma gewandt fährt er fort: „Weißt du, meine Eltern waren einfach sehr alt. Du siehst ja, meine Nichte ist eher meine Schwester wie meine richtigen Schwestern.“ Er nickt Lotte zu und atmet tief ein und aus. „Ich konnte es einfach nicht erzählen. Ich wollte nicht.“

Esma widmete sich wieder den Bilderrahmen. „Dann haben deine Eltern deinen Freund nie kennengelernt?“

„Nein. Fini, Elvira und Jonathan natürlich auch nicht. Bei Jonny ist es schon zu spät, aber vielleicht reibe ich es den Schwestern noch unter.“

„Ich verstehe.“ Esma hat sich diese Phrase so angelernt. In Wirklichkeit rattert es gerade mächtig in ihrem Kopf und sie versucht, diese vielen Informationen und Familienverhältnisse zu ordnen.

Kilian setzt die Arme in die Hüften. „Klingt fast wie eine Anklage, wie du das sagst.“ Er sieht sie direkt an.

Esma reibt sich die Hände. „Nein. Nein. Es geht mich ja überhaupt nichts an. Ich habe deine Mutter gar nicht gekannt und Ferdinand ebenfalls nur sehr kurz. Allerdings hatte ich nicht den Eindruck, als könnte er irgendwem oder irgendwas auf der Welt böse sein“, sagt sie viel zu schnell. *Hoffentlich ist er mir jetzt nicht böse.*

Nachdenklich zieht Kilian die Stirn kraus, während er Bücher aus dem Regal nimmt, durchblättert und zur Seite legt.

„Die kommen in die Bücherzelle“, hält er fest. „Bücher sind zu schade, um im Altpapier zu landen. Esma nickt bestätigend. Als sie schon gar nicht mehr damit rechnet, dass er das Gespräch von vorhin nochmals aufgreift, sagt Kilian: „Vielleicht liegst du richtig Esma. Mit deiner Einschätzung. Aber jetzt mal ehrlich, Leute. Papa hatte vom Krieg einen erheblichen Vogel.“

Um seinen Worten Ausdruck zu verleihen, zieht sein Zeigefinger Kreise an der Schläfe. „Und“, wendet er sich direkt an Esma, „er war wirklich der netteste Mensch überhaupt. Extrem nervig.“ Die letzten beiden Worte wiederholt er langsam und deutlich. Dabei rollt er mit den Augen. „Du konntest nie wissen, was er wirklich denkt. Ständig hat er sich nach

Harmonie gesehnt. Nie durfte etwas passieren, eskalieren oder diskutiert werden. Er war immer am Beschwichtigen. Außerdem war da noch Mama.

Die war wirklich, wirklich konservativ. Vermutlich hätte ich sie mit meinem Outing schon vor fünfzehn Jahren ins Grab gebracht."

Lotte nickt. „Weißt du, Esma. Ich muss dir ja nichts darüber erzählen, was Krieg aus Menschen machen kann. Bei Opa Ferdinand war das so, dass er Zeit seines Lebens alles gut machen wollte. Er hat immer geholfen, gefragt und ungefragt. War oft auch etwas belehrend. Das war manchmal schwierig mit ihm."

„Ts. Etwas schwierig ist nett. Ich bin jedenfalls weit, weit weg geflüchtet und habe es keinen Tag bereut. Mein Leben in Spanien ist eigenständig und selbstbestimmt. Das war ich zu Hause nie", hält Kilian gedankenverloren fest.

„Schaut mal her, was ich gefunden habe", ruft Ibrahim dazwischen. „Hier unten sind Tagebücher und Notizhefte. Das müssen Hunderte sein." Ib kniet am Boden, um aus der untersten Regalschublade unterschiedlich eingebundene Büchlein neben sich auf dem Boden zu stapeln.

„Ich wusste gar nicht, dass Opa Tagebuch schreibt. Ja, das ist eindeutig seine Schrift." Lotte schnappt sich das erste. Ein dunkelgrünes Heft mit sorgfältiger, kursiver Handschrift. „Oktober 2016", sagt sie. „Sind sie nach Monaten sortiert?"

„Nein, nicht alle. Hier." Ibrahim zeigt auf das Lederbuch. „Da steht Kanada drauf."

„Wahnsinn. Das ist ja fast mein ganzes Leben lang her. Darf ich?" Fasziniert nimmt Kilian Ibrahim das Buch aus der Hand. Er lässt sich im Schneidersitz auf dem Boden nieder und schlägt das Buch auf.

Meine Recherchen haben ergeben, dass Pal Kovács nach Kanada geflohen ist. Überraschung: Ich habe ihn nicht gefunden. Ich weiß nicht, was ich mir dabei gedacht habe.

Kilian überfliegt die Zeilen und Seiten, bis er bei der nächsten Passage hängen bleibt.

Nathan und Mira haben mir die Augen geöffnet. Ich bin so froh, sie gefunden zu haben. Nathan hat Recht. Ich muss ihn nicht finden, um zu wissen, dass es ihm gut geht. Er hat es geschafft, er hatte eine Chance. Dank mir. Diese Tat macht die Morde nicht wett, die an meinem Herz kleben wie alter Teer. Aber es ist die Tat, an der ich mein Leben ausrichten will.

Hoffentlich verstößt mich meine Frau nicht, weil ich sie so lange alleine gelassen habe. Meine geliebte Elisa. Mein Sonnenlicht. Ich werde noch heute Briefe schreiben, so wir Mira es empfohlen hat.

Kilian schaut zu Lotte. „Wer ist dieser Pal? Schon mal gehört?"

„Noch nie. Mama, komm mal bitte."

„Hier!", schaltet sich Ibrahim dazwischen, „1945! Das dürfte interessant werden." Er legt Stoß um Stoß an alten Notizbüchern auf den Tisch. Sie sind unterschiedlich dick, teilweise stark abgenutzt. Das besagte Buch mit der Aufschrift des letzten Kriegsjahres hält er Kilian hin.

Dieser blättert rasch durch, liest die Seiten quer, überfliegt die Informationen. „Wahnsinn!", kommentiert er laut. „Unglaublich."

„Was ist denn hier los?", erkundigen sich die beiden Schwestern, die gerade um die Ecke biegen.

„Das glaubt ihr uns nie", kommentiert Kilian trocken.

„Wir haben einen Schatz gefunden."

Es ist Herbst, fast Winter. Kälte greift um sich. Der Wind pfeift durch die Baracken. Während die Häftlinge in Fetzen und Lumpen auf ihren behelfsmäßigen Pritschen frieren, saufen wir Tee mit Schnaps. Ich fühle mich nicht gut. Es ist ein Kampf in mir.

Kilians Augen fliegen über die Zeilen. „Hier beschreibt er wie es ihm ergangen ist. Wartet, da passierte etwas." Er liest laut vor:

Eigentlich nicht verwunderlich mit dem Tod vor den Augen. Dennoch hatte niemand damit gerechnet. Letzte Nacht haben eine Handvoll ausgehungerte Männer ihre letzte Chance ergriffen und sind auf abenteuerliche Weise aus dem abgesicherten Bereich geflohen. Wir hatten die leere Nische erst sehr spät bemerkt, was die Intensität der Jagd nur umso mehr anheizte. Es ging verrückt zu. Die Offiziere hatten Speichel vor dem Mund, heizten uns, an die Tiere einzufangen. Ich habe Pal Kovács zusammengekauert in einer Nische der alten Stadtmauer gefunden. Notdürftig bedeckt von herunterwachsendem Efeu. Er war am Ende seiner Kräfte angelangt, die Augen voller Angst und Resignation.

Keiner von uns beiden sagte ein Wort, als ich ihm in die Augen sah. Ich sollte melden, konnte es nicht. In dem Moment stand der Mensch in mir über dem Soldaten. Ich habe das Grün tiefer vom Mauerwerk gezogen, die Lücke so gut ich konnte bedeckt und gebetet, dass mich niemand gesehen hat. Dann habe ich die Stelle als durchsucht vermerkt und habe die Kollegen weiter gelotst. Zugegeben, meine Knie zitterten als ich einige Stunden später zurückkam. Der Mann kauerte in derselben Stellung wie ich ihn zuletzt zurückgelassen hatte. Was sollte ich machen? Dort wäre er gestorben und ich hatte die Stelle schon als durchsucht markiert. Also habe ich ihn im Schutz der Dunkelheit bis zur nahen Scheune, die zum Haus von Sofia gehört, getragen. Sein ausgemergelter Körper war leichter als meine Ausrüstung. Meine Jugendfreundin, da war ich mir sicher, würde mir helfen.

Sofias Seele ist so rein und klar wie das Blau ihrer Augen, liest Kilian unter ständigem Augenzwinkern vor. Fini bläst geräuschvoll in ein Taschentuch. *Ich wusste, wenn es einen Menschen gibt, dem ich vertrauen kann und der mir helfen würde, dann ist es Sofia.*

„Sofia", überlegt Elvira. „Das muss die Großmutter von deiner Freundin Nora sein, Lotte."

Lotte nickt. „Ja, das glaube ich auch!"

„Steht sonst noch etwas?", fragt Fini neugierig. „Was ist mit diesem Pal, diesem Häftling passiert?"

Neugierig stehen alle um Kilian herum. Esma und Ibrahim blättern ebenfalls in den Tagebüchern.

„Ich finde es wunderbar, dass mit seinem Tod nichts von seiner Geschichte verloren geht", sagt Esma und freut sich im Stillen über ihre eigenen wieder neu begonnenen Tagebucheinträge.

„Hier!", ruft Kilian und liest weiter.

Pal, ein Ungar mit jüdischen Wurzeln, wurde über Wochen von Sofia versorgt. Mehrere Versuche, ihn aus der Stadt zu bringen und eine Fluchtroute zu finden, scheiterten.

„Und weiter?", fragt Fini ungeduldig. Auch die anderen sehen Kilian über die Schulter. Nur Ibrahim denkt in Ruhe nach und meldet nach wenigen Sekunden vom Sofa: „Ganz logisch. Die Besatzungsmächte marschierten ein. Ferdinand war im Gefängnis, soweit ich weiß."

Lotte hebt den Kopf. „Du hast recht! Klar! Dieser Pal Kovács hat es offenbar geschafft, denn aus irgendeinem Grund hat ihn Opa in Kanada gesucht."

Esma seufzt. „Ich finde es traurig, dass Ferdinand nie erfahren hat, was mit ihm geschehen ist. Das hätte ihm sicher geholfen, Frieden zu schließen."

21

WENDUNGEN

Die Wochen vergehen und mit ihnen der Sommer. Kilian ist bereits zurück in Spanien und plant die lang ersehnte Afrika-Safari mit seinem Partner. Nach seinem Outing hat sich nur Fini dreimal bekreuzigt. Elvira wie auch Cousins und Cousinen kommentierten, das war ihnen ohnehin schon lange klar. Ferdinands Wohnung war binnen eineinhalb Wochen leergeräumt, die Habseligkeiten unter den Familienmitgliedern aufgeteilt. Nur die Notizbücher haben ihren Platz in einem neuen Bücherregal, doch an derselben Wand behalten.

Ibrahim hatte im selben Monat den Geschwistern die Eigentumswohnung abgekauft. Er hat mit Esma vereinbart, dass sie dieses Jahr in der betreuten Wohnung bleibt und nächstes Jahr dort einziehen darf, wenn sie ihren Schulabschluss in der Tasche hat und studiert. Ib findet, jemand kann sich durchaus etwas von Ferdinand abschauen und weiterhin gut sein. Warum nicht er. Außerdem hat er in Esma eine Art Ziehtochter gefunden, die er fördern und beschützen will.

Noras Christopher ist jetzt nicht mehr Noras Christopher und verweilt mit seinem Freund auf den Malediven. Lieselotte und Ibrahim tasten sich vorsichtig, aber bestimmt weiter in Richtung feste Beziehung. Zwischen Esma und Annabell hat sich eine innige Freundschaft entwickelt. Nora wird das

Gefühl jedoch nicht los, dass die Partnerschaft mit diesem Philipp momentan etwas hakt. Auch Barbara ist im Liebestaumel, trotz eigens auferlegten Schranken, dennoch wie immer: Hals über Kopf. In ihrer neuen Freundinnen-Runde hat sie kürzlich ausgeplaudert, dass ihre Eltern gar nicht gut auf ihre Liebe zu Tobias reagiert haben. Sie dürften in Sorge sein, ein emotionales Chaos könnte sich negativ auf Barbaras Gesundheitszustand auswirken. Nora kann die Ängste der Eltern durchaus nachvollziehen, nach alldem, was sie bislang erfahren hat.

„Was ist denn los?", erkundigt sich Nora bei einem kurzen Telefonat.

„Ich habe schon wieder diese ewigen Kopfschmerzen", jammert Barbara.

„Oh nein. Du Arme. Migräne?", erkundigt sich Nora, „hast du schon etwas gegen die Schmerzen genommen?"

„Ja." Barbara klingt müde.

„Wollte mich eigentlich nur erkundigen, wie es mit deinen Eltern gestern war", sagt Nora. „Leg dich schlafen, du kannst es mir ein anderes Mal erzählen."

„Das wäre mir recht. Wird nämlich ein längeres Gespräch."

„So schlimm?", erkundigt sich Nora nun doch etwas neugierig.

„Ts. Extrem verhalten."

Der ganze Druck ihrer Eltern macht der armen Frau sehr zu schaffen. Nora ärgert sich darüber, hat gerade auch eigene Probleme. Sie fühlt sich müde, schlapp und ihre Verdauung spielt verrückt. Trotz Schonkost und Nahrungsergänzungsmittel musste Nora dreimal innerhalb von zwei Monaten für ein paar Tage Krankenstand melden. Wohl oder übel sieht Nora der Tatsache ins Gesicht. Entweder sie ist körperlich erschöpfter als gedacht und hat ein Burnout oder der Wechsel steht an. Noch einer dieser Abschiede, der an die vom Sommer anknüpft. Ein paar Jahre Frausein hätte sie sich zwar gerne gegönnt, doch die Natur lässt sich eben nicht in die Schranken weisen. Es würde die Wallungen, das allgemeine Unwohlsein erklären wie die Schmierblutungen. Nach ihrer Liebesbeziehung verabschiedet sich ihre Weiblichkeit ebenfalls in den Ruhestand. Nora hat bereits vieles online nachgelesen und nun einen Termin beim Gynäkologen vereinbart. Dieser steht heute an und Nora macht sich auf das Unvermeidliche gefasst.

Sie parkt ihren Mini in der Parkgarage des Ärztehauses. Entnervt blickt sie vom Gehweg hinauf bis in den dritten Stock. *Okay, dann los.* Im Sinne der täglichen Bewegung, die Nora niemals nach ihren Wunschzielen vollends erfüllt, steigt sie die Stiegen bis nach oben. Keuchend und erhitzt kommt Nora oben an. Auf dem Weg vom Stiegenhaus bis zur Ordinationstüre versucht sie, ihre Atmung wieder zu beruhigen. Das Klopfgeräusch klingt dumpf an der schweren Tür. „Guten Tag“, grüßt sie freundlich. „Neumann.“ Obwohl Nora bereits länger keinen Termin mehr hatte, kann sich die Ordinationsgehilfin offenbar noch an sie erinnern. „Frau Neumann, guten Tag!“

Nora ist froh, dass sie ihren Namen nach der Scheidung behalten hat. Weniger Erklärungen.

„Sie kommen zur Kontrolle richtig? Irgendwelche Probleme?“

„Nein, eigentlich nicht. Ich glaube nur, ich komme in den Wechsel“, sagt sie mit schiefem Mund und hochgezogenen Brauen.

„Ah“, sagt die Dame und mustert Nora kurz von unten sitzend. „Na, schauen wir mal. Hat sich etwas an ihren Daten geändert?“

„Nein“, kommentiert Nora knapp.

Die Ordinationsgehilfin fragt dennoch routinemäßig Telefonnummer und Versicherungsdaten ab. Erst als Nora Platz genommen hat, fällt ihr ein, dass ihr Notfallkontakt noch ihr Mann, Ex-Mann, sein muss. Danach wurde sie nicht gefragt. Christopher wird es bestimmt nicht stören, wenn das so bleibt. Dank des Wahlarztes sitzt sie bereits wenige Minuten nach der Anmeldung auf dem Untersuchungsstuhl. Nora findet das gut, denn es bleibt weniger Zeit, um sich im Wartezimmer Sorgen zu machen. Nach der persönlichen Begrüßung und dem Anamnesegespräch hat der Gynäkologe Nora auf den Stuhl gebeten. Er drückt etwas auf ihrem Bauch herum und untersucht sie vaginal. Ein „Hm“ lässt sie aufhorchen. Mit gerunzelter Stirn schiebt der Arzt das Ultraschallgerät heran und verteilt das glibberige Kontaktmittel auf ihrem Bauch.

Na toll, denkt Nora, *wahrscheinlich eine Zyste, oder ein Tumor? Könnte ich etwa Krebs haben? Das würde die Müdigkeit erklären. Oh mein Gott.* Ihre Gedanken drehen sich im Kreis. Das Blut rauscht durch ihre Gefäße wie eine Achterbahn im Höllenritt. Die Stimme des Arztes dringt verschwommen zu ihr durch, als hätte sie Watte in den Ohren. Das Blut rauscht weiter bis in den Kopf, sackt bis in die Zehen, um direkt in ihr Gesicht zurück zu schießen.

Nora ist froh, sicher auf dem Stuhl gebettet zu sein, ansonsten wäre sie vermutlich wie ein Stück Holz umgekippt. Ungläubig starrt sie auf den Bildschirm. „Was wollen Sie damit sagen?“

„Sie sind nicht im Wechsel, Frau Neumann, Sie sind schwanger."

„Unmöglich! Ich bin über vierzig. Jahrelang habe ich versucht, ein Baby zu bekommen. Ich kann gar nicht schwanger werden", kreischt sie beinahe mehr als sie es sagt.

„Ich sehe es aber sehr deutlich. Sehen Sie, hier ist es. Das Herz schlägt kräftig." Der Gynäkologe zeigt die Stelle auf dem Monitor. Tatsächlich ist eindeutig ein Pumpen zu erkennen.

„Auf den ersten Blick würde ich sagen, Sie sind bereits in der dreizehnten oder vierzehnten Schwangerschaftswoche."

„Was?", fragt Nora verständnislos. Das gesamte Blut scheint schlagartig aus ihrem Gehirn verschwunden zu sein. Denken fällt gerade sehr schwer.

„Hatten Sie in den letzten drei bis vier Monaten eine Regelblutung?", erkundigt sich der Arzt so neutral, als ob er Brot in der Bäckerei ordert.

„Nein." Der Mund ist plötzlich völlig trocken. Die Gedanken rasen in wilder Achterbahnfahrt.

„Ist Ihnen das nicht eigenartig vorgekommen?", fragt er weiter.

„Hören Sie. Ich hatte viel Stress. Mein Ex-Schwiegervater und ein anderer alter Mann sind gestorben. Ich bin mittlerweile geschieden. Außerdem dachte ich, das ist die Ankündigung zur Menopause." Nora hat das Gefühl, sich rechtfertigen zu müssen, doch der Arzt grinst sie nur an.

„Da haben Sie bestimmt noch ein paar Jahre hin", kommentiert er gelassen.

„Wohin?"

„Na, zu ihrer Menopause."

Nora lässt den Kopf schwer in die Kopflehne fallen. „Wer kann denn das ahnen?"

Der Arzt rollt mit seinem kleinen Stuhl näher an ihr Gesicht heran. „Steht denn im Raum, dass Sie das Baby nicht behalten möchten?“

Nora starrt ihn an. Tausend Gedanken, Gefühle und Bilder rattern in Sekundenschnelle durch ihren Kopf. Von der Abtreibung, den vielen Versuchen, ein Baby zu bekommen, von der Erkenntnis, dass sie niemals eigene Kinder bekommen wird. „Nein. Oh Gott nein, auf keinen Fall. Also ja, meine ich. Ich will es auf jeden Fall behalten. Ich töte dieses Kind nicht, unter keinen Umständen.“

„Da bin ich sehr froh. Für eine Abtreibung wäre es ohnehin zu spät gewesen.“ De Arzt lacht über seine eigene Erkenntnis. „Dann gratuliere ich Ihnen. Sie werden Mama.“ Nora kann noch nicht mitlachen. Auch nicht weinen. Der Schock sitzt ihr tief in den Knochen.

Eine Stunde später lässt sich Nora in ihr Auto plumpsen, als wäre sie bereits im neunten Monat schwanger. Es riecht nach abgestandener und von der Sonne erwärmter Luft. Argwöhnisch blickt sie auf den Mutter-Kind-Pass, den ihr der Arzt bereits ausgestellt hat. Ihr Telefon klingelt und sie schrickt auf. Es ist Lotte. Das Display leuchtet eine Weile bis Nora danach greift.

„Ja?“ Ihre Stimme kling gepresst, beinahe heiser.

„Ich rufe wegen Barbara an.“ Lottes weint.

„Was ist denn mit Barbara?“, fragt Nora besorgt nach.

„Sie ist im Krankenhaus.“ Schluchzen am anderen Ende der Leitung.

„Was? Was ist denn heute bloß für ein verdammter Tag? Was ist passiert?“, schimpft Nora in das Telefon.

„Ich bin nicht sicher. Tobias hat mich vor einigen Minuten

von ihrem Handy aus angerufen. Er sagt, sie ist plötzlich zusammengebrochen und nicht mehr aufgewacht. Der Notarzt musste kommen." Nora ist alleine auf Grund von Lottes verzweifeltem Ton alarmiert.

„Scheiße. Ich sitze gerade im Auto, ich komme zu dir, okay? Dann fahren wir ins Spital, vielleicht ist sie dann schon bei Bewusstsein und im Zimmer." Nora versucht, beruhigend zu klingen. Sie muss jetzt einen klaren Kopf bekommen.

Lotte atmet laut, fasst sich jedoch etwas. „In Ordnung", sagt sie.

„Ganz ruhig, Lotte. Im Moment müssen wir sowieso die Ärzte arbeiten lassen. Jetzt können wir erst einmal nichts unternehmen außer Daumen drücken."

„Ja, ich mache mir nur solche Sorgen. Tobias war echt fertig."

„Das kann ich mir vorstellen. Der Arme! Ist er im Spital?", fragt Nora.

„Ich weiß es nicht. Kommst du gleich zu mir? Wie lange brauchst du?" *Lotte klingt ziemlich verzweifelt.*

„Ja, na klar, Süße. Ich bin in zwanzig Minuten da. Dicken Kuss." Nora legt auf und schüttelt den Kopf. Was für ein Tag.

22

NEUANFANG

Barbara Lamerana ist nur drei Tage nach ihrem Zusammenbruch im Spital gestorben. Ein Aneurysma in ihrem Gehirn ist geplatzt. Es blieb nur noch Zeit für einen stillen Abschied auf der Intensivstation, denn sie wurde nicht mehr wach.

Nur wenige Tage später steht Nora, völlig in schwarz gekleidet, in einer trauernden Menschenmenge. Das Gewand ist ihr bereits zu eng. *Es sind eindeutig zu viele Ereignisse für diese kurze Zeit, so viel steht fest.* Nora fühlt sich überfordert von der Menschenmasse, die sich bereits zuvor bei der Messe eingefunden hat. *Es ist so ähnlich wie immer Sommer bei Lottes Großvater*, kommt ihr in den Sinn, als der Trauerzug anschließend zum Friedhof geht. Von oben, stellt sie sich vor, muss dieser Trauerzug wie ein riesiger Wurm aussehen, der sich durch die Straßen drängt. Die Polizei hat auf Grund der zahlreichen Gäste die Kreuzungen abgesichert, denn der Weg von der Stadtkirche zum Friedhof ist weit und die Menschen bewegen sich langsam. Vorne weg schreitet der Pfarrer mit Familie Lamerana hinter dem mahagonifarbenen Sarg. Üppige, weiße Blumengestecke sind auf dem Deckel drapieren. Eine elegante Mischung, die Barbara vermutlich gut gefallen hätte. Tobias geht mit einem guten Freund direkt vor Lotte und Nora. Die beiden haben, wie viele andere, ihre Arme untergehakt, um sich gegenseitig Halt zu geben. Noras Beine fühlen sich wie Gummi an, ihr Magen rebelliert, sie spürt einen leichten Anflug von Kopfschmerzen. Sie ist schier betäubt zwischen dem Schmerz des Abschieds und dem Schock des neuen Lebens. Es ist nicht fair, wenn Menschen mitten aus dem Leben gerissen werden. In der kurzen Zeit, in der sie sich so intensiv kennenlernen durften, hat Nora so einiges erfahren. Barbara war eine Kämpferin. Warum wird sie nach allem, was sie durchstehen musste, so abrupt aus dem Leben gerissen? An einem Zeitpunkt, wo gerade das Glück Einzug gehalten hat. *Das ist so ungerecht.* Es macht Nora Angst, der Gedanke an diese Wendungen, die völlig außerhalb jedes möglichen Einflusses stehen. Mit einer Hand fischt sie einen Kaugummi aus der Tasche. Kauen hilft gegen die Übelkeit und lenkt sie ab.

„Möchtest du?“ Nora hält ihrer Freundin die Kaugummipackung hin. Diese schüttelt den Kopf. „Nein danke.“

„Wo ist eigentlich Ib?“, fragt Nora, um sich abzulenken. Konversation hilft immer.

„Auf der Arbeit. Er hat heute eine ganz schlimme Sache zu verhandeln. Raub und Vergewaltigung. Drogendelikte sind offenbar ebenfalls im Spiel. Die Beschuldigten sind erst zwischen vierzehn und siebzehn.“

„Scheiße“, kommentiert Nora.

Lotte schüttelt den Kopf. „Du fluchst zu viel.“

„Ich weiß. Fällt dir ein besseres Wort ein?“, fragt Nora nach.

Lotte überlegt kurz. „Nein“, muss sie zögernd eingestehen. „Ist wirklich scheiße.“

Nora zieht ihre Freundin noch ein Stück enger an sich. „Wie kann man nur Kinder in dieser Welt großziehen?“

„Frag mich nicht. Ich habe keine“, schnaubt Lotte.

„Du hast Annabell", antwortet Nora korrigierend.

Lotte zuckt mit den Schultern und hakt sich bei Noras Arm unter. „Ja schon, aber das war irgendwie ein Selbstläufer."

„Es gehört schon eine Menge Glück zur Kindererziehung."

„Das bestimmt."

Schweigend halten sie weiter Schritt, bis sie am großen Friedhof ankommen. Das Familiengrab liegt geöffnet inmitten des alten Abschnitts. Menschen verteilen sich rund um die letzte Ruhestätte, zwischen den Gängen, um Grabsteine und Rabatte. Der Kies knirscht unter den zahlreichen Sohlen, und als ob es die Stimmung so will, fängt ein leichter Nieselregen an vom Himmel zu fallen. Barbaras Mutter schreitet gefasst zum Mikrofon. Große Boxen tragen ihre Worte in die Luft, erreichen selbst die letzten Begleiter in den hintersten Reihen.

„Unsere Barbara war ein außergewöhnliches Kind. Bereits bei ihrer Geburt suchte sie den großen Auftritt. Erst vierzehn Tage nach ihrem errechneten Geburtstermin war es ihr genehm, auf diese Welt zu kommen. Auch später war sie ein Kind, das sich auf der Bühne wohlfühlte. Sie liebte die Aufmerksamkeit und wusste ihr Leben mit Spaß und Freude zu füllen. Barbara war zu jeder Zeit unser Sonnenschein, laut, lustig und für jeden Schabernack zu haben. Es mangelte ihr nie an Freunden und Wegbegleitern, von denen viele heute hier sind, um sie auf ihrem letzten Weg zu begleiten. Jene von Ihnen, die ihr näher waren, wissen auch von ihren Problemen und Sorgen, die sie begleiteten. Sie litt unter einer Beeinträchtigung ihrer Seele, die ihr phasenweise die Fröhlichkeit nahm und ihr Sorgen bereitete.

Ich bitte euch alle darum, sie mit den schönen Momenten zu verbinden und sie so in Erinnerung zu behalten, wie sie es verdient hat: Als lebensfrohe, kluge und offenherzige Frau. Nach ihrem Schulabschluss studierte sie Medizin und war zuletzt als Dermatologin tätig. Auch hier wird sie eine Lücke hinterlassen, denn Barbara war gut in ihrem Beruf. Viele Patienten haben ihr Vertrauen geschenkt und die Hilfen, die sie geleistet hat, werden ihre weniger rühmlichen Taten aufwiegen. Da bin ich mir vollkommen sicher. Barbara war nicht perfekt. Sie war ein Mensch mit Ecken und Kanten, so wie jeder von uns.

Sie hätte es verdient, noch ein wenig länger bei uns zu bleiben. Sie hätte es verdient, alt zu werden und Erinnerungen zu sammeln. Wir wissen nicht, woher wir kommen oder wohin wir gehen, wir hoffen einfach, ihre Seele findet Glück und Frieden. Ich wünsche mir, sie eines Tages wiederzusehen, denn bis an das Ende meiner Tage werden ich meine Tochter vermissen. Wir werden unsere Barbara vermissen, dennoch so oft wie möglich an sie denken. Belassen wir ihr einen Platz in unserer Mitte.“

Die letzten Sätze gehen ihr nur mehr schwer über die Lippen. Ihre Stimme wird brüchig, Tränen laufen über das Gesicht. Der Mann mit Hut, Nora nimmt an, es handelt sich um den Vater, gibt Barbaras Mutter ein Taschentuch. Sie wechseln die Plätze und seine sonore Stimme hallt über die Menge.

„Im Namen der gesamten Familie möchten wir uns bei all jenen bedanken, die den Abschied für unsere Barbara mitgestaltet haben. Wir laden ihre Freunde ins Gasthaus *Zum goldenen Tor* auf ein gemütliches Beisammen sein bei Kaffee und Kuchen sehr herzlich ein. Die Sargträger und Musik, sowie die Verwandtschaft werden ins Gasthaus Wagner zur Zehrung gebeten. An alle, die ihr die letzte Ehre erweisen, unseren tiefen Dank. Möge ihre letzte Ruhestätte für uns ein Ort des Abschieds werden, an dem unser Kopf den Verlust langsam verarbeiten kann und sich unser Herz erholt.“

Tränen fallen wie die Regentropfen vom Himmel. Niemand hat es gewagt, sich zu bewegen, während die Eltern ihre Abschiedsworte gesprochen haben. Es ist, als ob die Menge den Atem angehalten habe und nun langsam wieder Luft holt. Unter Begleitmusik wird der dunkle Sarg Stück für Stück in die kalte Erde gelassen. Jeder bekommt die Möglichkeit, noch einmal nachzublicken, eine Blume und ein Schäufelchen Erde auf den Sarg zu werfen.

Eine gute Stunde später sitzen sie an einem kleinen Tisch im Gasthaus. Nora und Lotte reiben sich Hände und Beine warm. Tobias wirkt seltsam gefasst, das kalte Wetter scheint er gar nicht zu spüren. Er hält sein großes Bier und mustert aufmerksam die in sich zusammenfallende Schaumkrone.

„Alles okay, Tobias?“, fragt Lotte besorgt.

„Geht schon. Ich bin jetzt einfach nur mehr müde, wisst ihr“, sagt er leise. Wie bestätigend gähnt er weit, ohne sich die Mühe zu machen, die Hand vor den Mund zu legen.

Die beiden Frauen nicken verständnisvoll. In dem Moment sieht Nora, wie Ibrahim mit suchendem Blick die Stube betritt.

„Wir sind hier, Ib!“ Lotte lächelt, als sie Noras Blick folgt.

„Okay, dann.“ Tobias leert das Glas in einem Zug und steht auf. „Ihr habt ja jetzt wieder Geleitschutz. Ich werde nach Hause gehen.“

„Bist du sicher?“ Nora schaut skeptisch zu ihm auf. „Ich finde, du solltest jetzt nicht alleine sein.“

„Ich will. Außerdem kann ich jederzeit meinen Kumpel anrufen, ihr wisst schon - der mich vorhin begleitet hat, wenn ich Gesellschaft brauche.“

Unschlüssig schauen sich die beiden an.

„Hallo die Damen. Tobias“, grüßt Ibrahim und schüttelt ihm die Hand. „Mein herzliches Mitgefühl.“

Tobias nickt ihm zu. „Danke.“ Lotte bekommt ein Küsschen auf die Wange. Tobias hebt die Hand zum Gruß und ist weg. „Kommt er zurecht?“, flüstert Nora.

„Ich weiß es nicht“, antwortet Lotte.

„Wie war es?“, fragt Ibrahim, der sich seinen Stuhl zurechtrückt.

„Ambivalent“, antwortet Nora mit hin und her wiegender Handfläche.

Ibrahim nickt und blickt mit seinem verständnisvollen, aber abgebrühtem Richterblick. „Ambivalent wie herzzerreißend, aber schön?“

„Du hast es erfasst. Ich habe mehr als eine Packung Taschentücher verbraucht“, sagt sie, irgendwie erleichtert darüber, dass es jetzt vorbei ist.

„Ich ebenso“, bestätigt Lotte. „Wenn du mich fragst, war es einfach nur schrecklich.“

Nora legt die Hand auf die ihrer Freundin. „Du bist noch tiefer mit ihr befreundet gewesen. Ich kann mir gar nicht vorstellen, wie es wäre, wenn ich dich verlieren würde.“

„Diese Vorstellungen wollen wir jetzt tunlichst unterlassen, meine Damen.“ Ibrahim schenkt sich eine Tasse Kaffee ein, der auf jedem Tisch in silbernen Kännchen eingestellt ist. „Ich meine, es wäre gut, wenn wir über nette Erinnerungen sprechen. Sie leben lassen.“

„So ähnlich haben es sich die Eltern von uns gewünscht“, lächelt Lotte. „Ibrahim hat Recht. Lasst uns über die schönen Dinge des Lebens sprechen. Unser Spiel geht schließlich weiter.“

„Mhhh.“ Nora atmet lange und laut aus. „Und alles bleibt

anders, nichts bleibt so, wie man denkt." Sie reibt sich die Nasenwurzel zwischen Daumen und Zeigefinger. „Leute, ich bin schwanger."

Lotte verschluckt sich an ihrem Wasser. „Bitte was? Sagtest du gerade – schwanger?"

„Ich bin schon im vierten Monat. Um den Jahreswechsel werde ich ein Baby zur Welt bringen." Nora lächelt, seltsam gelöst darüber, es endlich jemanden erzählt zu haben.

Ibrahim und Lotte schauen sie mit großen Augen an, unfähig zu einer sofortigen Reaktion. Ib ist der erste, der seine Sprache wiederfindet. „Aber, wer ist denn der Vater?"

Nora blickt vielsagend zwischen den beiden hin und her. Da schlägt sich Lotte die Hand vor den Mund und reißt die Augen noch weiter auf. „Nein, oder?"

„Doch.", nickt Nora mit einem kurzen Schulterzucken.

„Weiht ihr mich ein?", fragt Ib nach, der nur Bahnhof versteht.

„Der Abschiedssex?", flüstert Lotte mit weiten Augen über den Tisch gebeugt.

„Ja." Nora verzieht das Gesicht und nickt.

„Was? Wovon sprecht ihr bitte?", erkundigt sich Ibrahim nochmals.

Nora beugt sich ebenfalls weiter über den Tisch, damit die gespitzten Ohren der Nachbartische nicht zu viel belauschen. „Einen Tag vor Christophers Umzug hatten wir nochmals Sex."

„Ich dachte, Christopher fühlt sich zu Männern hingezogen?", fragt Ibrahim immer noch irritiert.

Nora rollt mit den Augen. „Na ja. Wir hatten getrunken. Außerdem hatten wir ja viele Jahre Sex. Sehr guten möchte ich betonen. Ist wahrscheinlich eine Memory-Funktion oder so." Nora grinst. „Schau nicht so schockiert, Ib. Die Liebe ist ein undurchsichtiges Konstrukt."

„Ja, mir scheint es so", kommentiert er mit sichtbaren Fragezeichen im Blick.

Lotte streckt ihr die Arme entgegen. „Darf ich dich umarmen?"

„Na klar." Nora drückt Lotte fest an sich.

„Freust du dich denn? Oder sitzt der Schock noch zu tief?"

„Ich weiß es erst seit ein paar Tagen. Seit dem Tag an dem Barbara zusammengebrochen ist, um genau zu sein. Um neun hatte ich da einen Termin beim Gynäkologen, wegen des Beginns meines gedachten Wechsels." Nora zeichnet mit den Finger Gänsefüßchen in die Luft, um das dubiose Wort „Wechsel" zu unterstreichen. „Um zehn bin ich mit einem Mutter-Kind-Pass und einem Rezept für Nahrungsergänzungsmittel wieder in meinem Auto gesessen und wisst ihr, was ich gedacht habe?"

„Nein, was?", fragten beide wie aus einem Mund.

„Ich muss meinen scheiß Mini verkaufen, weil da kein Kinderwagen reinpasst", stellt sie trocken fest.

Ibrahim lächelt zufrieden. „Ist doch eine gesunde Planungseinstellung. Ich hätte mir viel mehr Sorgen darüber gemacht, dass du gerade deinen Job gekündigt hast."

Ihre Augen weiten sich erschrocken. „Scheiße, Ib." Nora stützt den Kopf in den Händen ab. „Daran habe ich ja noch gar nicht gedacht." Auf Grund des neuen Lebensabschnitts, dem großen Zuspruch ihrer Familie und Freundinnen, hat Nora endlich einen Schlussstrich gezogen. Sie wollte sich im nächsten Jahr neu finden, eventuell eine Umschulung machen. Vielleicht probiert sie es wirklich mit irgendeiner Direktvermarktung. Hauptsache, ihr Leben bekommt neuen

Schwung. Vor zwei Monaten hat sie ihrer wenig überraschten Chefin die Kündigung vorgelegt.

„Ich baue ja immer noch Urlaub ab, das hatte ich vollkommen verdrängt."

Lotte beginnt zuerst zu glucksen, dann laut zu lachen. Sie lacht, bis ihr die Tränen über die Wangen laufen und die Leute vom Nachbartisch interessiert herübersehen. Ibrahim und Nora lassen sich davon anstecken, bis Noras Lachen in weinen umschlägt.

„Ich Unglücksrabe. Jahrelang möchte ich mit meinem perfekten Mann eine Familie gründen. Dann geht alles den Bach runter. Mein Mann verlässt mich und ich hänge ihm noch ein Kind an. Was ist nur falsch bei mir?"

„Ach Nora." Beruhigend streift ihr Lotte über den Rücken. Sie hat sich wieder im Griff, gluckst aber noch leicht zwischen den Tönen. „Du bist das perfekte Beispiel für das Leben, wie es sein soll."

„Scheiße?"

„Nein, voller schöner Überraschungen."

Nora wischt sich die Tränen mit dem Handrücken weg. „Versteht mich nicht falsch. Ich will dieses Baby schon sehr, sehr lange. Es ist schön. Es ist wundervoll. Nur so unerwartet. Ich kann nicht mehr klar denken heute. Vermutlich ist mir das zu viel auf einmal in dieser Woche. Vor allem der Abschied."

„Na, dann verabschiede dich auch gleich von deinen starren Lebensvorstellungen."

Nora blickt Ibrahim überrascht an. „Und das von einem Mann wie dir? Nichts für ungut, Ibrahim."

„Ja, ich gebe zu, ich habe in dieser Angelegenheit auch einige Hausaufgaben zu erledigen. Aber du, meine Liebe, verabschiedest dich jetzt von deinem Bild einer Nora als Hausfrau und Mutter, mit dem perfekten Mann an der Seite. Es wird Zeit für neue Bilder“ hält er fest ohne jeglichen Zweifel zuzulassen.

Nora legt die Stirn in Falten. „Christopher wird mich umbringen“, sagt sie unter einem geräuschvollen Atemzug.

„Na na, meine Liebe. Das wird er nicht. Ein Mord bringt zwanzig bis fünfundzwanzig Jahre Gefängnis, so dumm ist er nicht. Vielleicht setzt er sich nach Venezuela ab“, kommentiert er trocken.

„Ib!“ Nora rollt mit den Augen. „Du kannst ja plötzlich richtig witzig sein.“

„Ja.“ Liebevoll blickt Ibrahim zu Lotte. „Langsam taue ich wohl auf.“ Er nimmt noch einen Schluck Kaffee. „Im Vergleich zu den vielen Jahren zuvor muss ich schon zugeben, dass mein Leben mit euch weit turbulenter ist. Die Todesfälle häufen sich auch.“

Nora atmet schwer aus. „Jetzt kommt ein neues Leben hinzu. Aber für mehr Ausgleich werde ich in diesem Leben nicht mehr sorgen.“

Lotte lacht wieder und legt ihre Hand auf Ibrahims. „Ich bin sehr glücklich über diese Turbulenzen. Ich bin froh, dass ich das alles mit euch erleben darf.“

Nora lächelt. „Ihr zwei seid irgendwie kitschig.“

„Ach, du bist ja nur neidisch“, neckt Lotte sie.

„Wohl wahr.“ Nora stützt ihr Kinn in die Handflächen und sieht den beiden versonnen in die Augen. „Doch jetzt bin ich ja auch nicht mehr alleine.“

Während Nora, Lotte und Ib im Gasthaus sitzen, über Barbara und das Baby sprechen, sind Esma und Annabell mit Orlando nach Hause gefahren. Orlando ist im Auto eingeschlafen. Annabell legt ihn sanft auf das breite Sofa und umwickelt ihn mit seiner weichen Kuscheldecke.

„Willst du mir endlich sagen, was mit dir los ist?“, fragt Annabell direkt. Den ganzen Tag schon schaut Esma sie so komisch von der Seite an, setzt an und lässt es dann doch wieder bleiben.

„Ich habe das Gefühl, du willst mir etwas sagen, traust dich aber nicht. Was hast du denn angestellt?“, bohrt sie nach.

„Überhaupt nichts“, antwortet Esma vehement.

„Du bist komisch. Wirklich. Ist es der Stress wegen deinen Abschlussprüfungen?“

„Nein.“ Esma holt tief Luft und lässt sich im Schneidersitz auf den Boden sinken. „Vielleicht solltest du dir Wein einschenken.“

„So schlimm?“ Irritiert legt Annabell die Stirn in Falten.

„Ja“, kommt es knapp retour.

„Okay. Ich werde es auch so schaffen. Es ist nachmittags und ich bin Mama. Ich kann mich jetzt leider nicht hemmungslos betrinken, ganz egal was da kommt.“ Annabell grinst und setzt sich Esma gegenüber. Sie ist angespannt und neugierig, will ihr aber endlich dieses Geheimnis entlocken.

„Philipp betrügt dich“, sprudelt es im Eiltempo aus Esmas Mund. Sie hadert bereits den ganzen Tag mit sich, ob sie es erzählen soll oder nicht.

Annabell schaut Esma mit großen Augen an. Rührt sich nicht, sagt kein Wort. Viele Sekunden vergehen, ohne dass jemand spricht. Orlandos leises Atmen wird beinahe raumfüllend laut.

„Ich weiß“, antwortet sie schließlich in neutralem Tonfall.

Nun ist es an Esma, zurückzustarren. „Du weißt es?“

„Ja. Jetzt frage ich mich jedoch, warum du es weißt.“ Annabells Stimme hat einen gefährlich kalten Klang angenommen.

„Du hast doch nicht?“ Die Frage bleibt unvollständig, doch Esma versteht auch so umgehend.

„Bist du verrückt?! Selbstverständlich nicht“, ruft Esma empört. Orlando bewegt sich auf dem Sofa. Esma senkt ihre Stimme. „Was denkst du denn von mir. Ich bin deine Freundin, das würde ich niemals tun.“

„Stimmt“, bestätigt Annabell. „Ist mir eigentlich klar. Entschuldige, dass ich überhaupt auf den Gedanken gekommen bin.“

„Du musst dich für überhaupt nichts entschuldigen. Außer vielleicht dafür, dass du so etwas vor mir verheimlichst. Warum weißt du es und bist noch mit ihm zusammen? Warum hast du gar nichts erzählt?“, fragt sie beleidigt.

„Keine Ahnung.“ Annabell rollt mit den Augen und greift sich an den Kopf. „Ich weiß es selbst nicht. Vor zwei oder drei Wochen habe ich zufällig ein zweites Handy entdeckt. Ich habe nicht gestöbert oder so“, beeilt sie sich rasch richtigzustellen. „Ich dachte, es sei ein Firmentelefon, und dann ging das Display an, weil Nachrichten eintrudelten.“ Sie zeigt auf ihr eigenes Handy, um noch bildlicher zu erzählen, wie sich die Situation zugetragen hat. „Eindeutige Nachrichten.“

„Unglaublich“, sagt Esma mit Kopfschütteln. „Was hast du dann gemacht?“

„Gar nichts.“

„Gar nichts? Du bist nicht ausgetickt und hast ihn zur Rede gestellt?“, bohrt sie weiter.

„Nein. Ich habe Bauchschmerzen simuliert und bin mit Orlando nach Hause gefahren. Musste erst einmal meine Wunden lecken“, erzählt Annabell.

Die aufrichtige Betroffenheit ist Esma aus dem Gesicht zu lesen. „Harter Tobak.“

„Ich wundere mich selbst über mich. Darüber, dass ich mich erst zurückgezogen habe, um nachzudenken. Austicken und herumbrüllen hätte ich mir eher zugeschrieben. Ich war so verletzt, aber gleichzeitig nicht überrascht. Wir kennen uns ja schon ewig. Irgendwie war mir das klar, wie er ist, meine ich.“ Annabell wirkt plötzlich hilflos.

Esma beugt sich vor, um ihr den Oberarm zu streicheln. „Hm. Vielleicht bist du ruhig geblieben, weil Orlando dabei war. Neben ihm bist du mehr Mama als Annabell, wenn du verstehst, was ich meine. Deine Fürsorgepflicht steht oft über den eigenen Bedürfnissen“, versucht Esma eine Erklärung.

Annabell verzieht den Mund. „Klingt sehr erwachsen.“

„Bist du.“

„Fühle mich gar nicht danach.“

Esma lacht. „Sorry. Ich sollte in so einer Situation nicht lachen. Tut mir leid.“

„Schon gut. Was wäre, wenn wir nicht mehr lachen könnten. Außerdem ist der Schmerz bereits etwas selektiver.“

„Wie meinst du das?“, fragt Esma nach.

Annabell steht auf, holt zwei Gläser aus dem Glasschrank von Ikea und die Weinflasche aus dem Kühlschrank. „Vielleicht sollten wir auf die Normen pfeifen und uns nachmittags ein Gläschen Alkohol gönnen. Schließlich kommen wir gerade von einem Begräbnis und besprechen hier Beziehungsdramen.“

Esma nimmt das angebotene Glas, um es ihr wieder entgegenzustrecken. Annabell füllt bis einen Finger breit unter den Rand auf.

„Okay“, kommentiert Esma augenzwinkernd. „Dann werde ich heute wohl hierbleiben.“

„Oder Zeynep holt dich ab.“ Annabell entgeht Esmas Mimik nicht, die plötzlich ein wenig entgleitet. Auch ihre Gesichtsfarbe ändert sich, soweit man das unter der sonnengebräunten Haut erkennen kann.

„Was ist?“

„Stichwort Zeynep“, räuspert sich Esma.

„Ja?“, fragt Annabell während sie es sich wieder auf dem bunt gemusterten Hochflorteppich gemütlich macht. Esma räuspert sich nochmals, trinkt mehrere Schlucke. Da dämmert es Annabell plötzlich. „Nein, sag bitte nicht.“

Esma nickt zustimmend.

„Das gibt's nicht?! Wie konnte sie nur?“ Ihre Stimme nimmt einen gefährlich bösen Klang an.

„Halt warte, sie kann eigentlich nichts dafür“, stoppt Esma Annabell umgehend, bevor sie sich weiter in Rage reden kann.

„Sie schläft mit meinem Freund, kann aber nichts dafür? Ist sie etwa zufällig nackt auf ihn gestolpert?“, keift sie böse.

„Nicht ganz. Zu allererst: Ihr beide habt euch noch nicht sehr oft gesehen. Sie weiß auch, dass du einen Freund hast, hat dich jedoch noch nie mit ihm gesehen. Stimmt soweit?“

Annabell überlegt. „Ja, stimmt.“

„Eben. Zeynep hat mir von einem Typen vorgeschwärmt. Wir reden und reden. Ich dachte mir rein gar nichts. Dann irgendwann sagt sie was über seine Brille. Da hat sich zum ersten Mal ein ungutes Gefühl breit gemacht. Rotes Brillengestell und derselbe Vorname. Na ja“, redet sich Esma warm.

Sie trinkt noch einen Schluck vom Wein wie auch Annabell.

„Doch es passte nicht, denn laut Zeynep ist er Filialleiter bei einer Bank." Esmas Blick spricht mehr als tausend Worte. „Ich gebe es zu, ich war neugierig. Sie haben sich schon mehrmals getroffen und an dem einen Abend bin ich zu Hause geblieben. Als er geklingelt hat, habe ich meine Tür einen winzigen Spalt geöffnet. Es war tatsächlich dein Philipp."

Annabell schiebt die Unterlippe nach vor. „Was hat er gesagt?"

„Gar nichts. Er hat mich nicht bemerkt. Im Gemeinschaftsraum gibt es keine Fotos von mir. Ehrlich gesagt hat er sich nicht einmal umgesehen, er war rein auf Zeynep fokussiert und ist mit ihr ins Zimmer abgeschwirrt. Nach vierzig Minuten ist er wieder weg. Dann bin ich raus und habe Zeynep mit der Wahrheit konfrontiert. Glaube mir, sie ist immer noch am Boden zerstört deswegen", setzt Esma nach.

„Vierzig Minuten also?", fragt Annabell.

„Was? Ich erzähle dir das alles und dich interessiert die Dauer?", erkundigt sich Esma irritiert.

„Ja. Heißt für mich, es geht ihm wirklich nur um den Sex", stellt Annabell fest.

Esma stimmt zu. „Auf jeden Fall. Zeynep sagt, er war rein darauf aus."

Annabell zieht ihre Augenbrauen hoch. „Warum hat sich Zeynep überhaupt auf so ein Abenteuer eingelassen? So seid ihr doch gar nicht."

„Was meinst du mit ‚wir'?" Esma ist irritiert. „Wir Flüchtlinge in der Sozialwohnung oder was?"

Annabell wird rot. Schnell hebt sie beruhigend die Hände. „So meinte ich das nicht. Ich dachte nur, ich kenne dich recht gut und da dachte ich, Zeynep ist ähnlich. Auf Grund eurer Herkunft."

Esma schnauft laut. „Zeynep kommt aus dem Iran, aus der Hauptstadt. Ich komme aus Syrien, vom Land. Das sind zwei völlig unterschiedliche Lebenswelten. Wir haben nicht einmal dieselbe Religion. Oder Sprache."

„Tut mir leid. Das war jetzt blöd dahingeredet. Ich kenne mich da ehrlich zu wenig aus. Für mich bist du einfach du, Zeynep ist Zeynep", versucht Annabell versöhnlich.

„Okay." Esma atmet durch. Annabell meint es nicht böse, das ist ihr bewusst. „Zeynep dachte bislang, sie steht auf Frauen."

„Nicht dein Ernst?"

Esma sieht zur Seite, schnaubt. „Aber ganz Künstlerin will sie ihren Horizont erweitern." Esmas Stimme klingt schneidend. „Auf ihrer Suche ist sie wohl auf deinen Philipp gestoßen, der sich bereitwillig als Lehrmeister angeboten hat. Wie immer bei einem neuen Projekt war sie völlig aus dem Häuschen. Deshalb hat sie wahrscheinlich auch so von ihm geschwärmt. Nun ja.

Jetzt ist sie jedenfalls geläutert und hat ein immens schlechtes Gewissen dir gegenüber. Die Causa Männer ist wieder bei den Akten."

„Mhm." Annabell überlegt. „Dann soll es mal ein Cold Case bleiben."

„Wie meinst du das?"

Die beiden Freundinnen reden noch eine ganze Weile, um Pläne zu schmieden. Orlando schläft friedlich auf dem Sofa und bekommt vom Trubel um sich herum nichts mit. Er träumt seine Kinderträume, fern von jeder Realität, die die Großen um ihn so beschäftigt.

Einige Wochen später, in der Adventszeit, feiern Lotte und Nora gemeinsam ein Fest auf das Leben. Es ist Lieselottes Geburtstag und Noras Babyshower. Die beiden Freundinnen strahlen um die Wette, beide glücklich und rundum zufrieden. Eine Menge Leute sind gekommen, Familie und Freunde. Nora hat ganz bewusst auf die ehemaligen Arbeitskollegen verzichtet. So wichtig sie ihr waren, so wichtig ist ihr jetzt auch der Schlussstrich. Annabell kommt auf sie zu, die Arme weit ausgestreckt. Sie umarmen sich.

„Ahhh, ein Mädchen.“, strahlt Annabell. „Wie schön! Ich freue mich so sehr für dich.“

„Danke. Ich bin sehr glücklich. Mittlerweile“, setzt Nora nach.

„Ja, ich weiß, wie sich das anfühlt“, lacht Annabell.

Als Esma verspätet auf die Party kommt, wirkt sie verhalten. Beinahe etwas unruhig. Nicht nur Philipp, auch Ibrahim bemerken ihre taxierenden Blicke. Alle anderen scheinen keinen Sensor dafür zu haben, in welcher Stimmung die junge Frau gerade ist. Vielleicht sind sie nur zu abgelenkt, vom Trubel, den vielen Stimmen und Eindrücken. Philipp lenkt die Situation, indem er Esma Gelegenheit gibt, ihn alleine abzupassen. Er wartet auf dem Weg zur Toilette in einem Seitenraum, als Esma ihm wie erwartet folgt.

„Was ist los?“

Überrumpelt von der proaktiven Vorgehensweise muss sie sich zusammennehmen, um nicht zu stottern. „Du hast meine Mitbewohnerin gefickt, du Schwein.“

„Esma. Was ist denn das für eine Ausdrucksweise. Das passt gar nicht zu dir.“ Sein sanftes Lächeln ist nicht echt, aber er ist ein talentierter Schauspieler, soviel muss sie zugeben. Eloquent führt er sie tiefer in den Raum, nachdem er unauffällig die Umgebung sondiert hat. „Was genau habe ich denn bitte mit wem getan?"

„Tu nicht so unschuldig", giftet sie ihn an. „Ich wusste, was für ein Arschloch du bist. Ich habe es sofort gesehen. Deine Augen sind nicht ehrlich."

Philipp taxiert Esma Sekunden, vielleicht eine volle Minute. Eine Minute kann lang werden, doch sie halten den Blicken des anderen stand. Er hat umgehend erkannt, wo ihr Schwachpunkt liegt. Esma ist kein einfacher Konfliktpartner. Sie hat hohe Ideale. Eine strikte Moralvorstellung.

„Was ist dein Preis?", erkundigt er sich sachlich.

Ganz Geschäftsmann. „Wie bitte?", fragt Esma gespielt irritiert nach. *Als ob ich das nicht kommen gesehen hätte.*

„Du hast keine Familie, bist abhängig von der öffentlichen Hand. Du willst niemanden zur Last fallen, weil du selbständig sein willst. Stark. Das respektiere ich." Er legt eine kurze Kunstpause ein, damit die wohlwollenden Worte in ihren Kopf sickern können. „Du kennst jetzt mein Geheimnis. Ich will, dass es genau das bleibt. Ein Geheimnis."

„Das könnte dir so passen", poltert Esma los, doch er unterbricht sie.

„Allerdings. Ich biete dir zweihunderttausend Euro im Gegenzug für deine Verschwiegenheit." Ihr Blick lässt ihn innerlich triumphieren. „Sieh das nicht negativ. Es ist ein reines Geschäft. Ich bin ein Geschäftsmann und du eine kluge Frau."

Wieder vergehen einige Momente, bevor Esma mit fester Stimme antwortet. „Fünfhunderttausend."

„Esma, das ist zu viel. Von diesem Geld kann ich mir eine neue Familie an einem neuen Ort kaufen. Aber ich sehe dein

Dilemma ein. Dreihunderttausend und mein Versprechen, dass ich Annabell stets auf Händen tragen werde." Philipp streckt Esma die Hand entgegen. Sie nimmt zögernd an, doch ihr Händedruck ist fest.

Als sie den Raum verlassen, laufen sie Annabell in die Arme. „Was habt ihr denn gemacht?", fragt sie von der fröhlichen Stimmung beschwingt.

Bevor Philipp antworten kann, überrascht Esma ihn mit einer Eloquenz, die er ihr gar nicht zugetraut hätte. „Ich möchte meine Mitbewohnerin zu ihrem Auszug mit einem schönen Abschiedsgeschenk überraschen. Einer Reise. Das haben wir nur kurz besprochen."

„In der Speisekammer?", erkundigt sie sich.

Esma lacht, umarmt sie und führt sie zurück in das Lokal. „Ehrlich gesagt, kann ich es mir nicht wirklich leisten. Ich wollte mit Philipp unter vier Augen sprechen, wie wir das regeln können. Er ist mir sehr entgegengekommen. Bitte erzähle es nicht weiter, es wäre mir unangenehm", sagt sie mit Augenzwinkern.

Annabell lächelt ihrem Herzensmenschen über die Schulter zu. „Na klar."

Als die drei wieder zur Party kommen, lassen sie sich von der Stimmung auffangen.

Nie wieder wird Philipp ein Wort über ihr Geschäft verlieren. Die Nachricht von Esma mit einem Foto ihrer Kontokarte wird Philipp ehestmöglich löschen. Nicht einen weiteren Gedanken verschwendet er an Esma oder ihren Deal. Er feiert auf der Party, als ob nichts gewesen wäre. So nimmt er auch nicht wahr, wie Esma und Annabell schweigend einen Blick austauschen, der so viel sagt wie: „Wir haben ihn vollkommen richtig eingeschätzt."

Aus Esmas Sicht ist richtiges Verhalten in vielen Fällen äußerst schwierig zu benennen. Je nach Perspektive kann das eigene Handeln die einzig logische Option sein, für ein Gegenüber die schätzbar schlechteste Entscheidung. So bewegen wir uns durch den Alltag in dem Bemühen, einen Platz in der Gesellschaft zu erlangen, der zufriedenstellt. Dabei ist auch die Zufriedenheit aller anderen gemeint, denn dieser Aspekt hat maßgeblichen Einfluss auf das eigene empfundene Glück. Mit Abstand betrachtet können sogar schlimme Entscheidungen zu großem Glück verholfen haben. Für Esma ist die Entscheidung ihres Vaters, sie auf seiner Reise nicht weiter mitzunehmen, eine solche. Ja, sie vermisst ihn. Den Gedanken an den Menschen, der er einst war.

Sie erfreut sich an der Idee, er denkt an seine Tochter, wünscht ihr seinen Segen für ein besseres Leben, als er es ihr bieten hätte können. In Freiheit. Als gleichberechtigtes Individuum in einer Gemeinschaft. Esma ist beinahe sicher, dass er ihr irgendwann in ihrem Leben wieder begegnen wird. Europa ist klein. Vielleicht trifft sie auch einen ihrer Brüder oder die Cousinen. Sie möchte sich darüber freuen, diese Menschen in die Arme schließen zu können. Mit Abstand. Gefestigt mit neuen Wurzeln. Esma wird ihrem Vater dann danken. Für ihr Leben und die letzte Chance, die er ihr in diesem dunklen Moment zugedacht hat.

Aus Esmas Sicht ist auch Annabells Idee nicht zu verurteilen. Philipp ist ein Mann, der sein Schicksal selbst lenkt. Es ist ihm nur noch nicht vollends bewusst, was das eigentlich bedeutet. Wer weiß, wie diese Geschichte weitergehen kann. Esma steht hinter ihrer Freundin. Kann sie denn sagen, dass sie in Zukunft nicht ähnliche Entscheidungen treffen wird? Treffen muss? Entscheidungen, die für Dritte nicht nachvollziehbar sind, aber dennoch nicht in Frage gestellt werden sollten? Dafür braucht es echte Freundschaften. Esma kann hier wachsen, als Teil dieser Gesellschaft. Sie hat Zeit für Bildung, Kultur, Freunde und Liebe. Zeit, um ihre Leidenschaften zu entdecken. Möglichkeiten, Berufe zu ergreifen, ganz nach ihren individuellen Begabungen. Esma ist nicht in dieses Glück geboren und dennoch als Sonnenkind auserkoren.

Sie wird das Beste daraus machen, das ist ihr Versprechen an sich selbst und an all die Menschen, denen Esma später noch helfen möchte. Ihr Beruf soll Berufung sein.

23

MIT DER ZEIT

Annabells Blick schweift über das Abendrot des Horizonts. Die Sonne verschwindet langsam unter warmen Farbtönen und lässt die Dämmerung zurück. Beinahe sieht es aus, als würde der große Feuerball direkt im Meer untergehen, es fehlt nur das große Zischen und Dampfen, das man bei diesem Spektakel erwarten könnte. Mücken tummeln sich unter den kleinen Lichterketten an der griechischen Terrasse. Im Lokal spielt landestypische Musik und ihre zu betreuenden Gäste sitzen in wohlwollendem Einvernehmen gemeinsam um den großen Tisch. Ein rund gebauter Herr serviert eben die bestellten Getränke. Sein blütenweißes Hemd ist das einzige, das ihm den Hauch von Förmlichkeit verleiht. Die Leinenhosen sitzen weit und lose unter seinem Bauch, unterschiedliche Goldketten zieren den faltigen Hals. In den Ohrläppchen trägt er glitzernde Stecker, über die sich dunkle Haare locken. Leider wird eben dieses am oberen Haupt schon etwas schütter, im Gegensatz zum restlichen Körper, welcher über und über mit gekräuseltem Haar aufwarten kann. Die Scheidezähne stehen unregelmäßig schief und mit etwas Abstand im Mund, doch sein herzliches Lachen und die charmante Art machen alle Makel wett.

Bereits den dritten Abend in Folge lassen sie hier den Tag ausklingen. Annabell hat das Gefühl, die gesellige Runde wird auch den Rest des Urlaubs dabeibleiben. Philipp kommt mit zwei Gläsern Weißwein auf sie zu. „Hier, mein Schatz."

„Danke." Sie lächelt beseelt und Philipp küsst den Ring an ihrem Finger.

„Meinst du, Orlando schläft schon?", fragt Annabell.

„Klar." Er klopft auf seine Brusttasche, aus der das Ende eines Babyphons ragt. „Ansonsten hören wir es. Außerdem hat Margherita versprochen, ein Ohr an unserem Zimmer zu haben."

Annabell lacht herzlich. „Das glaube ich sofort. Aber ehrlich, wenn sie dort ist, fühl ich mich wirklich ein bisschen wohler. Sie ist wie ein Wachhund."

„Stimmt. Orlando himmelt die Frau an."

„Wir sollten nächstes Jahr auf jeden Fall wieder diese Pensionen an Stelle des großen Hotels wählen."

„Auf jeden Fall. Die Gäste sind viel entspannter und geselliger."

„Die Runde ist toll."

„Stimmt." Vor allem bringen sie Geld, denkt Philipp bei sich. Sanft löst er seine Frau vom Anblick des Sonnenuntergangs und führt sie zurück an den Tisch. Sie macht ihren Job in der Reiseplanung ausgezeichnet, doch jetzt will er sie an seiner Seite sitzen haben. Als Paar sind sie in Kürze zu einer festen Einheit verwachsen und leben Familie mit einer Selbstverständlichkeit, die viele Ältere mit Neid auf sie blicken lässt. Genauso wie er es vorausgedacht hat.

Philipps Vater hat nach einem kurzen Schockmoment seine Rolle ausgezeichnet gespielt, seinem Sohn das Ruder ehrenvoll übergeben und Annabell in die Familie aufgenommen, als wäre sie seine Tochter. Philipp wusste, dass Annabell gut im Kontakt mit Kunden war. Nachdem sie so herzlich eindrucksvoll von ihrem Erlebnis aus der Arbeit berichtete, dass seiner Mutter vor Lachen die Tränen über die Wangen gekullert sind, war ihm klar, dass er sie in die Reisebegleitung steckt. Seine Frau arbeitet natürlich im Unternehmen mit, wo er sie im Blick behält. Gleich im Jänner in ihrem ersten Jahr begann sie an den Wochenenden, Tagesausflüge zu begleiten. Annabells Kundenerfahrung schlug bei den Gästen in der Tagesbegleitung voll ein. Sie weiß instinktiv, wer gerade Unterstützung braucht oder einfach nur eine Gesprächspartnerin. Ihre Hautprobleme wurden ebenfalls schlagartig besser, seit Annabell regelmäßig ans Meer kommt. Philipp hat ihr glaubhaft vermitteln können, dass ihre seelische Ausgeglichenheit das beste natürliche Heilmittel ist. Sein Glücksgriff hat sich nochmals so richtig bewahrheitet, als er ihren Ideen Gehör geschenkt hat. Sie ist tatsächlich nicht nur kreativ, sondern hat Geschäftssinn.

Soviel hätte er ihr, dass muss er sich selbst offen und ehrlich eingestehen, nicht zugetraut. Ihre Idee mit den organisierten Hochzeiten im Ausland ist eine Goldgrube. Die Eheschließung der beiden Alten und die Reiseorganisation der ganzen Gruppe füllen die Kassen ordentlich. Dieser schräge Ib und Annabells ehemalige Stiefmutter waren schon entzückend bei der Trauung. Lächerlich entzückend, nach Philipps Geschmack. Aber er spielt seine Rolle wie immer perfekt, wenn er dafür den Romantiker mimen muss, dann ist das eben so. Das Leben ist für ihn ein einziges Schauspiel.

Jetzt sitzen sie da und essen mit der Reisegesellschaft unter dem griechischen Himmel zu Abend. Annabell ist stolz. Hier in Griechenland beginnt sie, ein gutes Netzwerk aufzubauen. Der zweite Durchgang ist ihr besonders am Herzen gelegen, ist es doch die Hochzeitsreise ihrer Lotte. Annabell hat ein paar Brocken Griechisch gelernt und sich fest vorgenommen, ihre Fremdsprachenkenntnisse in den nächsten Jahren zu erweitern. Philipp spricht bereits jetzt fließend Englisch, Italienisch und Französisch. Für Annabell steht fest, dass alles zu schaffen ist. Mit ihm an der Seite geht noch ein gutes Stück mehr. Das Leben mit Philipp ist ein Kinderspiel. Er verhält sich genauso, wie sie es erhofft hatte. Die vielen Leben, in die sie in ihrer Arbeit reinhorchen darf, auch die der jetzt Anwesenden, zeigen es ihr immer wieder auf. Es gibt so viele unterschiedliche Wege durchs Leben zu gehen.

Ihre beste Freundin Esma hat in wenigen Jahren perfekt Deutsch gelernt, sich ohne Familie durch die Jugendjahre geschlagen, und jetzt steht sie mitten im Jura-Studium. Annabell sieht sie bereits als Menschenrechtsanwältin vor sich.

Lieselotte und Ib haben sich verstärkt um Esma gekümmert, nachdem die staatliche Unterstützung ausgelaufen ist. Esma ist jetzt Österreicherin mit allen Vor- und Nachteilen. Vor allem Ib ist ihr wie ein Lehrmeister und Vater geworden. Die beiden haben sich zwar nicht gesucht, aber gefunden. Gerade gibt er eine Geschichte aus seinem Alltag als Jugendrichter zum Besten. Wider Erwarten entpuppt sich Ibrahim Kipinski nicht nur als geistreicher, sondern auch witziger Erzähler. Lotte hängt an seinen Lippen. Annabell denkt nur mehr selten darüber nach, dass Lotte und Ib zu Beginn nicht wirklich viel von ihrem Philipp gehalten haben. Nachdem klar war, dass sie ihn heiraten wird, so schnell wie möglich, wurde er aufgenommen und respektiert. Nur Esma kennt alle Hintergründe, weiß, wie es um diese Ehe wirklich steht.

Annabell ist froh. Sie kann sich in dieser Lebensphase keinen besseren Partner an ihrer Seite wünschen. Sie braucht eine Freundin wie Esma, die wenig urteilt, die alle Windungen des Lebens annimmt. Das Bestechungsgeld, welches

Philipp Esma für ihr Schweigen überwiesen hat, hat Esma mit Annabell geteilt, welche ihren Anteil wiederum auf ein geheimes Sparbuch gelegt hat. Eine erste Absicherung. Im zweiten Schritt hat Annabell den Kontakt zu Philipps Mutter gesucht. Die war alles andere als geschockt. Natürlich kennt sie ihren Mann, wie ihren Sohn. Alles was sie nicht direkt mitbekommt, kann sie aus dem zwischenmenschlichen Verhalten, oder aus Buchhaltung und Verträgen herauslesen.

Als Annabell das allererste Mal eine Affäre mitbekommen hat, war sie zuerst rasend wütend und später völlig überrascht über Philipps liebevolles Wesen. Wie soll eine Frau damit umgehen, wenn der Mann, den sie liebt, sie auf der einen Seite hofiert, Familie lebt, Zukunft plant und nebenbei ein anderes Ich lebt? Nach der Bestechung wurde das Bild klarer. Bis zuletzt war Annabell nicht sicher, ob er es wirklich wagen würde. Esma behielt recht. *Ohne mit der Wimper zu zucken.* In dem Moment, als Esma ihr sagte, sie machen Philipp gemeinsam fertig, grinste Annabell nur.

Ein Plan formte sich in ihrem Kopf. Annabell will dieses Leben. Sie will Philipp, denn er behandelt sie nicht nur wie eine Prinzessin, er erfüllt ihr auch im Bett wie im Alltag fast alle Wünsche. Für Orlando ist er eine wichtige männliche Bezugsperson. Vor allem aber bringt er ein Familienunternehmen mit, das für Annabell eine neue berufliche Chance bietet. Tatsächlich liebt sie diese Aufgabe. Sie ist gut darin und verdient mehr Geld.

Philipp hat nicht die geringste Ahnung, trotz seiner soziopathischen Art, dass in Wirklichkeit seine Mutter und Annabell das Regiment führen. Beide wissen, sie bewegen sich auf gefährlichem Terrain. *Er hat es nicht anders verdient. Ich liebe ihn trotz allem.* Die Gedanken kreisen immer wieder im Kopf, die meiste Zeit gelingt es jedoch, den Plan zur Absicherung ihres Lebens weiter zu verfolgen.

Mit dem Geld, welches Monat für Monat, Auftrag für Auftrag abgezweigt wird, sorgen Annabell und Susanne für ihre eigene Sicherheit. Egal was kommt, Mutter und Schwiegertochter sind versorgt. Mit der Heirat hat sich Annabell Anteile gesichert. Nur Gott weiß, warum Philipp darauf eingegangen ist. Vermutlich entzieht es sich seinem Vorstellungsvermögen, sie könnte ihn verlassen oder auf ihre Anteile bestehen. Sein eigenes Ego, sein Narzissmus und mangelnde Wahrnehmung von Frauen als vollwertige Menschen sind es, was ihn eines Tages zu Fall bringen könnte.

Für Annabell ist Philipp wie ihr Spielball und sie genießt es zu beobachten, wie er sich in Sicherheit wiegt, im Gedanken, er hätte sie in der Hand. Morgen würden wieder Fotos entstehen, die sie in ihren Safe zu all den anderen Erpressungsmitteln legt. Diese haben sich in der Zwischenzeit angehäuft. Die Kollegin, mit der sich Philipp morgen treffen wird, ist in Wirklichkeit ein Escort-Mädchen, das seine Mutter für ihre Zwecke engagiert hat. Annabell hat schon vor Monaten inoffiziell einen Anwalt zu Rate gezogen.

Doch sie genießt ihr Leben noch viel zu sehr, das Familienleben, diese finanzielle Sorglosigkeit, den traumhaften Job, auch die Liebe, um es radikal zu verändern. Ja, es wäre eigenartig, wenn ihre Familie ihn nicht schätzen würde. Das hätte er nicht verdient. Er sorgt doch so inständig für sie. Bewusst wie unbewusst.

Annabell denkt an ihren Geburtstag im November. Ob sie ihn in Lottes Lokal feiern soll? Das könnte wirklich gut passen. Das allgemeine Lachen an den Tischen wird vom Kellner aufgemischt, der zwei große Grillplatten in die Mitte des langen Tisches stellt. Darauf türmen sich Reis, Gemüse, gegrilltes Fleisch und Fisch. Schwungvoll kommt er mit der Weinflasche zurück und füllt die Gläser bis fast an den Rand voll. Keiner kümmert sich um erlernte Restaurantkonventionen, die beduselte Stimmung lässt sogar den gediegenen Richter genussvoll mit den Fingern zupacken. Ib hält immerzu Kontakt zu seiner Lotte. Ein Arm um ihre Schultern, eine Hand auf ihrem Schenkel. Das freudeerfüllte Strahlen in seinem Gesicht ist ansteckend. *Wie ein neuer Mann.* Nora hat eine Hand am Kinderwagen, um ihre Tochter zu schaukeln. Sie schläft tief und fest im Buggy. Morgen wird sie wieder mit Orlando im Sand spielen und sich die Wellen um die Zehen spülen lassen. Annabell lächelt Nora an. *Gilt wohl auch für sie.* Ausgeglichen, ruhig, zufrieden.

Die ersten Jahre nach der Geburt von Orlando waren für sie eine Herausforderung, doch Nora scheint völlig in ihrem Element zu sein. In ihrer Mitte. Sie hat alles hinter sich gelassen und arbeitet nun selbständig im Vertrieb von Kosmetikprodukten. Außerdem malt sie wunderschöne Bilder. In dieser Runde würde es niemanden überraschen, wenn diese bald in großen Galerien hingen. Annabell wird das Gefühl nicht los, dass zwischen den leichten Flirts von Nora und dem Koch Robert mehr stecken könnte. Seine Schwester Constanze jedenfalls, die mit ihrer Lebensgefährtin Lena auch am Tisch sitzt, hat sich nicht weiter geäußert, als Annabell sie aushorchen wollte.

Langsam wird das beherzte Zulangen etwas verhaltener und die ersten reiben sich die Bäuche. Der Kellner kommt und stellt den für Griechenland typischen Ouzo auf den Tisch. Das charakteristische Aroma aus Fenchel und Anis ist nicht für jedermann ein Genuss, doch, auch im Sinne einer liebevollen Nachbehandlung des eigenen Magens, gehört es hier nach einem üppigen Mal einfach dazu. Annabell zieht ihren Umhang fester um die Schultern. Eine sanfte Brise trägt die kühle Abendluft vom Meer her. Sie umfasst Philipps warme Hand auf ihrem Oberschenkel. Das Rauschen des Babyphons lässt sie beide aufhorchen. Die Eltern halten je ein Ohr an das Gerät. Eine leise Stimme ist unverständlich zu hören. „Wahrscheinlich redet er wieder im Schlaf." Annabell steht auf. „Ich sehe dennoch besser nach ihm. Meine Lieben, ich wünsche euch einen wundervollen Abend. Wir sehen uns morgen um halb zehn für unseren Ausflug mit den Jeeps."

Die bekannt gewordenen Stimmen begleiten sie auf dem Weg zum Zimmer, bis sie sich im Hintergrund mit der Musik zu einem verschwommenen Geräusch vereinen.

„Ach, der süße Kleine. Der hat ja noch alles im Leben vor sich", ist das letzte, was sie vernehmen kann. Annabell lächelt. *Ja, das hat er. Es wird ihm an nichts fehlen, am allerwenigsten an meiner Liebe.*

Als sie außer Sichtweite ist, nimmt Philipp sein privates Telefon zur Hand, um die Nachrichten zu überprüfen. Er wird morgen am Ausflug nicht teilnehmen, da er eine Gegend der Insel für künftige Urlaube erkunden möchte. An seiner Seite wird die dunkelhaarige Schönheit Sophia sein. Es zieht in seinen Lenden, wenn er daran denkt. Vermutlich würde er seiner ebenso schönen Frau direkt aufs Zimmer folgen müssen, um etwas Druck abzubauen. Ansonsten könnte es morgen ein zu rasches Ende nehmen. Das wäre nicht in seinem Sinne.

Am Ende der Zehn-Tage-Urlaubsreise stehen Esma und Annabell Schulter an Schulter am Strand, gerade so nah am Wasser, dass die Wellen ihre Füße nicht berühren. „Was sagst du, Esma? Guter Urlaub?"

Esma stupst ihre Freundin leicht an. „Allerdings. Du bist echt gut in deinem Job, das muss ich dir lassen. Ich hoffe, das kann ich von mir auch eines Tages sagen."

Annabell lächelt Esma an. „Davon bin ich überzeugt."

„Seit meiner Flucht habe ich das erste Mal Österreich verlassen. Konnte ohne Angst im Nacken an einen anderen Ort reisen", sagt sie ermutigt.

„Ist ja auch wohl ein herber Unterschied", antwortet Annabell eifrig. „Das ist Urlaub, zur Erholung gedacht, ganz unter dem Zeichen der Liebe. Deine Flucht war ein Überlebenskampf." Mit wissendem Kopfnicken untermalt sie ihre Feststellung.

Du hast ja keine Ahnung. „Natürlich kann man das nicht vergleichen. Es war trotzdem irgendwie ganz komisch für mich, die Koffer zu packen. Ich muss mich erst daran gewöhnen, dass ich jetzt tatsächlich in Freiheit lebe und studiere. Kommen und gehen kann, wohin und wann ich will.

Das ist ein großes Geschenk, aber auch so viel Verantwortung. Ich muss etwas daraus machen." Die Ehrfurcht vor ihrem eigenen Leben ist beinahe greifbar, wenn Esma darüber spricht.

„Das wirst du. In spätestens zehn Jahren arbeitest du bei Amnesty International und wirst zu einer zweiten Amal Clooney.", sagt Annabell überzeugt.

Fragend zieht Esma die Stirn kraus. „Wer?"

„Die Frau von George Clooney. Du weißt schon, die ist doch so eine Menschenrechtsanwältin", antwortet sie enthusiastisch.

Esma zuckt mit den Schultern. „Noch nie gehört."

Annabell verdreht die Augen. „Mensch, Esma. Du solltest dich ernsthaft mit ein bisschen Gossip auseinandersetzen. Die kommt aus dem Libanon, glaube ich. Sicher auch geflüchtet."

„Wir Flüchtlinge aus dem Nahen Osten kennen uns nicht alle, weißt du?", neckt Esma ihre Freundin.

„Ha. Scherzkeks. Das war nur eine Information. Du bist nämlich auf jeden Fall die nächste Amal. Solltest du mal googlen", belehrt Annabell.

„Ich merke es mir. Jetzt muss ich erst das Studium bestehen." Esma, die merkt, wie sie sich selbst mit ihren Gedanken verängstigt, wechselt abrupt das Thema. „Hast du schon neues Beweismaterial zur Philipp-Affäre bekommen?" Die junge Studentin nennt die Geschehnisse rund um den Mann ihrer Freundin die *Philipp-Affäre.* Ihr kommt das alles vor wie ein schlechter Film. Wenn es nach Esma gegangen wäre, dann hätte Annabell ihn nach dem Geldangebot zum Teufel geschickt.

„Nicht nur das. Ein Video ebenfalls", gibt Annabell wenig begeistert zu.

Esma nickt wissend. „Die Trennung wird hart, das ist dir klar, oder?"

„Ja", winkt sie genervt ab.

„Bist du fest entschlossen?", erkundigt sich Esma sicherheitshalber.

Die blonden Locken springen. „Bin ich."

Wer's glaubt. „Wann?"

„Hm. Nicht so bald. Momentan läuft es noch zu gut."

Esma überlegt. *Die spinnt.* „Für Orlando wird es wahrscheinlich härter, je länger du wartest."

Da Annabell nur stumm den Kopf hin und her wiegt,

fährt Esma fort. „Es klingt für mich so, als fühlst du dich recht wohl in dieser Situation."

Annabell zuckt mit den Schultern. „Keine Ahnung. Versteh mich nicht falsch, er wird es überstehen. Orlando meine ich. Sollte es wirklich zur Trennung kommen. Aber jetzt … ich weiß es einfach nicht. Ich genieße mein Leben gerade viel zu sehr. Vielleicht bin ich krank im Kopf, jedoch stört mich diese offene Beziehung im Moment nicht im Geringsten."

„Eine offene Beziehung wäre es, wenn er wüsste, dass du es weißt", kann sich Esma einen bissigen Kommentar nicht verkneifen.

Annabell verzieht den Mund. „Du wirst einmal eine ganz tolle Juristin." Sie atmet die Meeresluft geräuschvoll ein und aus, dann zuckt sie mit den Schultern. „Ich weiß, es ist moralisch gesehen irgendwie nicht richtig. Für mich passt es. Danke übrigens."

Esma schaut Annabell fragend an. „Wofür?"

„Du hörst zu, gibst vielleicht mal deine Gedanken dazu preis, aber du verurteilst mich nicht. Außerdem bist du verschwiegen wie ein Grab, obwohl du in deiner Welt sicher denkst, ich bin nicht ganz dicht. Also: Danke dafür."

„Oh", haucht Esma beinahe verlegen. Sie räuspert sich. „Ich denke nicht schlecht über dich, solange du auf dich selbst und auf Orlando gut achtest. Mir fehlt es eigentlich nur an Verständnis für Menschen, die das nicht tun. Das eigene Handeln ist ja das, wofür jeder verantwortlich ist und du tust ja im Prinzip nichts, das Schaden anrichtet. Du sicherst dich nur ab."

Annabell nickt lächelnd. „Wie gesagt, du wirst wirklich eine gute Juristin werden. Du kannst alles so verdrehen, dass es doch irgendwie passt. Alternativ könntest du ja in die Politik gehen."

Esma winkt ab. „Ich finde ihn trotzdem schrecklich. Dich liebe ich, aber dein Freund ist eine Flasche. Sorry, not sorry, da muss ich direkt bleiben."

Annabell grinst. „Ich weiß. Zumindest weiß ich so sicher, dass du nie mit ihm ins Bett steigen wirst."

„Gott bewahre." Esma pfeift durch die Zähne. „Vorher sterbe ich als alte Jungfer. Ich kann immer noch nicht glauben, dass du ihn wirklich geheiratet hast. Das schmerzt in meinem Weltbild der Liebe etwas."

„Okay, okay. Jetzt ist es wieder genug mit der Ehrlichkeit", sagt Annabell schnell, um den Redefluss ihrer Freundin einzubremsen. Gespielt empört hält sie die Hand an ihr Herz.

Esma grinst. Nach einigen Sekunden sagt sie: „Ich dachte heute wieder an Lieselottes Großvater. Er hat mir gesagt, das Leben ist sehr ernst, aber ich solle es nicht so nehmen. Es sei hart, unbarmherzig und ich soll mir erlauben, die Wunder dennoch zu erkennen. Ich sei völlig richtig, so wie ich bin, und es ist völlig in Ordnung, dass ich Glück habe. Glück gehört geschätzt, oder so ähnlich." Sie schaut zur Seite, um sich auf die Erinnerung zu konzentrieren. „Ergibt immer mehr Sinn, was er so erzählt hat, nicht wahr?"

„Ja. Es war zu Lebzeiten immer schon sehr treffend. Leider konnte er das mit dem Krieg nie wirklich überwinden. Er hat ständig in den alten Geschichten gelebt", stellt Annabell von einem lauter Seufzer begleitet fest.

„Hm." Esma atmet ebenfalls lange aus. *Was soll ich darauf sagen?* „Er wollte etwas bewegen. Vermeiden, dass sich die Geschichte wiederholt."

„Mag sein. Das kann ich verstehen. Aber was können wir

dafür, was früher war?", kontert Annabell mit weltmännischer Miene.

„Gar nichts, Annabell. Dennoch haben wir die Verantwortung für das Jetzt und die Zukunft." Leichte Verärgerung schwingt in ihrer Stimme mit.

„Glaubst du wirklich daran? Ich meine, dass die Menschen aus der Vergangenheit lernen? Mag sein, dass in meinen Frauenzeitschriften weniger Wissen vermittelt wird als gut für mich wäre, aber so viel weiß ich auch: Die Menschen sind wie Tiere. Wir haben noch nie aus unserer Vergangenheit gelernt." Annabell hebt eine kleine Muschel auf, die sie im nassen Sand vor ihren Füßen entdeckt. „Schau." Entzückt hält sie diese Esma entgegen und wirft sie zurück ins Wasser. Sie hat bereits unzählige gesammelt. „Vom Großvater können wir uns vermutlich trotzdem einiges abschauen. Er war ein guter Mensch."

„Ja. War er. Aber er hat Menschen getötet, nicht nur im Kampf. Was ihm aufgetragen wurde, hat er erledigt. Von Angesicht zu Angesicht."

„Warum sagst du das?" Annabell wirkt empört.

„Weil es wahr ist. Er hat mir sehr ausführlich von seiner Zeit im KZ erzählt", verteidigt sich Esma.

„Er musste dort dienen, er war Soldat."

„Ja, aber in der Zeit war er nur mehr wenig Mensch." Esma schaut Annabell direkt an. „Er hat Menschen gefoltert, Annabell. Hat sie am Boden liegend getreten, wenn sie nicht mehr konnten. Auf sie gespuckt", versucht sie aufgeregt weiterzugeben.

Leicht irritiert schüttelt Annabell den Kopf. „Hör auf. Warum sagst du das? Warum erzählst du mir das?"

„Weil es wahr ist", gibt Esma laut zurück.

„Er war ein guter Mensch. Ein liebevoller Vater und Großvater. Alle mochten ihn. Ich mochte ihn!“ Annabell dreht sich demonstrativ zur Seite.

„Das eine schließt das andere nicht aus“, sagt Esma nun verbindlicher. Sie versucht, sich zu beruhigen. *Warum rede ich mich in Rage?*

Eine kurze Weile schweigen beide, lassen das Meeresrauschen die gesagten Worte verblassen.

„Ich glaube, er wollte, dass wir darüber reden, wenn er tot ist, Annabell“, flüstert Esma. Dann etwas lauter: „Ich wollte dich nicht kränken. Ich mochte ihn selbst auch sehr gerne. Er hat mich verstanden, tief hier drinnen.“ Esma hält sich die Hand ans Herz. „Ich bin davon überzeugt, dass keiner von uns davor sicher ist, zu Bestien zu werden, selbst gute und freundliche Menschen nicht. Und ich glaube, dass wir uns das immer vor Augen halten sollten.“

Annabell zuckt mit den Schultern. „Klar hast du recht. Aber seine Kriegsgeschichten haben mich zeitweise echt fertiggemacht.“

Esma sagt dazu nichts. Für sie ist der Krieg nicht nur eine Geschichte. Er ist echt und viel zu nah. Erfahrungsgemäß hat es nicht sehr viel Sinn, mit ihren neuen Landsleuten darüber zu sprechen. Es fehlt an realistischem Vorstellungsvermögen. Daher zieht sie es vor, sich auf das Hier und Jetzt zu konzentrieren. „Ich bin sehr froh, dass ich ihn noch kennenlernen durfte. Bei dir ist auch wirklich alles okay?“

„Ja. Esma, es ist alles für mich in bester Ordnung“, betont sie mit Nachdruck. Annabell lächelt wieder ihr unverfängliches, freundliches Lächeln. „Ich weiß, dass Philipp nicht so ein großartiger Mensch ist wie Lieselottes Großvater, hier drinnen.“ Annabell klopft sich auf die Stelle an ihrer Brust, unter der ihr Herz schlägt, und zwinkert Esma an. „Es klingt hart, aber du weißt, dass ich an herzlose, im Kopf verquerte Menschen in meinem Leben gewöhnt bin. Mein Mann meint, er hat mich da, wo er mich haben will. Ich weiß auch, dass er mich betrügt, obwohl er mich liebt. Oder die Vorstellung von unserer Familie. Er ist zärtlich, liebevoll. Ich versuche, darüber zu stehen. Außerdem habe ich ihn in der Hand. Nicht umgekehrt. Es ist ein reizvolles Machtspiel, aus dem ich so oder so als Gewinnerin aussteigen werde“, stellt sie nüchtern fest. Dennoch dringt ein wenig Traurigkeit zwischen ihren Worten durch.

Enttäuschung? Esma nickt, obwohl sie ihre Freundin nicht verstehen kann. *Es war vorauszusehen. Warum tust du dir das an?* Sie holt Luft, setzt zu einer Antwort an, lässt es dann doch bleiben. Esma meint, dass eben Besprochene hat Annabell nicht wirklich erreicht. *Lass es einfach.*

Die blonden Haare hängen tief, bis zum Sand, als Annabell sich bückt, um einen anderen Stein aufzuheben. Sie wirft ihn ins Wasser, die Bewegung zieht Wellen und Kreise auf der beinahe ruhigen Oberfläche. „Ich glaube, wir beide haben noch nie so klargesehen wie jetzt. Das Leben gehört uns.“

Klarsehen? Ist das jemals möglich? „Das Leben gehört uns“, wiederholt Esma bestätigend und drückt die Hand ihrer Freundin.

Epilog

Ich bin schon lange gegangen. Ich sitze nicht mehr auf den Bänken, nicht mehr im Café und auch nicht im Schatten unter den großen Linden. Diese alten Bäume in meinen Heimatstraßen, die so viel älter sind als ich mich je fühlen konnte. Ich bin weg, nur noch ein Hauch. Nur noch Gedanken und Gefühle bei jenen, die zurückgeblieben sind. Sie reden von mir. Sie erinnern sich an mich.

Auf Grund eines Geruchs, der sie an eine meiner Umarmungen denken lässt. Auf Grund eines Glas Weins, das ihnen ein schönes Gespräch mit mir zurückbringt. So habe ich weiterhin auf eine menschliche Art und Weise einen Platz auf der Erde.

Blicke ich an mir herunter, sehe ich keine verknöcherten Gelenke mehr an den Händen. Keine Haut dünn wie Papier, fleckig, das Geflecht an lebensversorgenden Adern durchscheinend. Mein Ich ist jung wie mein Geist. Ich bin im Nebel, wie so viele andere, die ihre sterbliche Hülle zurückgelassen haben. In der Ewigkeit. Im Glück. In meiner Stadt wird man immer seltener von mir sprechen. Doch damit habe ich Frieden gefunden. Ich habe mein Leben gelebt, es war schön und voll. Was bleibt, sind meine Nachfahren und meine Geschichten. Was bleibt, ist ein guter Rat: Halten Sie öfter einmal inne! Das Leben ist viel zu kurz für alles andere. Irgendwann gehen Sie im Nichts auf, legen sich vielleicht wie ich in die kalte Erde zu ihren Lebensmenschen. Meine Seele fliegt mit dem Wind.

Ich gebe zu, mit meinem Abschied war mir plötzlich gleich, was aus euch wird. Den Toten sind die Lebenden egal. Es kümmerte mich nicht mehr. Auf eine selbstgefällige Art und Weise ist es mir gleichgültig, denn ich habe meinen Beitrag geleistet. Die Menschen haben seit Menschheitsgedenken die Gabe, sich ihr Leben selbst schwer zu machen. Aber Sorgen sind Sorgen der Lebenden. Ich habe mein Soll erfüllt, nun sind andere an der Reihe. Nehmen Sie es mir nicht krumm. Alles ist ständig im Fluss. Wir werden geboren, um zu sterben. Der Rest im Verlauf unseres Lebens ist Schicksal oder hausgemacht. Kennen Sie Goethes Faust? Er war unfähig, sein Leben zu genießen. Mir hätte das auch passieren können. Obwohl ich mit dem Teufel getanzt habe, konnte ich mich von seinem Griff befreien. Ich habe gelebt.

Was ich Ihnen noch sagen möchte, bevor ich endgültig entschwebe: Sterben ist einfach. Die wirkliche Herausforderung ist zu leben. Leben und dabei Mensch zu bleiben.

ENDE

Ferdinand's Familienstammbaum

„Es gibt viele Väter, die Kinder haben,
aber nur wenige Kinder, die Väter haben"

(Zitat von Francis de Croisset 1877-1937)

FERDINAND UND ELISA

Kinder und Enkelkinder (mit Geburtsdatum)

JONATHAN (⚭ ANNA)
Geb. 1945

PETER *(geb. 1971)*
SUSANNA *(geb. 1975)*
SIMONA *(geb. 1977)*
ANNA *(geb. 1979)*

ELVIRA (⚭ HELFRIED)
Geb. 1951

HELFRIED JUN. *(geb. 1956)*

JOSEFINA (⚭ ROBERT)
Geb. 1952

LIESELOTTE *(geb. 1973)*
STEFAN *(geb. 1975)*

MARKUS (verstorben)
Geb. 1953

KILIAN (ledig)
Geb. 1966

Nachwort

Alle Handlungsstränge im Buch sind frei erfunden. Obwohl die Personen in dieser Geschichte ebenso meinem Kopf entsprungen sind, wurden ihre Erfahrungen vom echten Leben geprägt. Ohne es konkret zu beabsichtigen, haben sich vor allem die Protagonistinnen zu starken Persönlichkeiten entwickelt. Frauen, die wieder aufstanden, als sie am Boden lagen, hart arbeiten, ihre Ziele verfolgen, sich neu erfinden. Mit Zuversicht, Raffinesse und dem Mut, ihren eigenen Weg zu gehen, auch wenn er vielleicht nicht den Werten und Normen unserer Gesellschaft entspricht.

Ich möchte jede Frau darin unterstützen, den Mut aufzubringen, für ihre Träume einzustehen, kreativ zu werden und bei sich selbst zu bleiben. Unser Leben ist eine begrenzte Ansammlung von Tagen. Woher wir kommen, in welches Umfeld wir geboren werden, dafür können wir nichts. Ein Stück weit treibt uns das Leben in eine Richtung, wie auf einem Fluss, auf dem wir erst lernen müssen zu navigieren. Es kommt jedoch der Zeitpunkt, wo wir selbst verantwortlich werden. Für uns und unser Leben.

Daher sage ich DANKE! Danke, dass du dieses Buch gelesen hast. Mein großer Traum war nämlich seit jeher die Schriftstellerei. Es hat mich ein hartes Stück Arbeit gekostet, neben Kindern, Job und vollbepacktem Leben ein Buch zu schreiben. Ich will an dieser Vision von mir festhalten, weiterschreiben.

Wenn dir dieses Buch gefallen hat, hinterlasse mir doch eine Rezension, um auch andere Menschen aufmerksam zu machen, oder gib mir persönlich Feedback. Ich freue mich über jede Rückmeldung, dir mich ansporn oder mir hilft, mich weiterzuentwickeln.

„La Vie" ist mein erstes Buch. Neue Werke sind im Werden! Meinen Weg kannst du gerne auf Instagram verfolgen oder über meine Website *www.levashova.at.*

Zu guter Letzt ein kleiner Aufruf:

Österreich ist zu jeder Jahreszeit eine Reise wert. Stattet auch Melk einen Besuch ab! Flaniert entlang der Donau, durch die Altstadt, entdeckt die kleinen Läden auf eurem Weg zum Stift, das hoch oben über der Stadt thront. Die ersten Zeilen dieses Buches habe ich bei köstlichem Frühstück in Gerda's Bioladen getippt. Gewand für mich und meine Kinder kaufe ich gleich nebenan, regional bei „Frau Graf". Wer sich für die historischen Details der Birago-Kaserne und der Stollenanlage interessiert, wird im Internet fündig, zum Beispiel hier: *https://melk-memorial.org/.*

Den letzten Schliff bekamen diese Seiten bei der „Wasnerin", für mich das ultimative Wellness- (und Literatur-) Hotel in Bad Aussee. Immer eine Reise wert!

Deine,
KATHARINA LEVASHOVA

